D1677910

# Jahreskreise

Band 1 der Trilogie Fiktive Wahrheit

## *Crisalis*

Titelbild:
Logo von labyrinth-international.org, nachgezeichnet

Impressum
Copyright: © 2011 Crisalis
Druck und Verlag: epubli GmbH, Berlin, www.epubli.de
ISBN 978-3-8442-2970-7

In genau diesem Moment ging, wie von Geisterhand geöffnet die Türe auf, langsam, sanft und lautlos schwang sie nach innen und verharrte dann in halbgeöffneter Stellung. Alle drehten sich erstaunt und verstummend zur Tür, acht Männer und drei Frauen drehten sich gleichzeitig vom Sitzungstisch um und schauten weniger fragend als vielmehr auf Erlösung hoffend zur Türe. Die Sitzung hatte einen energetischen Tiefpunkt erreicht, die dominanten Männer in der Runde behaupteten sich durch rhetorische Redeschleifen und wiederholten ihre Standpunkte solange, bis andere Meinungen ausgeblendet waren. Eigentlich hätte es mit einer fähigen Sitzungsleitung, die die Ergebnisse zusammenfasst hätte, vor einer halben Stunde zu einem konstruktive Ende kommen können. Aber das war wohl nicht gewollt. Sie wären nicht zu einem Konsens gekommen, der der Geschäftsleitung behagen würde und so verharrten alle in einer gewissen Lähmung. Charlotte hatte diese Lähmung langsam in sich aufsteigen fühlen. Bevor diese Taubheit ihr Herz erreichte, visualisierte sie ein starkes, lebendiges, pulsierendes gelboranges Licht in ihrem Körper. Sie wusste, sie durfte durch diese endlosen Redeschleifen nicht so viel Energie und Vitalität verlieren, dass sie es nicht mehr schaffte, die wichtigen Punkte im Protokoll festhalten zu lassen. In dem Moment, wo sie es geschafft hatte, das Licht in ihr zu stabilisieren und es warm und gleichmäßig pulsierte, ging plötzlich leise und sanft die Zimmertüre auf. Ein Schauer durchrieselte Charlotte. Spannung hing in der Luft und Charlotte spürte wie einige der Männer nervös wurden. Immerhin hatten sie trotz sehr positiver Betriebszahlen über die Wegrationalisierung von 15% der Arbeitsplätze diskutiert, sodass es einigen gar nicht wohl in ihrer Haut war. Gedanken wie „Sabotage, Rache, Spionage" waren nun im Raum förmlich zu hören, als die geöffnete Türe den Blick in den leeren Vorraum gewährte. Man spürte plötzlich eine Anwesenheit im Raum, die im starken Gegensatz zu der nüchtern, destruktiven Sitzungsatmosphäre stand. Doch bevor die Spannung zu sehr stieg, brach Muehlin mit einem leisen Schnauben die Stille. Als

Vorsitzender der Geschäftsführung hatte er nicht nur die Sitzungsleitung sondern quasi auch das Hausrecht inne. Er wohnte sogar ein Stockwerk höher in der Penthouse- Wohnung. Nochmals schnaubte er verächtlich, als er spöttisch lachend sagte: „Das ist nicht etwa ein rächender Geist, sondern die Katze meiner Frau. Vielmehr war es die Katze meiner Exfrau. Denn sie hat es ja vorgezogen, sie bei mir zurückzulassen. Keine Ahnung, wie dieses Vieh schon wieder hier hereingekommen ist." „Aha", dachte wohl nicht nur Charlotte, „das erklärt seine eisige Stimmung." Muehlin war aufgestanden und wies mit einem energischen, befehlsgewohnt ausgestreckten Finger der Katze die Tür: "Los, raus hier Cleo. Hier hast Du nichts zu suchen." Cleo ignorierte Muehlin völlig. Mit einem kleinen Maunzen und einem eleganten Satz sprang sie auf den langgestreckten Sitzungstisch. Und dann schritt sie mit erhobenem Haupt und Schwanz und wirklich dem Stolz einer Cleopatra Schritt für Schritt gemächlich die Länge des Sitzungstisches ab direkt auf Charlotte zu. Ihr tiefschwarzes Fell mit den weißen Pfoten spiegelte sich in dem dunkel schimmernden Kirschholz des Tisches. Alle Blicke folgten ihr. Muehlin machte eine ärgerliche aber hilflose Geste in Richtung der Katze. Es war offensichtlich, dass er sie nicht anfassen und vor allem sich nicht lächerlich machen wollte. So drehte er abrupt ab und rief nach seiner Sekretärin. Cleo war nun bei Charlotte angekommen. Sie setzte sich würdevoll genau vor sie hin und schaute ihr in die Augen. Charlotte musste lachen. Sie streckte langsam eine Hand aus und kraulte der Katze sanft den Nacken. Jetzt löste sich die Spannung, einige lachten leicht, andere fingen an, von ihren Katzen, Hunden oder Kindern zu erzählen. Als Muehlin mit Sekretärin im Schlepptau wieder hereinstürmte, saß Cleo zufrieden schnurrend auf Charlottes Schoss. Muehlin baute sich vor Charlotte auf, hinter ihm die Sekretärin mit einem Käfig in der Hand. Charlotte schaute verwundert von der Sekretärin zu Muehlin zu dem Käfig und streichelte die Katze weiter. Muehlin wurde ungeduldig: „Nun geben Sie sie schon her, damit wir hier weitermachen können." „Aber sie

2

stört doch gar nicht, lassen Sie sie doch einfach bei mir." Einen Moment schaute er verärgert, die Sekretärin zog leicht die Schultern hoch. Dann plötzlich ging ein Leuchten über Muehlins Gesicht: „Na, dann behalten Sie die Katze doch gleich. Scheint ja eine Frauenkatze zu sein." Ruppig nahm er der Sekretärin den Käfig aus der Hand, stellte ihn neben Charlotte auf den Boden und entließ seine Sekretärin mit einer Handbewegung. Dann setzte er sich zufrieden schnaufend wieder auf seinen Platz. „Hauptsache, ich brauche diese Katze nicht mehr zu sehen, ich hätte sie sowieso ins Tierheim bringen lassen." Alle am Tisch schauten nun verwundert zu Muehlin und dann etwas verlegen zu Charlotte. Aber keiner sagte etwas und für Sekunden war nur das gleichmäßige Schnurren von Cleo zu hören. Charlotte war im ersten Moment auch zu verwundert, um etwas zu erwidern. Sie horchte in sich hinein und fühlte wie ein glückliches Gefühl in ihr das orange, gelbe Licht verstärkte. So nickte sie nur den fragenden Blicken zu und sagte: „In Ordnung, aber dann bitte ich, die Sitzung jetzt zu beenden. Ich muss dann wohl noch Katzenfutter und Streu kaufen, bevor die Läden schließen." Ein so direkter Pragmatismus brachte ihr von Muehlin einen anerkennenden Blick ein, doch Charlotte wartete nun nicht mehr auf seine Reaktion. Sie setzte Cleo vorsichtig in den Käfig, verabschiedete sich, in dem sie der Protokollantin ein paar Anweisungen gab, und ging dann mit einem „Auf Wiedersehen zusammen!" zur Tür. Bei der Sekretärin hinterließ sie noch ihre Telefonnummer, falls Muehlins Ex-Frau vielleicht doch noch ihre Katze wieder haben wollte.

Als Charlotte beschwingt die Treppe hinunter ging, spürte sie, wie viel Freude durch diese Katze in ihr entstanden war. Und diese Freude hatte alle Müdigkeit wie weg geblasen. Cleo saß auch ganz zufrieden in dem Transportkäfig und schaute interessiert die Welt um sie herum an. Obwohl sie sich mitten in einem Büroviertel befanden, stieß Charlotte gleich an der Ecke auf einen kleinen Kiosk, der sowohl Katzenfutter wie auch Katzenstreu verkaufte. Kurze Zeit später stand sie am Bahnhof und fühlte sich zufrieden, fast schon glücklich. Die

Besprechungen waren zwar zuerst sehr ermüdend gewesen. Sie hatte sich überflüssig und unqualifiziert gefühlt. Aber Cleo hatte die Situation völlig verändert. Als der Zug einfuhr, setzte sie sich auf einen Fensterplatz, kuschelte sich unter ihrem Mantel gegen das Fenster, steckte eine Hand beruhigend zu Cleo in den Käfig und schloss die Augen. Sie dachte über ihre Arbeit bei Synergia nach. Die Arbeit bei einem der weltweit größten Unternehmensberater war ein sicherer Job und gut bezahlt. Sie war als Frauenbeauftragte und Mediatorin angestellt. Aber die Mediation von sich neu zusammenstellenden Arbeitsgruppen und die Betreuung der Projekte wurden immer schwieriger. Das Klima wurde rauer, sie hatte das Gefühl immer mehr Energie und Zeit zu brauchen, um durch die Schutzmauern der KollegInnen durchzudringen. Und nun war auch noch das Thema Missbrauch in die höchsten Ebenen des Konzerns vorgedrungen. Nachdem das Thema so häufig durch die Presse ging und nach Meinung des Vorstandes gesellschaftlich relevant geworden war, war Charlotte aufgefordert worden, eine kleine Seminarreihe zu diesem Thema zu gestalten. Zumindest war selbst dem Vorstand klar, dass dieses Thema nicht mit einem einzigen Vortrag mal eben so abzuhandeln war. Sie seufzte. Nur für eine Weile die Welt ausblenden. Nur eine Weile in die warme Dämmerung des Halbschlafes fallen. Sie spürte, wie sie anfing zu driften, wie sie leichter wurde, in lichter Dunkelheit zu schweben begann. Da hielt der Zug erneut und auf die Plätze vor ihr setzten sich zwei Männer, die sich raumdominierend und selbstgefällig unterhielten. Geschäftsbeziehungen, Transaktionen, Börsenkurse, hervorragende Abschlüsse, nichts blieb den übrigen Fahrgästen erspart. Handygeklingel, Anweisungen an die unsichtbaren Gesprächspartner und im Anschluss leicht hingeworfene Späßchen an den Kollegen. Charlotte seufzte und grub sich tiefer in ihren Mantel. Es half nichts. An ein Entschweben war nicht mehr zu denken. Sie stand auf, um zur Toilette zu gehen. Auf dem Rückweg sah sie aus dem Augenwinkel eine akkurat umschnittene Halbglatze und einen wohl frisierten dunklen Lockenkopf. Perfekt sitzende Anzüge, Krawatten, schwarze Laptops auf dem Schoss. Der mit der Halbglatze war relativ klein und musste sich wohl deswegen entsprechend produzieren. Er erläuterte seinem Kollegen gerade voller Zufriedenheit, wie er es geschafft hatte, eine Angestellte, die schwanger geworden war, im Anschluss an ihren Erziehungsurlaub zu entlassen. Charlotte verstand die Geschichte nicht, sein Gesprächspartner wohl auch nicht, aber dieser merkte nun sichtlich interessiert auf. Ob er das noch einmal erklären könnte, wie das zu schaffen sei? Der Halbglatzköpfige erzählte nun mit wachsender Begeisterung und voller Stolz, dass sie grundsätzlich nur Arbeitsverträge abschlossen, die nie wirklich die Aufgabenbereiche der Angestellten beschrieben und dass sie deswegen das Arbeitsfeld der jeweiligen Problemfälle wegdefinieren konnten. Charlotte hatte sich langsam wieder auf ihren Platz gesetzt. Unauffällig legte sie die rechte Hand auf die Rückenlehne des Mannes. Da er relativ klein war, lag ihre Hand nun auf Höhe seines Hinterkopfes. Sie visualisierte sich selber unsichtbar, verband sich mit ihrer Fuchsenergie, füllte sich mit Liebe und Lichtenergie und nahm die Verbindung zum Universum auf. Als sie sich warm und voll anfühlte, sandte sie diese Energie aus ihrer Handfläche hinaus und lies es in das Scheitelchakra des Mannes einfließen. Sie hörte nicht weiter zu, konzentrierte sich ganz auf den Fluss von Liebe und Mitgefühl. Aus dem Universum, eintretend in ihr Scheitelchakra, durch ihren Körper hindurch, aus ihrer Handfläche in das Scheitelchakra des Mannes vor ihr. Sie spürte, wie seine Stimme plötzlich zögernd wurde. „Na ja, zum Schluss tat sie mir fast leid. Aber ihr Mann verdient ja gut!" Sein Gesprächspartner schaute erstaunt auf. Charlotte legte nun die andere Hand auf die Rückseite des anderen Sitzes und konzentrierte sich darauf, nun Liebe und Licht in das Herzchakra des Lockenkopfes zu senden. Für eine Weile blieben beide Männer still. Plötzlich fragte der Lockenkopf seinen Sitznachbarn: „Kann sich eure Firma das denn nicht leisten? Ihr habt doch eine Betriebsgröße, bei welcher Vertretung organisierbar sein sollte." Es war als seien diese Worte ihm entschlüpft, ohne dass er selber wusste, wo sie herkamen. Er war völlig verblüfft. Sein Kollege gab einen erstaunten Laut von sich. Dann schwiegen beide Männer, ratlos schauten sie zum Fenster hinaus und vermieden es sich anzuschauen. Charlotte versuchte sich weiter darauf zu konzentrieren, Liebe und Mitgefühl fließen zu lassen, aber nun stieg ein großes fröhliches Lachen in ihr empor. Sie schloss die Augen, konzentrierte sich stärker. Doch plötzlich stutzte sie und schaute auf. Vor ihr stand der Lockenkopf. „Was zum Teufel….?" Er ließ die Frage unbeantwortet, in seinem Blick lag weniger Ärger als vielmehr maßlose Verblüffung. „Was machen sie denn da?" Charlotte wurde rot und lehnte sich zurück. Dann bahnte sich ein Lachen befreiend seinen Weg. Erstaunlicherweise lachte der Lockenkopf mit. Schüttelte den Kopf und setzte sich, nun eher nachdenklich, wieder auf seinen Platz. Die Männer vor ihr schwiegen nun, aber Charlotte sah aus den Augenwinkeln, dass sie immer wieder vorsichtige Blicke nach hinten schickten. Sie war ihnen eindeutig nicht geheuer. Kurze Zeit später waren sie sich einig, dass es Zeit für ein Bier war und sie zogen ab in Richtung Zugrestaurant. Charlotte seufzte. Vielleicht war es falsch, was sie machte. Tat sie das wirklich um Liebe und Mitgefühl in die Welt zu bringen, oder wollte sie nicht doch nur manipulieren? Nun, vielleicht war es o.k., wenn sie Menschen dazu manipulierte, Liebe und Mitgefühl zu empfinden. Sie schüttelte ihre Bedenken ab. Das war Unsinn. Mit Liebe und Mitgefühl konnte man niemanden manipulieren. Letztendlich fanden die Menschen dadurch ein Stück zu ihrem wahren Selbst. Nun schlief sie beruhigt ein und wachte erst kurz vor ihrem Ziel wieder auf. Als sie in Basel ankam, und über den zugigen Bahnsteig zum Ausgang ging, war sie etwas verschlafen. Plötzlich spürte sie, wie jemand neben ihr ging, sie beobachtete. Es war der Lockenkopf. Er zögerte. Charlotte war nun etwas verlegen. „Wie… wie haben sie das gemacht?" Charlotte lächelte zögernd. „Was, was habe ich gemacht?" „Nun, es wurde mir plötzlich ganz warm ums Herz. So gut habe ich mich schon lange nicht mehr gefühlt.

Aber.." nun zögerte er „..auch sehr traurig, plötzlich. Fast schmerzhaft." Nun war es an Charlotte, verblüfft zu sein. Eine solche Offenheit hatte sie nicht erwartet. Sie hatte wohl auch nicht erwartet, dass so viel bei ihm angekommen war, dass er so viel bewusst spüren konnte. Seltsam, dachte sie sich, wenn diese Geschäftsmänner im perfekt sitzenden Anzug noch so feinfühlig sind, wie können sie dann trotzdem so sein wie sie sind? Wie können sie dann diese Welt, in der sie leben, aushalten? Schweigend gingen sie nebeneinander her. Der Lockenkopf schien sich plötzlich einen Ruck zu geben. „Können sie das bei allen Menschen?" Charlotte zögerte: „Nicht immer. Und meistens nur wenn sie es wollen, wenn sie es zulassen, wenn sie ein Bedürfnis danach spüren." Er nickte. Seltsamerweise schien er das zu verstehen. „Weil,… ich meine, meine Frau…, sie hat Depressionen. Sehr schlimm. Vielleicht wenn sie auch einmal etwas Wärme im Herzen spüren könnte?" Er sprach schnell, abgehackt, als hätte er Angst vor seinen eigenen Worten. Die letzten Worte waren zögerlich, fragend. Charlotte lächelte. „Ja" sagte sie schlicht. „Ich könnte es versuchen." Sie waren nun am Ausgang angekommen und blieben stehen. „Wie könnte ich sie denn erreichen?" „Sie können mich gar nicht erreichen." sagte Charlotte bestimmt. Sie spürte, wie er zurückzuckte. Sie lächelte. „Ihre Frau muss mich erreichen." Er schaute fragend. „Ihre Frau muss den ersten Schritt tun. Wenn sie das nicht kann, hat es keinen Zweck. Dann wird es einfach nur von ihnen ihr übergestülpt. Das wird nichts bringen." Für einen Moment sah er so aus, als fühlte er sich ertappt. Aber als Charlotte ihm nun eine Karte in die Hand drückte, wagte er zu fragen: „Aber wie soll ich ihr denn begreiflich machen…." „Nun, " sagte Charlotte sehr ernsthaft, „erzählen sie ihr einfach, was sie erlebt haben. Nicht mehr und nicht weniger." Er schaute mehr als zweifelnd. Sie nickte ihm noch einmal zu und ging dann zügig in Richtung Tram. Er blieb noch stehen, schaute auf die Karte in seiner Hand. „Charlotte Lesab, Heilerin, Tel. 079-8899661". Nur eine Handynummer, keine Adresse. Er stellte erstaunt fest, dass er zu gerne gewusst hätte, wo sie wohnt. Und was ihn noch mehr erstaunte, ausnahmsweise nicht, um eine Möglichkeit zu finden sie anzubaggern. Gewiss, sie war interessant, attraktiv auf eine geheimnisvolle Weise. Und er würde sie gerne wiedersehen. Aber nicht deswegen. Er spürte, dass das eine andere Dimension war.

# Herbstanfang

## 21. September

....Erntedank – ...Herbsttagundnachtgleiche...

Dank für die Ernte

...Beginn der dunklen Jahreszeit....

...allmählicher Übergang von Wachstum und Geburt zu Sterben und Tod....

...Rückzug der Natur ins Innere der Erde....

*Die Ernte ist abgeschlossen. Wenn es ein gutes Jahr war, sind die Speicher gefüllt. Wir haben Sonne, Kraft und Energie getankt, um in die dunkle, kalte Jahreszeit zu gehen. Unsere Dankbarkeit über die Ernte mag durchsetzt sein mit Wehmut. Fallende Blätter, sterbende Pflanzen, die Schmetterlinge fliegen vielleicht ein letztes Mal im für noch wenige Stunden am Tag warmen Sonnenlicht. Wenn wir einer Biene zuschauen, wie sie schon leicht benommen die letzten Blüten sucht, mögen wir darüber sinnen, wie lange sie wohl noch zu leben hat. Hatten wir ein schwieriges Jahr bisher, sind unsere inneren oder äußeren Speicher nicht gefüllt, so mögen wir vielleicht sogar mit Angst und Sorge der kalten, dunklen Jahreszeit entgegenblicken. Es ist wichtig, auch dies wahrzunehmen, es zuzulassen, vielleicht ganz bewusst diesen dunklen Teil in uns der noch wärmenden Sonne entgegenzuhalten. Wir merken wie die Tage kürzer werden, morgens beim Aufstehen ist es nun wieder dunkel, die Luft ist zum Teil schon schneidend kalt. Aber die Wärme der Mittagssonne versöhnt uns noch einmal, gibt uns etwas Aufschub. Noch einmal können wir dankbar Wärme und Licht tanken, während wir die Herbstfarben genießen. In vorchristlicher Zeit, vor allem auch in der Zeit bevor die Menschen mit Ackerbaukulturen sesshaft wurden, war dieses Ritual wohl viel stärker der Vorbereitung einer Begegnung mit der dunklen Kraft gewidmet. Die Vorbereitung auf die dunkle Jahreszeit, das Wappnen gegen Sterben und Tod, der damals unterstützt von Kälte, Hunger und Krankheiten nicht nur Pflanzen und Tiere sondern auch uns Menschen in der dunklen Jahreszeit drohte, mag früher wie heute leichter erscheinen, wenn man noch gestärkt und gefüllt von Sonne und Kraft des Sommers ist. Heute, sei es geprägt durch das Christentum oder durch unsere Wurzeln in der ackerbaulichen Kultur, ist das Fest vor allem ein Erntedankfest geworden. Wir danken für die reiche Ernte, für volle Vorratskammern und Speicher. In einer Zeit und Gesellschaft, in der wir nicht von Hunger und Kälte bedroht sind, macht es Sinn zurückzuschauen: wofür können wir dieses Jahr dankbar sein? Welche Fülle wurde uns geschenkt? Oder vielleicht auch: was ist nicht in Erfüllung gegangen? Fehlt es uns wirklich, brauchen wir es wirklich? Oder ist es vielleicht gut so, wie es ist und ist so dieses Nicht-in-Erfüllung gehen vielleicht auch ein Stück Ernte? Wir machen uns bewusst, dass es nicht selbstverständlich ist, so reich zu sein, wie wir es sind. Dass zu anderen Zeiten aber auch an anderen*

*Orten, Menschen gerade jetzt bangend dem Winter entgegenschauen, der sie mit Hunger und mit Kälte oder Durst bedroht. Das mag viele unserer Ängste in Perspektive setzen, mag Dankbarkeit aufkommen lassen für die Fülle und den Reichtum, den wir haben.*

*Vorschlag zum Ritual: Wir suchen uns einen Platz in der Natur, wo wir den Herbst spüren können. Sei es auf einer Wiese mit einigen letzten Blüten, oder im Wald, wo wir den fallenden Blättern zuschauen, oder am Waldrand, wo wir die goldenen Blätter des Herbstes genießen. Wir setzten uns und konzentrieren uns auf unsere Ernte in diesem Jahr. Was wurde uns geschenkt, wofür können wir dankbar sein? Wir betrachten die herbstlichen Farben, betrachten diesen Prozess des Vergehens und fühlen in uns hinein, was das mit uns zu tun hat. Ist dort Wehmut, Angst, Sorge vor Tod, vor Krankheit, vor der dunklen Jahreszeit? Wir versuchen beides, die Dankbarkeit über die Ernte, aber auch die dunklen Gefühle in uns nebeneinander stehen zu lassen. Wir geben beidem Raum, ohne es zu werten, ohne anzuhaften, ohne abzuwehren. Wir machen einen kleinen Spaziergang durch die herbstliche Natur und sammeln Symbole für unsere Ernte, aber auch für die dunklen Gefühle in uns. Wir tragen diese Ernte zusammen. Ein Feuer wärmt uns, und wir verzehren die reichlich mitgebrachten Speisen.*

Am nächsten Morgen erwachte Charlotte unruhig, zermürbt, unglücklich. Sie zweifelte an ihrem Leben, stellte sich selbst in Frage und bezweifelte, dass sie etwas Sinnvolles mit der ihr geschenkten Zeit machte. Sollte sie nicht eigentlich viel mehr Gutes im Leben tun? Den Reichtum, den sie erlebte, mit anderen teilen? Obwohl sie Urlaub hatte, stand sie früh auf, ziellos, einfach um der inneren Unruhe irgendwie zu entkommen. Sie fütterte Cleo, die sich erstaunlich schnell eingewöhnt hatte, setzte sich auf den Balkon und blickte hinunter in das Tal. Es war diesig und die Luft nicht wirklich warm. Der Herbst war angekommen. Cleo kam, sprang mit einem kleinen Maunzen auf ihren Schoss und kuschelte sich eng an sie. Charlotte hüllte sich in ihren Schal, legte das herbstlich gefärbte Seidentuch über den Balkontisch und breitete die Tarotkarten aus. Was brauchte sie in ihrem Leben? Was war wichtig? Was war hinderlich? Die Antworten waren eindeutig: Acht der Erde - Innere Ordnung, sechs der Luft – Klarheit, sieben der Erde – Energieverlust. Sie seufzte. Innere Ordnung: dazu brauchte sie Selbstdisziplin und das würde dann wohl wirklich zu Klarheit führen. Unwille regte sich in ihr, so wirklich annehmen, konnte sie die Karten nicht. Aus Pflichtgefühl setzte sie sich zur morgendlichen Meditation. Als es in ihr etwas ruhiger wurde, spürte sie den Raum in sich, der voll grauer, unruhiger Leere war, voller Unzufriedenheit, Zweifel und Schuldgefühl. Immer wieder drifteten ihre Gedanken ab, kreisten um kleine Begebenheiten, nicht erledigte Pflichten, Unzulänglichkeiten, Schuld. Sie seufzte und versuchte liebevoll und bestimmt immer wieder die Achtsamkeit auf den Atem zurückzulenken. Geduldig, nachdrücklich, diszipliniert. Und wieder kehrte für einen kurzen Moment Ruhe ein, um dann sogleich wieder von der erschreckenden grauen, unzufriedenen Unruhe in ihr verdrängt zu werden. Als die Uhr piepste, streckte Charlotte sich seufzend. Was machte sie nun mit diesem eigentlich so wertvollen Urlaubstag? In dieser Stimmung? Heute war Erntedankfest, Tagundnachtgleiche, Herbstanfang. Alle Freundinnen waren weit weg, sie hatte sich in letzter Zeit zu wenig bemüht um Kontakt zu Freundinnen, zu Frauen, zu Möglichkeiten in denen sie ihre Spiritualität leben und Jahreskreisfeste feiern konnte. Auch das musste sich wieder ändern.

Nun, da es Tagundnachtgleiche war, und sie zudem gleich zwei Erdkarten gezogen hatte, wäre es wohl das Vernünftigste, raus in die Natur zu gehen. Vielleicht könnte sie dort die Göttin wieder spüren.

Bevor sie sich auf den Weg machte, ging sie noch am Stall vorbei. Ihr alter Wallach Voyou begrüßte sie mit mildem Desinteresse. Die Pferde standen auf der Koppel und als sie hinausging, gab ihr Voyou deutlich zu verstehen, dass sie nicht auf die Idee kommen sollte, ihn zum Reiten zu holen. Charlotte kraulte ihm den Bauch, putzte ihn etwas und massierte seinen verspannten Rücken und ging dann wieder. Der Kontakt mit den Pferden hatte ihr gut getan, hatte sie etwas geerdet, ihr ein wenig vertrauensvolle Kraft zurückgegeben. Es war ein milder Herbsttag, wenn auch immer noch sehr verhangen. Die Sonne war mehr zu ahnen als wirklich zu sehen, trotzdem war es angenehm warm. Als Charlotte ihre Wanderschuhe zuschnürte und losmarschierte, merkte sie, wie sie sich ein wenig entspannte. Worum ging es heute? Dank für die Ernte? Für alles was in ihrem Leben reichhaltig und in Fülle vorhanden war. Während das erste Laub unter ihren Füssen raschelte, versuchte Charlotte sich in Erinnerung zu rufen, wofür sie danken konnte. Sie war gesund. Sie verdiente gut, und hatte einen interessanten Job. Sie hatte Freundinnen und Freunde (um die sie sich im Moment so gut wie gar nicht kümmerte). Das heißt, sie hatte eigentlich ein perfektes Leben und nur ihre Schuldgefühle hielten sie davon ab, es wirklich zu genießen. Sicher, es war ein lohnendes Ziel, das Gute, Mitgefühl, Hilfe für andere, Großzügigkeit in ihrem Leben wachsen zu lassen. Aber heute war Erntedank. Heute ging es nicht um das, was wachsen sollte. Heute würde sie sich dessen erinnern, wofür sie danken wollte. Und während sie durch die herbstliche Landschaft wanderte, suchte sie nach Symbolen für das Wunderbare in ihrem Leben. Unten im Tal am Fluss sammelte sie Kastanien, Eicheln und Walnüsse für die materielle Fülle in ihrem Leben. Sie hatte immer genug zu essen, eine schützende, warme, behagliche Wohnung. Genug Geld für Kleider, Reisen, sogar für ihr Pferd. Dann stieg sie den steilen Pfad zu der kleinen Kapelle hinauf, von dort hatte sie Ausblick über das Tal, den sich windenden Fluss, kleine Kiesbänke, Weidengebüsch, Erlen, kleine Sandbänke. Hier oben fand sie Thymian, Wermut, Oregano, Goldrute, ein schönes Symbol für die Heilung in ihrem Leben. Sie dachte dankbar daran, dass sie wieder fühlen konnte. Das erste Gefühl, das sie wieder gelernt hatte, als sie es vor Jahren gewagt hatte sich an die dumpfe Leere in ihrem Inneren heranzutasten, war tiefe Trauer gewesen. Trauer um ihre verlorene Kindheit und Jugend. Und bei aller Trauer war da dann die erste Freude, dass sie überhaupt wieder etwas fühlen konnte. Dass ihr Unterleib wieder warm wurde. Dass ihr Herz und Bauch nicht einfach nur noch tot und kalt und wie nicht existent waren. Und dann kam der Schmerz. Manchmal scharf und schneidend. Manchmal dumpf, niederdrückend. Aber immer irgendwie reinigend.

Bei dem Aufstieg war ihr warm geworden, Schweiß lief ihr den Rücken hinunter. Eine Weile ging sie den Höhenweg. Sie fand noch Hagebutten, leuchtend rote Früchte, die sie an die Fülle in ihrem Leben erinnerten und die zeigten, dass die Sonne da war, wenn auch hinter leicht verhangenem Himmel. Eine letzte spätblühende Rose neigte sich ihr zu und sie pflückte sie dankbar, ein duftendes Symbol für die Schönheit in ihrem Leben. Sie freute sich über ihre Schätze und spürte wie ihr leichter wurde, wie sie ihr Leben wieder ein wenig genießen konnte. Sie lief die letzten Meter hinunter zum Fluss und stand plötzlich vor einem kleinen tiefen Becken mit einladendem Sandstrand. Kurz entschlossen zog sie sich aus, stapelte ihre Kleider auf einen Stein und stieg in den Fluss. Es war eisig kaltes Wasser, was dort aus den Bergen kam. Die Kälte nahm ihr den Atem, ließ sie nach Luft schnappen, und trieb sie sofort wieder hinaus. Dort stand sie lachend. Das zweite Mal ging sie behutsamer hinein. Dieses Mal war ihr Körper schon vorbereitet. Sie legte sich in die Strömung, hielt sich an einem Stein fest und bat die Göttin, sie mit dem fließenden Wasser zu reinigen, alle Unruhe, Unzufriedenheit, Schuldgefühle aus ihr heraus zu schwemmen, sie mitzunehmen bis in die Tiefen des Meeres. Auch dieses Mal trieb die Eiseskälte sie schnell wieder hinaus. Einen Moment stand sie an dem kleinen Sandstrand, nackt in der milden Herbstluft, dankbar den kribbelnden Körper spürend, ein kleines Dankgebet hinausschickend. Sie fühlte sich ruhiger nun, friedlicher. Sie trocknete sich mit ihrem T-Shirt ab, zog sich an, sammelte ihre Schätze ein und machte sich auf den Heimweg. Nachdenklich, langsam und genießend ging sie nun durch diesen friedvollen Herbsttag, das milde Licht, die Septemberstille. Hier und da raschelte das Laub unter ihren Füssen. Dort grüßte sie eine Ackerwitwenblume, einzelne Schafgarben, links von ihr leuchtete ein Rainfarn.

Zu Hause angekommen, schmückte Charlotte ihren Altar mit den Früchten und Blumen. Sie setzte sich erneut zur Meditation. Dankbarkeit kam auf. Eine veränderte Realität, eine andere Wirklichkeit. So schnell verändert, wie die Wolken, die draußen nun am herbstlichen Himmel vorbeizogen.

Als sie in die Küche ging, um sich etwas zu Abendessen zu kochen, klingelte ihr Handy. Als sie das Handy nahm, war am anderen Ende Schweigen. „Hallo?" fragte sie. „Wer ist da?" Entgegen ihrer Gewohnheit legte sie nicht sofort auf, als sich immer noch niemand meldete. Sie spürte, da war jemand am anderen Ende, der sie brauchte. Sie wartete einen Moment schweigend. Dann fragte sie freundlich: "Kann ich Ihnen weiterhelfen?" Im selben Moment wunderte sie sich, über ihre förmliche Formulierung und wollte nun doch das Gespräch abbrechen. Doch da hörte sie plötzlich eine tiefe, recht selbstsicher klingende Frauenstimme. „Vielleicht. Mein Mann glaubt es zumindest." Es dauerte einen Moment, bis Charlotte begriff, dass das die Antwort auf ihre Frage gewesen war. „Gut, wie kann ich Ihnen helfen?" „Nun, sie haben gestern meinen Mann im Zug getroffen. Und ..." nun zögerte die selbstsichere Stimme.

Offensichtlich wusste sie nicht, wie weiter. Charlotte kam ihr entgegen. „Ah, sie möchten einen Termin zum Handauflegen." Am anderen Ende der Leitung war ein erstauntes Schnaufen zu hören. „Handauflegen? Nun... ja... vielleicht ist es das, was ich möchte." „Gut," sagte Charlotte, „sagen sie mir doch ihren Namen und Adresse und dann müssen wir nur noch einen Termin vereinbaren." „Christiane Löwensiek, Bergstraße" Charlotte kannte die Bergstraße. Weit war das nicht für sie, direkt am Merianpark. Plötzlich war die Stimme am anderen Ende sehr vorsichtig. Fast bittend. „Könnten sie vielleicht heute Abend schon vorbeikommen? Ich meine... ich weiß es ist viel verlangt, aber...." Diese Frau war nicht gewohnt zu bitten. Es viel ihr schwer. „Ich weiß sonst nicht..." Charlotte schluckte. So schnell konnte es gehen. Vom Danken zum Geben. Aber sie willigte ein. Es war erst sechse durch. Sie würde sich etwas kochen und dann, ja, so gegen acht könnte sie vorbei kommen. Als sie auflegte, saß Cleo vor ihr und schaute sie fragend an. „Tja, Cleo," Charlotte beugte sich hinunter und kraulte ihr den Nacken, „ich weiß auch nicht, was das werden wird. Aber versuchen kann ich es ja mal." Cleo schnurrte zufrieden, machte dann aber mit einem zielstrebigen Gang zum Futternapf unmissverständlich klar, dass es wichtigere Dinge im Leben gab. Charlotte lachte. „Also gut, als allererstes bekommst Du jetzt etwas zu fressen. Dann werde ich mir etwas kochen."

Gut zwei Stunden später näherte sich Charlotte dem großen, villenähnlichen Haus. Der an den Park angrenzende Garten war etwas verwildert. Ein Hund schlug an, war aber nirgends zu sehen. Als Charlotte klingelte, wurde fast sofort die schwere Holztür von innen geöffnet. Offenbar war ihre Ankunft beobachtet worden. Die beiden Frauen musterten sich schweigend. Charlotte sah eine große, schlanke Frau. Lockig welliges braunes Haar umrahmte ein sehr gepflegtes, dezent geschminktes Gesicht. Bequeme, teure Kleidung und ein Hauch eines guten, herben Parfüms gaben der Frau eine elegante, selbstsichere Erscheinung. Aber der Blick, der Charlotte nur zögernd begegnete, war etwas flackernd, gab nichts preis. Es war als blickte sie gegen eine Wand und nicht in lebendige Augen. Christiane ihrerseits erblickte eine große, kräftige aber schlanke Frau. Mit Erstaunen stellte sie fest, dass sie zu Charlotte aufschauen musste. Junge lebendige Augen, ein von den Lachfalten abgesehen, fast faltenloses Gesicht stand im Kontrast zu den mit grau durchsetzten kurzen Haaren. Die Kleidung war sportlich, bequem, nachlässig und nur die warmen orangeroten Töne passten mit der Vorstellung überein, die Christiane sich von einer Heilerin gemacht hatte.

„Darf ich reinkommen?" „Aber sicher. Entschuldigung." Christiane trat zurück, liess Charlotte ein und ging dann voraus durch ein großes hohes Treppenhaus. Charlotte folgte Christiane in ein grosses helles, skandinavisch eingerichtetes Wohnzimmer. Die großen torbogenartigen Fenster gaben den Blick in den Garten und auf den Park im Hintergrund frei. Es war, als würde man mitten im Grünen wohnen. Charlotte seufzte unwillkürlich. „Schön!" sagte sie. Christiane nickte. „Möchten Sie einen Tee oder Kaffee?" Charlotte nickte. „Wenn Sie grünen Tee haben?" Während Christiane verschwand um den Tee zu zubereiten, stellte sich Charlotte vor das Fenster und versuchte sich zu zentrieren. Sie spürte ihre Verunsicherung in dieser Umgebung und sie fühlte sich fremd. Die alten, wohlbekannten Zweifel stiegen in ihr hoch. Was um Himmelswillen tat sie hier? Sie bildete sich doch nicht im ernst ein, dass sie mit ein bisschen Handauflegen einer solchen Frau, die offensichtlich völlig entwurzelt war, helfen konnte? Charlotte schob entschlossen ihre Zweifel weg. „Zweifel sind das größte Hindernis auf dem Weg." Es schien, als hörte sie plötzlich die Stimme ihrer buddhistischen Lehrerin. „Alle anderen Hindernisse, gilt es genau anzuschauen und zu prüfen. Aber den Zweifel musst Du sofort und energisch stoppen." Sie lächelte als sie daran dachte, wie sie versucht hatte den Unterschied zwischen Zweifel und selbstkritischem Hinterfragen herauszufinden. „Zweifel ist selbstzerstörerisch, macht Dich unsicher, macht Angst, lähmt. Selbstkritisches Hinterfragen dagegen ist mit Neugierde, Aufregung, der Lust auf Neues verbunden." Charlotte schluckte. Das hier, dieses unsichere Gefühl im Bauch, diese plötzliche Energielosigkeit, war mit Sicherheit Zweifel. Sie richtete nun entschlossen ihren Blick auf die alte große Eiche im Park. Ihr Blick verlor sich im Geäst der weit verzweigten Baumkrone, sie folgte den Zweigen und ließ ihren Blick den dämmrigen Abendhimmel zwischen den Blättern aufspüren. Dann bat sie um Ruhe und Energie, ließ diese Energie durch ihre Augen durch ihren Körper fließen bis hinab zu ihren Füssen. Als ihre Fußsohlen warm wurden, spürte sie eine leichte Berührung an ihrem Bein. Sie blickte hinab und sah einen großen Dobermann neben sich stehen, die dunklen Augen fragend zu ihr emporgehoben. Charlotte legte ihm sanft die Hand auf den Nacken und begann dann vorsichtig, ihn hinter den Ohren zu kraulen. Während sie sich wieder der alten Eiche zuwandte, spürte sie, wie der Hund sich ganz leicht, kaum merklich anlehnte. So standen sie eine ganze Weile, bis Charlotte plötzlich merkte, dass der Hund unruhig wurde. Sie trennte sich von der Eiche und drehte sich langsam um. Christiane stand wie angewurzelt in der Tür und betrachtet mit einer Mischung aus Erstaunen und Befremden den Hund. „Toller Wachhund…" knurrte sie plötzlich verächtlich. Der Hund zuckte zusammen und tappte mit eingezogenem Schwanz davon. „Warum?" fragte Charlotte. „Sie haben mich doch hereingelassen. Warum sollte der Hund nicht freundlich zu mir sein?" Christiane ging nun zu dem niedrigen Tisch und servierte den Tee. Sie zuckte die Achseln. Und Charlotte wusste plötzlich: sie war einsam. Und eifersüchtig, dass der Hund zu ihr, einer Fremden kam und sich nicht an seine Besitzerin anschmiegte. Aber gleichzeitig betrachtete Christiane sie nun mit unverhohlener Neugierde. Eine Spur von Aggressivität verdeckte nun die Unsicherheit und durchbrach die leblose Mauer in ihren Augen. Ihre Stimme klang hart, als sie sprach. „So, nun haben sie wohl neben meinem Mann auch schon meinen Hund bezirzt. Bin jetzt ich an der Reihe?" Charlotte spürte noch die Kraft der Eiche in sich und begegnete ruhig dem herausfordernden Blick. „Ich verhexe niemanden. Ich kann einfach wieder gehen." schlug sie vor. Christiane schürzte verächtlich die Lippen. „Soll das eine Drohung sein?" Nun zuckte Charlotte die Achseln und stand auf. „Tut mir leid, dass Sie den Tee umsonst gekocht haben." Sie lächelte kurz, nickte und ging zur Tür. In der Halle wartete der Hund, oder vielmehr eine Hündin, wie Charlotte nun sah. Sie hielt kurz inne und kraulte sie hinter den Ohren. Dankbar schluckte die Hündin und blieb dann ruhig sitzen, als Charlotte die Türe öffnete. Sie schloss sie leise und ging ebenso leise über den knirschenden Kies zur Gartenpforte. Als sie ihr Fahrrad aufschloss, flog die Türe auf und Christiane kam atemlos durch den Garten gerannt. „Hören sie. Es tut mir leid. Wirklich. Sehr. Ich habe mich furchtbar verhalten. Bitte....." Charlotte zögerte. So eine verwöhnte Zicke. Was bildete sie sich ein? „Bitte!" Sie flüsterte nun fast. „Mein Herz ist so eiskalt." Christiane hatte nun Tränen in den Augen. „Ich weiß auch nicht, warum ich so bin." Charlotte schloss ihr Fahrrad seufzend wieder ab und ging wieder mit hinein. Eine Weile tranken sie schweigend ihren Tee. Irgendwann fragte Christiane leise, zögernd: „Was passiert nun?" Charlotte sah sich im Raum um. „Wir könnten damit beginnen ein oder zwei Kerzen anzuzünden." Christiane suchte nach Streichhölzern und zündete die Kerzen an, die, obwohl sie völlig staubfrei waren, den Eindruck erweckten, als ständen sie schon lange da. Als Dekoration, niemals angezündet. Charlotte kramte ein Räucherstäbchen aus ihrem Beutel. Christiane runzelte missbilligend die Stirn: „Oh lieber nicht! Von diesem künstlichen Geruch bekomme ich immer Migräne." Charlotte klemmte das Räucherstäbchen neben der Kerze in den Kerzenhalter und nickte. „Dann lasse ich es einfach hier. Wenn sie sich später danach fühlen, können sie es immer noch anzünden."

Charlotte schaute sich suchend im Zimmer um. „Am besten, sie legen sich dort auf den Ottomanen und schließen die Augen." Sofort schien Christiane sich anzuspannen und Charlotte spürte, dass die Vorstellung, sich in Gegenwart eines fremden Menschen hinzulegen und die Augen zu schließen, bei Christiane schon die höchste

Alarmstufe bedeutete. „Sie können auch die Augen offen lassen und irgendwo hinschauen. Schauen sie etwas an, das sie entspannt. Zum Beispiel in die Baumkrone der alten Eiche dort draußen im Park." Christiane nickte. Charlotte holte sich einen niedrigen Schemel, der vor dem alten Klavier stand und setzte sich neben Christiane, sodass sie mit ihren Händen Christiane gut erreichen konnte. Sie spürte wie Christiane nun sehr nervös wurde. „Es kann gar nichts passieren." beruhigte Charlotte. „Wenn ihnen meine Hände zu unangenehm sind, sagen Sie es bitte sofort. Oder wenn irgendetwas anderes nicht stimmt. Heben sie einfach die Hand, dann höre ich sofort auf." Wieder nickte Christiane stumm. Charlotte versuchte nun, bewusst alle Anspannung loszulassen und schloss einen Moment die Augen. „Ruhig, ruhig, ruhig…" dachte sie bei jedem Atemzug. Sie fühlte, wie sich Christianes Anspannung auf sie übertragen hatte. „Göttin, hilf." Formulierte sie nun in Gedanken. Leise murmelte sie das Mantra der Göttin. Als sie Ruhe spürte und fühlte, wie sich ihre Füße mit der Erde unter ihr verbanden, legte sie ihre Hände auf Christianes Sonnengeflecht. Im ersten Moment war sie erschrocken, über die kalte Leere, die ihr entgegenschlug. Sie wartete auf die vertraute Wärme, die immer durch ihre Hände aufstieg, sobald sie die Hände auflegte, aber nichts geschah. Charlotte verstärkte ihre Konzentration, konzentrierte sich auf die Weite des Universums über ihr, öffnete bewusst ihr Scheitelchakra und leitete die Energie aus dem Universum durch ihren Körper in ihre Hände und von dort in Christianes Sonnengeflecht. Lange Zeit tat sich gar nichts. Dann, irgendwann, spürte sie ein leises zaghaftes Kribbeln. Wärme konnte man es nicht nennen, aber immerhin spürte Charlotte eine leise kribbelnde Antwort. Sie visualisierte jetzt Wärme, Liebe, Mitgefühl als orangeroten Ball in Christianes Sonnengeflecht. Ein wenig gelang es ihr. Aber nicht stabil, nicht wirklich leuchtend. Eher wie eine sanfte Ahnung, wie Morgenrot am Horizont eines bewölkten Tages. Als Charlotte spürte, dass sie im Moment nicht mehr erreichen würde, wechselte sie zu Christianes Kopf. Sie legte die Hände wie eine

Muschel um ihren Scheitel ohne allerdings den Kopf oder auch die Haare zu berühren. Sie stellte sich vor, wie Christianes Scheitelchakra sich öffnete und Liebe, Kraft, Weisheit und Mitgefühl aus dem Universum dort eintraten und durch ihren Körper strömten, liebevoll das Herz umspielten, das kalte, leere Gefühl im Bauch in warmes, angenehmes Kribbeln auflösten, dann durch die Hüften, die Knie und dort zu den Füssen wieder hinaus flossen. Auch hier tat sich am Anfang gar nichts. Charlotte zwang sich, nicht aufzugeben, immer wieder bat sie die Göttin um Hilfe. Es gab einen Moment, da fühlte sich ihr eigenes Herz plötzlich kalt an. Charlotte erschrak und überlegte, die Behandlung abzubrechen. Plötzlich spürte sie die Hündin in ihrem Rücken. Sie drückte ihren Kopf warm und vertrauensvoll gegen ihr Kreuzbein. Charlotte durchrieselte Dankbarkeit und Rührung. Ihr Herz öffnete sich und in diesem Moment spürte sie, wie die Energie zu fließen begann. Christiane stöhnte auf, griff mit den Händen nach ihrem Bauch, mehr erstaunt als erschrocken, ließ die Hände dann wieder sinken und legte sich zurück. Nun deutlich entspannter, als könne sie nun zulassen was geschah. Ihre Augen waren immer noch geöffnet, aber nun schien sie in die Weite zu schauen, nicht mehr krampfhaft haltsuchend im Zimmer umherzublicken. Charlottes Hände bewegten sich von selbst. Vom Scheitel zum Kehlchakra, zum Herzen, noch einmal zum Sonnengeflecht. Von dort zu den kalten Händen, zurück zum Bauch, zu den verhärteten Sehnen an den Hüften, den verkrampften Oberschenkeln, kalten Knien, seltsam schlaffen Unterschenkeln und zum Schluss zu den Füßen. Bevor sie endete, legte Charlotte noch einmal die Hände auf Christianes Solarplexus, der ihr nun mit einem stetigen, sanften Kribbeln antwortete. Dann war es vorbei. Charlotte ging in die Ecke vor den Kamin, und legte dort die Hände auf den kalten Steinfußboden. Sie dankte der Göttin und bat die Erde alle fremde Energie, alles, was nicht zu ihr gehörte aufzunehmen. Konzentriert ließ sie alles Fremde in die Erde fließen. Als sie sich aufrichtete, fiel ihr Blick auf die Uhr. Fast zwei Stunden war sie nun hier. Unwillkürlich seufzte sie. Dankbarkeit erfüllte sie. Es hatte sich etwas bewegt. Etwas mehr Liebe und Mitgefühl und Wärme war in der Welt. Christiane richte sich nun zögernd auf. Charlotte setzte sich wieder auf den Schemel und legte ihr sacht eine Hand auf die Schulter. „Bleiben sie noch etwas liegen!" Christiane legte sich wieder zurück. „Was bin ich ihnen schuldig?" „Gar nichts" sagte Charlotte. „Ich habe im Moment einen gut bezahlten Job. Das heißt, ich brauche kein Geld. Heilen bedeutet für mich, göttliche Energie, die mir geschenkt wurde, weiterzugeben. Für etwas was mir geschenkt wurde, Geld zu nehmen, widerstrebt mir." Sie sah Christianes zweifelnden, ungläubigen Blick. „Wirklich," versicherte sie nochmals. „Es wäre etwas anderes, wenn ich keinen anderen Verdienst hätte." „Aber ich kann das doch nicht einfach so annehmen!" widersprach Christiane. „Nun, wenn sie das nicht können, dann können sie einfach entsprechend der zwei Stunden, die ich bei ihnen war, ihrerseits etwas Gutes tun. Irgendetwas tun, das Heilung und Liebe in die Welt bringt." „Aber wie denn? Was denn? Ich kann so etwas doch gar nicht." „Hmmm. Sie könnten damit anfangen, zwei Stunden lang liebevoll zu ihrem Hund zu sein." Christiane runzelte ärgerlich die Stirn. „Nein, " sagte Charlotte, „ wirklich, ich meine es ernst. Es geht darum, dass sich dein Herz öffnet. Dann wird es dir besser gehen und du wirst mehr und mehr selbst wissen, was du für deine Heilung tun musst. Und dem Hund wird es auch gut tun." Wie zur Bestätigung kam die Dobermannhündin nun heran, setzte sich neben Christiane und berührte vorsichtig mit der Nase ihr Knie. Es war kein Anlehnen, wie sie es vorher bei Charlotte getan hatte, es war wie eine ganz vorsichtige Frage. Christianes Gesicht glättete sich, plötzlich standen ihr Tränen in den Augen. „Anona..." flüsterte sie. Und dann zu Charlotte gewandt: „das hat sie noch nie getan". Einen Moment lang schimmerte ein wenig Glück in Christianes Augen auf, die Hündin schluckte. Beide verharrten regungslos. Doch dann war der Moment vorbei, ein Ruck ging durch Christianes Körper, die Mundwinkel zogen sich nach unten, ihr Gesicht wurde wieder härter. Anona stand schnell auf und ging in die Ecke des Zimmers. Christiane schnaubte. „Tsss. Lang hält sie es ja nicht bei mir aus." „Übe." Sagte Charlotte sanft. „Übe dein Herz zu öffnen und Anona wird es nicht nur bei dir aushalten, sondern wird dich lieben." Erst später merkte Charlotte, dass sie automatisch zum du übergewechselt war. Bei dem Wort „lieben" schaute Christiane auf, verwirrt und erstaunt suchte sie in Charlottes Augen nach Antworten. Ihr Blick war so suchend, ratlos, als wäre dieses Wort ihr unbekannt. Charlotte lächelte und stand auf. „Ich gehe jetzt. Bleib einfach sitzen, ich finde alleine hinaus." Als Charlotte sich bevor sie hinaustrat noch einmal umdrehte, saß Christiane bewegungslos auf dem Ottomane und schaute versunken hinaus in den Park zu der alten Eiche. Anona stand etwas abseits und schaute fragend von Christiane zu ihr hin.

# Samhain

## 31. Oktober

...Hexenneujahr – ...Gedenken an die AhnInnen...

**Vergänglichkeit**

...wir gehen in die dunkle Zeit...

...wir gedenken der Toten...

...wir schauen tief in uns hinein, tief in die Erde...

*Wenn wir die Angst vor dem Tod nicht verlieren, können wir das Leben nicht genießen - so wird es uns gesagt. Ja mehr als das, wenn wir die Angst vor dem Tod nicht verlieren, verbringen wir die meiste Zeit unseres Lebens damit, vor Alter, Krankheit und Tod davon zulaufen und kommen gar nicht dazu, unser eigentliches Leben, das Leben für das wir bestimmt sind, zu leben. Im Buddhismus wird uns empfohlen, jeden Tag mindestens einmal über den Tod zu kontemplieren. Ohne dies, sei es ein verlorener Tag, an dem wir gefangen in unseren Illusionen sind, denn nur vom Standpunkt des Todes aus können wir erkennen, wie relativ die vermeintliche Wirklichkeit um uns herum ist. Und diese Erkenntnis ist das Tor zu Freiheit, frei von Festlegung und engem Geist.*

*Samhain- die Grenze zwischen den Welten ist dünn, so dünn wie sonst nur an Beltane. Wir können den Kontakt zu unseren AhnInnen aufnehmen, und über diesen Kontakt wird es uns vielleicht leichter, ein klein wenig Verständnis für dieses unfassbare Geschehen, den Tod, zu bekommen. Indem wir die Anwesenheit unserer AhnInnen spüren, können wir ein wenig von unserer Angst verlieren. Und auch wenn die Göttin vielleicht nie unsere Fragen beantwortet, warum wir leiden, warum wir krank werden, warum wir altern müssen, warum wir sterben, vielleicht können wir ein Verstehen entwickeln, jenseits aller Worte und Gedanken. Das Spüren der AhnInnen, derer die vor uns gelitten, gelebt, geliebt haben, mag unser Bewusstsein vom ewigen Leben erwecken, mag uns Sicherheit geben, dass dieses Leben nicht umsonst, nicht ziellos ist.*

*Vorschlag für ein Ritual an Samhain: Der beste Platz für Samhain ist eine Höhle. Mit Einbruch der Dunkelheit machen wir uns auf den Weg. Wenn wir trittsicher genug sind, gehen wir ohne Licht, vorsichtig, langsam, vielleicht tastend durch die Dunkelheit. In der Höhle sitzen wir schweigend, spüren die Erde um uns herum. Die Himmelsrichtung dieses Festes ist der Norden, das Element des Nordens die Erde und das Gestein, das uns umgibt. Wenn wir still geworden sind, nehmen wir Kontakt zu unseren AhnInnen auf. Wir denken an sie, ehren sie. Wir gedenken der Verluste dieses Jahres, der Krankheiten, Schmerzen, Enttäuschungen, Verluste geliebter Menschen, geliebter Tiere. Wo mögen sie jetzt sein? Können wir sie neben uns spüren? Wenn wir mögen, teilen wir unser Leid mit denen,* die mit uns in der Höhle sind. Dabei ist es wichtig, achtsam zu erzählen und genauso achtsam und mit Mitgefühl und offenem Herzen zu zuhören. Wenn wir es schaffen, unsere Trauer, unseren Schmerz zu teilen, kann dies schon sehr viel Trost und Heilung bringen. Wenn alle, die sprechen mögen, gesprochen haben, zünden wir unsere mitgebrachten Kerzen an. Dann bringen wir unsere Gaben im Norden der Höhle für die AhnInnen dar. Wir verlassen die Höhle schweigend.

Und wie immer feiern wir nach dem Ritual mit einem Festschmaus aus mitgebrachten Speisen. Wenn wir für das Festmahl draußen bleiben, zünden wir uns ein wärmendes Feuer an.

Einordnung des Festes im Jahreskreis: Zum Herbstanfang haben wir uns für die Ernte und die Fülle des Jahres bedankt. Mit Samhain gehen wir in die dunkle Jahreszeit. Der Herbst neigt sich dem Ende entgegen, die Tage sind kurz, kalt, oft sehr nass. Es wird Zeit, die Aktivitäten nach innen zu verlegen, Zeit innerlich zur Ruhe zu kommen. In dieser dunklen Zeit, die vor uns liegt, sollen wir uns bewusst mit der Dunkelheit beschäftigen, innere Einkehr halten, unseren Ängsten begegnen, damit wir dann gereinigt und gerüstet sind, um zur Wintersonnenwende das Licht für das neue Jahr zu entzünden.

Die nächsten Tage waren friedlich für Charlotte, angefüllt mit einer ruhigen Freude. Dankbar dachte sie an die Begegnung mit Christiane zurück und dass ein wenig Heilung geschehen war. Und sie hatte große Freude an Cleo. Es war einfach wunderschön, wenn sich abends die Katze eng an sie kuschelte, oder morgens, nachdem der Wecker klingelte, ihr vorsichtig mit der Tatze über das Gesicht strich, als wollte sie sie auf sanfte Art noch einmal wecken. Oft wenn sich die Katze an sie schmiegte, ging ihr das Herz auf und schon dadurch geschah ein wenig Heilung. Zudem hatte Charlotte das Gefühl, dass Cleo sich sehr gezielt auf verspannte Körperstellen legte, wo der Energiefluss blockiert war oder irgendetwas klemmte. Und es war ganz deutlich nicht nur die angenehme Körperwärme der Katze sondern heilende Energie, die da zu fließen begann.

Während dieser Zeit arbeitete Charlotte an einigen anstrengenden Projekten, unter anderem hatte sie die Ankündigung für die Seminarreihe mit dem Thema „Ursprung und Funktion von sexuellem Missbrauch in unserer Gesellschaft" bei Synergia veröffentlicht. Schon der Ausschreibungstext hatte zum Teil heftige Diskussion ausgelöst. Der Vorstand, der seinen Konzern als progressiv und richtungsweisend in der Gesellschaft sah, würde geschlossen teilnehmen und hatte sich ohne Ausnahme angemeldet.

Eines Nachts als Charlotte spät schlafen ging, todmüde von mehreren Tagen anstrengender Arbeit, glitt sie in einen Alptraum, gegen den sie sich nicht wehren konnte. Sie spürte noch, wie ihr der Schweiß ausbrach, versuchte verzweifelt aufzuwachen, aber sie konnte sich nicht gegen den Sog des Traums erwehren. Sie sah sich selbst wie verloren in einem ihr völlig fremden Hof stehen. Sie fühlte sich, als stehe sie seit Wochen unter Schock. Ein Teil von ihr schwebte dort oben mit den weißen luftigen Wolken durch den azurblauen Himmel. Dieser Teil schaute ganz ruhig und gelassen auf sie hinab, auf diese Sarah, wie sie dort stand. Das schwarze Haar fiel ihr in langen leichten Locken über die Schultern. Charlotte sah Sarah im Traum und gleichzeitig war sie Sarah. Sarah hielt ihr Gesicht in die Sonne und fragte sich, warum sie sich so ruhig fühlte. Oder vielleicht war sie einfach schon tot? Zumindest hatte sie keinen eigenen Willen mehr. Sie war Hans auf Gedeih und Verderb ausgeliefert. Sie folgte ihm willenlos durch den Alltag und wartete auf seine Anweisungen. So auch jetzt, als Hans aus dem Haus trat und ihr winkte. Ein kurzer knapper Befehl: „Sarah!". Ohne zu zögern oder nachzudenken setzte Sarah sich willenlos in Bewegung. Die Frage, ob es wohl einen Sinn gab in diesem perversen Spiel, ging ihr kurz durch den Kopf. Hans schritt in Richtung Keller und während Sarah ihm die Stufen hinunter folgte, betrachtete sie seinen muskulösen, braungebrannten Nacken. Sie wusste, im Keller war ein Mann einquartiert, oder eingesperrt? Sie hatte ihn kurz von weitem gesehen. Er war wohl nicht jüdisch, aber er hatte den Hauch des Intellektuellen. Schon damals hatte sie sich gewundert, was Hans mit ihm zu schaffen hatte. Hans gab ihr mit einer herrischen Bewegung zu verstehen, im ersten Kellerraum zu warten. Sarah wusste plötzlich mit intuitiver Gewissheit, was geschehen würde. Sie konnte aber weder Mitgefühl noch Mitleid empfinden. Sie war einfach ausgebrannt, leer und kalt. Sie wunderte sich nicht einmal mehr, warum Hans an dieser Art der Zeugenschaft Gefallen fand. So wartete sie einfach in diesem hellen, grauen, warmen Keller und empfand nichts, außer einer Andeutung von Angst. Sie hörte auch nichts, aber als sie Hans Stiefel auf dem Zementboden hörte, wusste sie, der andere lebte nicht mehr. Offensichtlich hatte Hans ihn nicht erschossen, sondern irgendeine lautlose Art des Tötens gewählt. Lange hatte sie auch nicht Zeit nachzudenken, denn nun bekam sie den Befehl sich auszuziehen. Hans hatte eine Art, Befehle zu erteilen, zu vollstrecken, als sei dies alles sinnvoll, vielleicht unangenehm, aber für alle Beteiligten eine zum Besten gereichende Notwendigkeit. Er deutete an, dass sie trainiert werden müsste und näherte sich ihr mit vorgestreckter Faust. Beim Anblick ihrer Kraft und ihrer trainierten Bauchmuskeln zuckte er zusammen. Fing dann aber doch an, gegen ihren Bauch zu boxen. Etwas zögerlich, dann immer heftiger. Mit einer Kombination aus Muskelanspannung und Atemtechnik konnte Sarah zwar nicht vermeiden, dass er ihr Schmerzen zufügte, aber zumindest verhindern, dass er Schaden anrichtete. Sie sah plötzlich die Bilder der Amazone vor sich, von der sie neulich geträumt hatte. Und während sie die Bilder dieser starken, durchtrainierten Frau vor ihrem inneren Auge vorbeiziehen ließ, fühlte sie, wie auch in ihr selber eine neue Kraft entstand. Hans Irritation wuchs, raubte ihm die Überzeugung. Wie konnte er mit seinem begrenzten Denken auch verstehen, dass diese Kraft aus anderen Leben stammte, in einer anderen Zeit gewachsen war. Wenn er auch nicht bewusst erfassen konnte, dass diese Atemtechnik aus einer längst vergangenen matriarchalen Kultur stammte, so spürte er doch etwas für ihn Ungeheuerliches. Verwirrt ließ er von ihr ab. Während sie hastig ihre Kleider überzog, spürte sie seine scheelen Seitenblicke und ihr liefen Schauer der Angst den Rücken hinunter. Er würde sie für ihre Stärke büßen lassen. Als er aufstand, folgte sie ihm nach draußen. Sie hielt Abstand, blieb aber in Befehlsreichweite. Es war etwas mit ihr geschehen, dort unten im Keller. Sie war aus ihrer Starre erwacht. Es war, als hätte der Schmerz aber auch die Anspannung und die Kraft in ihren Bauchmuskeln einen wichtigen Teil von ihr wiederbelebt. Ein dumpfes Grauen breitete sich in ihr aus. Sie sah plötzlich was Hans und seine Kameraden um sie herum trieben. Auch wenn sie die meiste Zeit im Haus blieb, dort putzte und bediente, wusste sie plötzlich mit intuitiver Gewissheit, dass diese Männer um sie herum mit Tod, Folter und Verderben spielten. Ein grausames, grauenhaftes Spiel mit anderen Menschen. Mit jüdischen Menschen. Mit ihrem Volk. Und sie wusste plötzlich, dass die Unsicherheit, die Hans im Keller gespürt hatte, als sich ihre innere Kraft plötzlich wieder belebte und in gestärkten Muskeln manifestierte, ihr zur Gefahr werden würde. Wahrscheinlich war es sogar ihr Todesurteil. Sie wusste, sie musste handeln, wollte sie überleben. Aus seinem perversen Spiel mit ihr war für Hans plötzlich Ernst geworden.

Am Morgen erwachte Charlotte mit dumpfer grauer Angst im Herzen. Sie war schweißgebadet und hatte das Gefühl sofort etwas tun zu müssen, um dieser Gefahr zu entfliehen. Die dankbare Sicherheit des Erntedank-Rituals war dahin. Auch die ruhige Freude über die Begegnung mit Christiane und dass sie spüren konnte, wie die Energie in dieser ihr so fremden Frau zu fließen begann, war verschwunden. Jetzt erfüllte sie nur Angst und dumpfe, grauenvolle Verzweiflung. Klar stand ihr der Traum der Nacht vor Augen. Allein die Erinnerung daran ließ sie das Grauen wieder fühlen, das sie im Traum verspürte hatte. Selten erinnerte sie sich so genau an ihre Träume.

Charlotte bemühte sich, vollends wach zu werden und den Traum abzuschütteln. Mühsam stand sie auf. Durch den Traum schien sie den Boden unter den Füssen verloren zu haben. Sie stellte sich unter die heiße Dusche und als sie zumindest äußerlich genügend Wärme getankt hatte, brauste sie sich noch kurz eiskalt ab. Dann setzte sie sich auf ihr Meditationskissen. Und als es ruhiger in ihr wurde, spürte sie wieder diese graue dumpfe Leere in ihrem Unterleib. Sie bemühte sich, Licht und Liebe und Wärme dorthin zu schicken. Ein wenig Erleichterung brachte es ihr, aber im Ganzen fühlte sie sich emotional zutiefst verunsichert.

Die nächsten Tage waren für sie mühsam. Unsicher geworden schleppte sie sich durch den Tag. Wenn sie tagsüber neue Gruppen coachen sollte, hatte sie morgens zum Teil fast panikartige Gefühle der Inkompetenz. Erstaunlicherweise schien sie dank ihrer Routine dann doch akzeptable Ergebnisse zu erzielen. Aber es kostete sie unheimlich viel Kraft. Sie freute sich abends auf ihr Bett als sicheren Zufluchtsort, nur um dann wieder von Träumen gepeinigt zu werden. Immer wieder tauchten nächtliche Bilder von Sarah auf.

Zweimal noch rief Christiane sie an. Einmal machten sie gemeinsam einen langen Spaziergang durch den nun frostigen Herbstwald. Anona sprang freudig um sie herum. Sie gehorchte perfekt und Charlotte konnte eine liebevollere Beziehung zwischen den beiden spüren. Der lange Spaziergang tat Charlotte gut, sie gingen die meiste Zeit schweigend, nur hin und wieder sprachen sie über ihre Arbeit, über die Natur um sie herum oder auch mehrmals über Anona. Christiane erzählte, dass sie einen Tai-Chi Kurs belegt hätte. Am Anfang erzählte sie zögernd, dann immer freudiger, von den Erlebnissen und Begegnungen in diesem Kurs. Nach dem Spaziergang behandelte Charlotte Christiane noch einmal und sie hatte zunehmend das Gefühl, dass die Energie nun stetiger floss, das Herzchakra sich langsam erwärmte. Die folgenden Wochen vergingen ruhig für Charlotte, die Projekte und Gruppenmediationen verliefen gut. Es gab nicht übermäßig viel zu tun und Charlotte legte sich eine strenge Selbstdisziplin hinsichtlich ihres Sportprogramms und ihrer morgendlichen und abendlichen Meditation auf. So kam sie langsam aber stetig wieder etwas ins Gleichgewicht. Wenn nur die nächtlichen Träume von Sarah nicht gewesen wären, hätte sie sagen können, sie fühle sich gut. Aber diese Träume zogen ihr immer wieder den Boden unter den Füssen weg und sie fühlte sich in einer sehr unsicheren Balance.

Dann eines morgens erwachte Charlotte wieder schweißgebadet mit einem tiefem ängstlichen Zittern in ihrer Seele. Bilder von schwarzen, brutal im Takt stampfenden Lederstiefeln brannten hinter ihren Augenliedern, klangen ihr in den Ohren. Sie rollte sich eng zusammen, aber das verschwitzte Nachthemd klebte kalt und feucht an ihrem Körper. Die Angst wurde dumpf und sie wusste, sie würde nicht wieder einschlafen können. Schon begann sich ihr gepeinigter Geist im Sorgenkarussell zu drehen. Gedanken an die Arbeit, die sich auf ihrem Schreibtisch anhäufte, Angst vor dem nächsten Vortrag. Sie begann erneut zu schwitzen. Seufzend, fast wimmernd stand sie auf.

Sie zog das verschwitzte Nachthemd aus, wusch sich, rubbelte sich kräftig warm und zog sich einen weichen, wärmenden Pullover an. Dann zündete sie sich in der Küche eine Kerze an und kochte einen Pai-Muh-Tan-Tee. Der weiche, sanfte, heiße Geschmack in ihrem Mund beruhigte sie. Noch einmal zogen Bilder von uniformierter Gewalt an ihren Augen vorbei. Sie erinnerte sich an schreiende Frauen, kläglich weinende Kinder, grausam brutal lachende Männer. Eine einschneidende, kalte, herzlose Frauenstimme. Aber schon entglitten ihr die Traumbilder, die erinnerten Klänge wurden diffus. Je mehr sie versuchte danach zu greifen, desto mehr senkte sich Leere über die Erinnerung. Nur eine kalte, quälende Furcht blieb übrig.

Charlotte schüttelte sich. Sie zündete ein Räucherstäbchen vor dem tanzenden Shiva an. Dann setzte sie sich vor die kleine Statue der weißen Tara, die in ihrem Meditationszimmer stand und bat um inneren Frieden. Cleo kam, kletterte auf ihren Schoss und lehnte sich gegen ihren Bauch. Eine erstaunliche Wärme ging von diesem kleinen Körper aus und es schien wirklich, als würde Cleo gezielt die kalte Leere in ihrem Bauch mit wärmendem Schnurren füllen. Charlotte seufzte tief, legte die Hände auf Cleo, schloss die Augen. Und auch wenn sie sich nicht wirklich konzentrieren konnte, so kam doch der erbetene Frieden. Sie spürte, dass ganz tief innen immer noch angespannte Angst saß, die sie daran hinderte sich völlig zu konzentrieren und ganz loszulassen. Aber trotzdem hatte sie so viel Frieden gefunden, dass sie ruhig auf den Tag vor sich blicken konnte. Heute war der 31. Oktober, Samhain, das dunkelste der keltischen Jahreskreisfeste. Gerade weil es an diesem Fest darum ging, die Dunkelheit im Inneren und im Außen anzunehmen, war es für Charlotte so wichtig, es nicht zu übergehen, sondern gemeinsam mit anderen Frauen zu feiern. Sie beschloss, sich Barbaras Gruppe anzuschließen, wo die Samhainfeier immer mitten im Wald in einer Höhle stattfand.

Abends trafen sich die Frauen im Wald. Es waren viele Frauen gekommen. Charlotte fügte sich in die Gruppe ein, fast unbemerkt. Obwohl sie die Bekannten unter ihnen begrüßt und umarmt hatte, wusste Charlotte schon, dass einige von ihnen sich später nicht an sie erinnern würden. Ihr Krafttier im Osten war der Fuchs. Und seinen Fähigkeiten konnte sie sich mühelos anvertrauen. So wie er mit dem schimmernden Zwielicht der Waldgrenze verschmelzen konnte, so konnte sie fast unbemerkt in eine Gruppe eintauchen. Sie wurde gesehen und doch nicht wahrgenommen. Und obwohl sie mit den Frauen redete, sie begrüßte, würden viele sie gar nicht oder sie nur für diesen Moment wahrnehmen und nicht viel von ihr in Erinnerung behalten.

Nachdem sich alle Frauen begrüßt hatten, gingen sie in Richtung Wald. Charlotte staunte wieder, wie alle diese Frauen ohne zu zögern im Stockdunklen den lehmigen Pfad entlanggingen, nach links in den Wald abbogen, den Abstieg durch raschelndes Laub vorsichtig Schritt für Schritt begannen. Alle schwiegen nun. Es senkte sich tiefe Stille über den Wald, nur das Rascheln der Schritte war zu hören, hier und da eine gemurmelte Warnung vor einem rutschigen Holz, einem großen Stein oder einer Unebenheit auf dem Weg.

Vor der Höhle hielten sie an. Der Eingang lag schwarz und schweigend vor ihnen. Wie ein großer dunkler Rachen. Charlotte lief ein Schauer über den Rücken. Sie alle betraten die Höhle, kauerten sich auf die Erde, eng aneinander. Zögernd aber stetig begannen die Trommeln. Leise zuerst, dann immer deutlicher bis ihr Klang gleichmäßig im Höhlenraum vibrierte. Es war so dunkel, dass die Frauen nicht die Gesichter der anderen um sich herum sehen konnten. Dunkelheit, Leere, nackte kahle Erde. Nur der gleichmäßig tröstende Trommelklang der ihnen Halt gab. Und dann verstummten auch die Trommeln. Stille. Nichts. Schweigend verharrten die Frauen, jede spürte ihren Gedanken nach. Samhain. Gedanken an die Toten in diesem Jahr. Gedanken an Trauer und Verlust in diesem Jahr. An

Leere, Dunkelheit, Kälte, Winter, Tod. Bemühen um Ehrfurcht und Ehrung der Geister und AhnInnen. Ehrfurcht vor dem Neubeginn, der nur aus dem Tod entstehen konnte. Eine nach der anderen begannen die Frauen nun zu sprechen. Einige zögernd, manche voller Kummer, andere laut und bestimmt. Wieder andere schafften nur ein kaum wahrnehmbares Flüstern. Sie sprachen von den Verlusten des letzten Jahres, von Tod und Sterben, Krankheit, inneren Schwierigkeiten. Von Alter und dem alt werden. Von Angst. Von ihrem Ringen damit, Tod, Krankheit und Alter zu akzeptieren. Einige sprachen auch schon von der Hoffnung auf den versprochenen Neubeginn. Über die Hoffnung, dass der Kreislauf sich erfülle, über ihr Ringen mit dem Verständnis, dass aus Schmerz wieder Freude entstehen könne, aus Kummer und Leid wieder Leben und Freude erwachsen würde. Aber oft war Zweifel herauszuhören. Die große Frage, warum das denn so sein müsste? Warum muss es Krankheit, Alter, Tod, Kummer, Verzweiflung geben? Die Höhle war wieder still geworden. Charlotte schien es, als schwiege die Göttin zu dieser Frage. Diese ewige Frage, die über allen Menschen schwebt und die nun auch hier in der Höhle über den Frauen schwebte. Stumm atmete die Höhle Schwärze und Feuchtigkeit. Charlotte hatte nichts von sich erzählt, hatte geschwiegen. Noch immer fühlte sie den Fuchs in sich, der nur beobachtete, ungesehen. Und ihr Herztier, der Luchs schien neben ihr zu stehen, auch er leise, verschwiegen, geheimnisvoll, still. Charlotte schmiegte sich an die Felswand, durch ihre dicke Jacke spürte sie die Kälte nicht. Sie dachte an ihre Angst, an ihre immer wiederkehrenden Alpträume. Was sollte sie darüber erzählen? Sie nahm Kontakt mit der Erde unter ihr auf, schloss die Augen. Dann hörte sie, wie die Frauen nun leise, eine nach der anderen die Höhle verließen. Sie würden oben auf dem Hügel ein kleines Feuer anzünden, würden mitgebrachte Speisen und Leckereien teilen. Dabei würden sie auch ihren Kummer teilen und sich gegenseitig trösten. Charlotte blieb sitzen. Plötzlich war sie ganz allein in der dunklen Höhle. Tiefe Schwärze, tiefe Stille umgab sie. Aus dem kleinen Gang, der tief hinab in das Erdinnere abfiel, wehte ein kühler Luftzug. Sie spürte Angst in sich hochsteigen und nach ihrem Herzen greifen. Sie spürte wie die endlos schwarze Finsternis der Erde nach ihr griff und Panik durchflutete sie. Sie zwang sich, tief zu atmen. „Ruhig, ruhig. Spüre die Erde unter dir. Spür die Festigkeit, ruf die Göttin." Plötzlich spürte Charlotte, dass sie nicht alleine war in der Höhle. Wieder flackerte Panik in ihr auf. Sie spürte Hände nach ihr greifen. Etwas streifte ihre Wangen. Bilder zogen an ihr vorbei, von nackten, blutig geschlagenen Rücken, von Massengräbern, grau in grau alles, nur die gleichmäßig stampfenden Lederstiefel glänzend schwarz. Und dann wieder dieses Gesicht. Sarah. Große traurige, nein, leere Augen. Resignation. Verweigerung. Sarah. Woher wusste sie, dass diese Frau, die immer wieder in ihren Träumen auftauchte, Sarah hieß? Charlotte liefen kalte Schauer den Rücken hinunter. Sie wollte nach Sarah greifen, sie schützend in die Arme nehmen, aber sie konnte sie nicht erreichen. Sarah schaute flehend, stumm, blieb unerreichbar. Charlotte spürte plötzlich einen tiefen brennenden Schmerz in ihrem Unterleib. Diese Sarah, diese Frau war ein Teil von ihr, ein Teil, der tiefes Leid durchlebte, grauenhafte Schmerzen durchlitt. War diese Frau ein Symbol für den unverarbeiteten Schmerz in ihr, oder war sie ein früheres Leben? War sie eine Erinnerung oder war sie Energie aus einer anderen Zeit? Samhain – die Grenze zwischen den Welten war heute so dünn wie sonst nur an Beltane, dem Frühjahrsfest in der Nacht zum ersten Mai. Heute war es möglich, dass Energien aus anderen Zeiten, anderen Welten zu ihr durchdrangen. Dann hörte Charlotte plötzlich wie aus weiter Ferne die Frauen sangen. Eine Stimme hörte sie besonders, mit sicherem, erdendem Klang. Das riss sie aus ihrer hilflosen Ängstlichkeit. „Göttin, hilf!" murmelte sie. Und noch einmal, laut und deutlich dieses Mal: „Göttin, hilf mir." Und dieses Mal schien die Höhle ihre Bitte anzunehmen. Sie spürte Wohlwollen, Kraft und Zutrauen. Sie sprach leise aber deutlich das Mantra der Göttin:

Göttin, Mutter von allen Wesen,
die Du bist in allem was ist.
Lass mich Deine Kraft fühlen.
Lass mich erkennen, dass ich teil der Natur bin, verbunden mit allen
Wesen.
Nähre mich mit Deinen Gaben,
reinige, stärke und heile mich.
Erfülle mein Herz mit Liebe, Licht und Freude.
Nimm mir meine Angst,
und erlöse mich von Missgunst und Zerstörung.
Möge Deine Allgegenwart und Macht
In mir  und um mich
Leuchten in alle Ewigkeit.
Amen.

Und während sie das Mantra der Göttin sprach, hörte sie ein Raunen
an ihrem Ohr: „Schreib, schreib die Geschichte der Sarah!" Nur
einmal, fast unhörbar. Aber die geflüsterten, gerauntén Worte fielen
weich in ihr Herz. Sie seufzte erleichtert auf. Natürlich! Das würde sie
tun. Sie holte ihre Kerze und ein Räucherstäbchen aus der Tasche.
Nachdem sie beides angezündet hatte, stellte sie es vor den heiligen
Stein der Göttin an der Nordwand der Höhle. Dann richtete sie sich
an die vier Himmelsrichtungen und bedankte sich bei den vier
Elementen. Sie verließ langsam die Höhle. Oben auf dem Hügel fügte
sie sich unbemerkt in den Kreis der Frauen ein, dann legte sie ihre
Fuchsidentität ab. Nun konnte sie feiern, essen, lachen, schwatzen.
Und noch heute Abend, noch heute Nacht, würde sie beginnen zu
schreiben. Sie würde Sarahs Geschichte schreiben. Der erste Traum
stand ihr noch ganz deutlich vor Augen, ihn würde sie heute Nacht
aufschreiben und damit die Geschichte beginnen.

Wann immer Charlotte Zeit und Ruhe fand, schrieb sie nun über
Sarah. Deutlich standen ihr einige Träume vor Augen. Das grausame
Spiel von Hans und seinen Freunden mit den ihnen ausgelieferten
Menschen. Die Kellerszene. Zum Teil verstand Charlotte Teile der

Träume nicht. Sie schrieb, was sie erinnerte. Manchmal löste sich die Grenze zwischen Traum und Erzählung. Manchmal konnte sie plötzlich nicht sagen, ob sie sich an einen Traum erinnerte, oder ob nicht vielmehr irgendetwas in ihr angefangen hatte zu schreiben, ob die Sarah in ihr nun ihre Geschichte niederlegte. Erleichtert stellte Charlotte fest, dass mit dem Schreiben die Träume über Sarah aufhörten. Sie schlief wieder besser, konnte nachts mehr Kraft sammeln, wurde insgesamt wieder ruhiger und fand auch wieder verstärkt Mut und Energie zu heilen. Zweimal ging sie noch zu Christiane. Es war erstaunlich mitzuerleben, welche Veränderung mit ihr vorging. Und wieder wurde Charlotte klar, dass nicht eigentlich sie es war, die heilte. Sie konnte nur etwas anrühren, was in den Menschen verborgen lag, blockiert war. Manchmal konnte sie anstoßen, sie gab denn Anfangsruck, dann plötzlich schafften die Menschen es, in Gang zu kommen und ihre Heilung zu beginnen.

So auch Thomas. Thomas war ein früherer Kollege von ihr, mit dem sie Jahre zuvor abends nach der Arbeit ein Bier trinken gegangen war. Dann eines Tages erfuhr sie, dass er im Krankenhaus lag. Nach einer Nierentransplantation, die an sich erfolgreich verlaufen war, hatte man ihm so viele Immunosuppressoren gespritzt, dass sich nun Lymphdrüsenkrebs entwickelt hatte. Sie hatte ihn schon ein-, zweimal besucht, mit ihm telefoniert und wusste, dass er sehr schlechte Heilungsprognosen hatte. Sie hatte ihm hin und wieder vom Handauflegen und der Meridianmassage erzählt, aber er hatte immer sehr skeptisch gewirkt. Nicht wirklich so, als würde er es gerne in Anspruch nehmen. Er hatte auch nie von sich aus danach gefragt. Nun ging sie zu ihm ins Krankenhaus. Wenn sie ehrlich mit sich selbst war, ging sie zu ihm, um sich zu verabschieden. Sie hatte eine unbestimmte Angst davor. Einfach hinzugehen, nichts tun zu können, einfach nur da zu sein, ohne mit ihm darüber reden zu können, ohne wenigstens zu versuchen zu heilen. Sie ging auf die Station, ließ sich die Zimmernummer geben und merkte, wie zögernd sie auf das

Zimmer zuging. Thomas war alleine im Raum. Er war resigniert und müde, freute sich aber über ihren Besuch. Im Zimmer roch es nach Medikamenten und Krankenhaus. Thomas sah blass aus, hatte aufgedunsene, speckige Haut. Draußen schien die Sonne und glitzerte auf dem nachts frisch gefallen Schnee. „Lass uns raus gehen." schlug Thomas vor. „Ja, wenn das geht'" erwiderte Charlotte, die die Atmosphäre drinnen zunehmend bedrückend empfand, erleichtert. „Wer sollte es mir verbieten?" fragte Thomas scharf. Charlotte zuckte schuldbewusst zusammen. Sie gingen schweigend durch die winterliche Stadt. Thomas erzählte verbittert. Wie sie ihm diese Medikamente gaben, wie sie von Anfang an gesagt hatten, die Mittel seien krebserregend, aber er müsse sie trotzdem nehmen. Und dass er nun Krebs habe, und gleichzeitig das Gefühl, er sei ein Versuchskaninchen für die Ärzte. Ein Pfleger hatte ihm gesagt, die Privatpatienten bekämen andere Medikamente. Charlotte schwieg. Sie spürte die Verbitterung, die Resignation aber auch die Angst. Automatisch schlugen sie den Weg zum Park ein. Die Sonne und der Schnee verwandelten den Park in eine Märchenlandschaft. Der Schnee knirschte unter ihren Füßen. Ein Rotkehlchen sang sein Winterlied. Am Teich saß auf einem Busch eine Amsel und sang wunderschön, wehmütig, ihr Lied. Plötzlich konnte Charlotte es einfach nicht akzeptieren, dass die Welt so schön, und doch gleichzeitig so grausam, schmerzhaft und angsterregend war. Sie beobachteten wie ein gefrorenes Blatt zur Erde schwebte. An den Rändern des Blattes glitzerten in perfekter Symmetrie Eiskristalle. „Eine Krankenschwester hat mir erzählt, dass sie letztes Jahr erlebte, wie ein todkranker Patient einfach dadurch gesund wurde, dass er aus dem Fenster dem fallenden Laub zusah. Er tat nichts weiter als das fallende Laub zu beobachten." Thomas schwieg nachdenklich. „Vielleicht, wenn ich einfach hier stehenbliebe und nur diese Eiskristalle bewundern würde, nichts weiter tun würde...." Seine Stimme wurde immer leiser. „Glaubst Du, das ist möglich?" „Ja," nickte Charlotte und ein Kribbeln rieselte durch ihren Körper, „ja, das glaube ich ganz bestimmt. Es ist in jedem Moment möglich." Eine Weile schwiegen sie. Dann gab sich Charlotte einen Ruck. „Thomas, ich würde Dir gerne die Hände auflegen. Ich weiß nicht, ob es irgendetwas helfen wird. Aber es kann auf jeden Fall nichts schaden." Und jetzt nickte Thomas. Er sagte nichts, aber er nickte. „Lass uns in meine Wohnung gehen. Ich wollte Dich sowieso bitten, mit mir dorthin zu gehen. Es ist nicht weit."

Als sie in seiner Wohnung ankamen, drehte Thomas die Heizung hoch, setzte Teewasser auf, goss seine Blumen. Dann tranken sie einen Tee und hinterher bat Charlotte ihn, sich hinzulegen. Sie setzte sich vor das Bett und legte die Hände auf seine Füße. Fast sofort spürte sie einen starken Sog, sodass ihr fast schwindlig wurde. Ihre Lehrerin hatte sie gewarnt. Sie hatte ihr das Versprechen abgenommen, bei Krebskranken die Hände nur auf die Füße zu legen und nur solange, wie sie selber sich dabei gut fühlen würde. Charlotte wusste nicht, ob das „gut fühlen war", wenn ihr schwindlig wurde, aber sie konzentrierte sich jetzt mit aller Macht auf ihr Scheitelchakra. Öffnete es dem Universum, bat um Licht, Liebe, heilende Energie und schickte diese dann mit aller Konzentration durch Thomas' Füße, durch seine vom Krebs befallenen Lymphbahnen und -knoten bis in seinen Kopf. Nach einer Viertelstunde spürte sie dann, mehr ging nicht, mehr konnte sie nicht aushalten. Sie strich seine Füße aus und legte die Hände auf den Steinboden. Konzentrierte sich jetzt mit aller Kraft darauf, alles was nicht zu ihr gehörte, abzugeben in diese Steinfliesen unter ihr. Als sie die Augen öffnete, sah Thomas sie an. Er lächelte, es war plötzlich ein kleines Licht in seinen Augen. Charlotte schluckte und als sie sprach, wusste sie plötzlich nicht, woher die Worte kamen, denn sie klangen fremd, fast vermessen, gewiss so, dass sie, Charlotte, das nie zu einem anderen Menschen sagen würde. Und doch war es ihre Stimme die sagte: „Thomas, ob du lebst oder stirbst, dass entscheiden nicht die Ärzte dort im Krankenhaus. Vielleicht können sie nicht einmal irgendetwas daran ändern, ob du lebst oder stirbst. Das entscheidest ganz alleine du. Vielleicht nicht dein bewusstes Ich, aber ganz sicher dein Selbst. Und du musst den Entschluss fassen zu leben. Du musst darum kämpfen." Thomas sah sie mit großen Augen an. Aber die frühere Skepsis war aus seinem Blick verschwunden. Sie sah Offenheit und Neugierde. „Du musst von den Ärzten verlangen, dass du das andere Präparat bekommst, ganz egal wie teuer es ist. Es geht schließlich um dein Leben. Weigere dich, das alte weiter zu nehmen." „Ja," sagte Thomas jetzt plötzlich mit zunehmendem Eifer „ich werde den jungen Assistenzarzt noch mal fragen. Er hatte schon davon gesprochen, ich glaube, er wollte es mir geben, aber er hat natürlich nicht die Entscheidungskompetenz." „Aber er kann Dir zumindest den richtigen Namen noch mal sagen und wie die Dosierung sein sollte. Dann kannst Du ganz konkret fordern!" Plötzlich war Hoffnung im Raum. „Und," fuhr Charlotte fort „geh zu meiner Heilerin, dort habe ich gelernt. Barbara kann Dir um vieles mehr helfen als ich. Ich habe das Gefühl, für mich ist Deine Krankheit eine Nummer zu groß. Ich kann Dir nur so viel geben, wie ich Dir heute gegeben habe. Aber mehr kann ich nicht tun." Thomas schien zu verstehen. Als Charlotte ging, blieb er in der Wohnung. Er wollte dem Erlebten noch eine Weile nachspüren, es festigen, bevor er wieder zurück in die Krankenhausatmosphäre zurückkehrte. „Ruf mich an, wenn Du mich zur Unterstützung brauchst. Und rufe gleich morgen Barbara an." Charlotte verabschiedete sich mit einem Gefühl, dass eben ein Wunder geschehen war. Ihr ganzer Körper war von einem warmen Kribbeln erfüllt, sie fühlte tiefe Dankbarkeit. Als sie durch den Park zurückging, sang die Amsel noch immer. Und Charlotte wusste, sie hatte Thomas nicht geheilt, das konnte sie nicht. Aber sie hatte etwas in ihm angeregt, nun würde er Wege suchen und vielleicht Heilung finden. Und plötzlich wurde ihr mit einem strahlenden Gefühl des Lachens klar, dass vielleicht sein Leben gerettet worden war.

# Winter-sonnenwende

## 21. Dezember

### ...die Erde schläft...

**Dunkelheit**

...in der Dunkelheit zünden wir ein Licht an....

...für die Heilung, für die Liebe.....

...damit beides wachse, wenn die Tage länger werden...

*Lange Nächte, kurze Tage. Die Jahreszeit der Dunkelheit. Wir kämpfen mit der Kälte und wehren uns gegen feuchte Dunkelheit, kalten Regen oder Nebel. Oft können wir nicht akzeptieren, dass es immer früher dunkel wird, uns immer mehr Licht vom Tag geraubt wird. Die ganze Gesellschaft stürzt sich grundlos in ziellosen Stress als sei das Jahresende ein absolutes Ende. Aber vielleicht ist die Betriebsamkeit einfach eine Flucht vor der Dunkelheit? Wir überfluten unsere Städte mit Lichtern, Leuchten und Musik und wundern uns, dass die Dunkelheit trotzdem kalt in uns bleibt.*

*Wintersonnenwende. Bei diesem Fest geht es nicht darum, mit Helligkeit und Kerzenschein die Dunkelheit auszulöschen. Dieses Fest ehrt die längste Nacht des Jahres und die Dunkelheit. Die Dunkelheit in uns. Dunkelheit ist nicht einfach leer, kalt und bedrohlich. Dunkelheit und Nacht haben viele Dimensionen und diese Dimensionen gilt es heute zu erspüren. Nur aus der Dunkelheit wird das Licht geboren. Aus der Dunkelheit können wir Hoffnung schöpfen, wenn wir sie wahrnehmen, fühlen, respektieren. Und aus diesem Gefühl der Akzeptanz können wir nun ein Licht anzünden, ein Licht der Heilung und der Liebe. Je mehr wir die Dunkelheit anerkennen, desto mehr Lichter können wir anzünden, für uns und für andere.*

*Von heute an kommt das Licht zurück, jeden Tag ein wenig länger. Wir können es noch nicht wahrnehmen, wir sehen es noch nicht, aber wir wissen, die Tage werden stetig länger. Und genauso kann unsere Heilung wachsen, wächst unsere Liebe zu allen Wesen, wenn wir ihr genügend Nahrung geben.*

*Ritual zur Wintersonnenwende: Wir bilden einen Kreis. Der Raum ist dunkel, oder wir dunkeln ihn ab, sobald alle im Kreis sind. Die Mitte des Kreises bildet eine große Kerze. Jede(r) von uns hat drei Kerzen mitgebracht, die wir in einen inneren Kreis gestellt haben. Wir beginnen mit einer Meditation über die Dunkelheit. Dunkelheit in der Natur, Dunkelheit in uns. Wie fühlt sich die Dunkelheit an, wenn wir einmal genau hin spüren? Wir können für diesen ersten Teil des Rituals auch in die dunkle Natur gehen. Danach kehren wir in einen warmen Raum zurück.*

*Nun zündet jede(r) drei Kerzen an: die erste Kerze für einen Platz auf dieser Erde, der Liebe und Heilung braucht. Die zweite Kerze widmen wir einem Menschen, einem Lebewesen auf dieser Erde. Die dritte Kerze zünden wir für uns selber an. Wir können dabei unsere Wünsche laut formulieren, wenn wir dies möchten. Zum Schluss zünden wir die große Kerze an: „Mögen alle Wesen dieser Erde Heilung finden und Liebe fühlen."*

*Und wie immer nach dem Ritual und heute ganz besonders: das Festmahl und gemeinsame Feiern und Schmausen dürfen nicht fehlen...*

*Einordnung des Festes im Jahreskreis: Mit Samhain sind wir in die dunkle Zeit gegangen. Dort sind wir den AhnInnen, aber auch Leid, Krankheit und Tod mit Achtsamkeit begegnet. Heute haben wir die Hälfte der dunklen Zeit durchschritten, heute ehren wir die Dunkelheit. Und wenn wir heute mit unserem Licht Liebe, Freude und Heilung in die Welt bringen, dann legen wir die Grundlage dafür, dass wir zu Lichtmess von der rückkehrenden Sonne das Licht der Visionen entzünden lassen können, mit dem wir Pläne schmieden und die Zukunft ausmalen.*

Der Schnee, der Mitte November die Tage erhellt hatte, war schnell wieder geschmolzen und die langen dunklen Tage machten Charlotte dieses Jahr besonders zu schaffen. Dieser ewige kalte Regen! Wenn wenigstens wieder Schnee fallen würde. Und dabei hatte der Winter gerade erst angefangen. Charlotte fiel es schwer, in diesen dunklen Monaten Licht und Freude weiter zugeben, wenn sie irgendwo gerufen wurde, um zu heilen. Sie arbeitete viel mit Kerzen, mit Räucherstäbchen und Wärmflaschen. Nur äußerste Konzentration half ihr dabei, Licht und Wärme aus dem Universum zu holen und durch ihre Hände in den jeweils bedürftigen Menschen zu schicken. Glücklicherweise, und hier glaubte Charlotte nicht an einen Zufall, meldeten sich im Moment gar nicht so viele Menschen bei ihr, die sie um Hilfe baten. Nun fiel auch noch das erste Seminar bei Synergia zum Thema Missbrauch in diese dunkle, und für sie schwierige Zeit. Am Morgen vor dem Seminar war sie sehr nervös, doch als sie schließlich vor den etwa hundert TeilnehmerInnen stand, wurde sie ruhig. Sie spürte plötzlich wieder die Kraft, Ruhe und Energie, die sie immer dann fühlte, wenn sie auf dem richtigen Weg war, wenn sie ihrer inneren Wahrheit folgte. Sie wusste, es war sehr wichtig und gut, was sie hier gerade tat. Sie begann mit einer kurzen Einleitung, indem sie im Wesentlichen den Ausschreibungstext wiederholte und etwas ausführlicher darstellte. Sie hatte sich überlegt, dass dieser schon bekannte Text den Teilnehmenden erst einmal ein Gefühl von Sicherheit vermittelte. Diesen Text hatten alle schon gelesen, die meisten hatten ihn auch schon mit KollegInnen diskutiert und so vermied Charlotte zu Beginn des Seminars die Abwehrmechanismen, die durch Unbekanntes hervorgerufen werden. So schilderte sie, dass patriarchale, diktatorische und/oder missbräuchliche Strukturen im Allgemeinen nur funktionieren, wenn Menschen entwurzelt, ihres Selbstbewusstseins und ihrer Selbstachtung beraubt werden: „Dies wird umso effektiver konstitutionalisiert, je früher in der Kindheit Männer und Frauen ihres Selbstwertgefühles beraubt werden. Nur zutiefst verunsicherte, entwurzelte Menschen lassen sich vollkommen kontrollieren, beherrschen, ausbeuten und missbrauchen. Dies trifft auf Männer und auf Frauen zu." Charlotte hielt einen Moment inne und blickte in die Runde. Angespannte, aber konzentrierte Gesichter blickten ihr entgegen. Sie begründete, warum ihrer Ansicht nach Männer davon fast ebenso stark betroffen seien wie Frauen, da sie als Kind noch weniger Gelegenheit hätten, ureigene Emotionen, Spiritualität und innere Kraft zu entwickeln. Charlotte stellte mit Erstaunen fest, dass hier der Personalchef mit voller Überzeugung nickte. Sie musste ein Lächeln unterdrücken und fuhr fort, dass allerdings männliche Energie Leid eher nach Außen richte oder im Außen auslebe und sich damit das ursprüngliche Opfer-sein später eher als Täterschaft manifestiere. Im Gegensatz zu Männern könnten Frauen später ihre Fähigkeit zur ewigen Erneuerungsfähigkeit der Natur und damit zur Spiritualität über das Gebären entdecken (hier sei sowohl die tatsächliche wie auch die potenzielle Fähigkeit oder auch kreatives Schaffen eingeschlossen). Charlotte registrierte, dass sich nun auf etlichen Gesichtern deutliche Skepsis zeigte, doch sie ließ sich nicht beirren:

„Frauen erleben „ewiges" Leben im Weiterleben des Kindes, in sozialen Taten, in künstlerischem Schaffen. Die durch das Patriarchat entwurzelten Männer empfinden diese Fähigkeit und Kraft der Frauen als existenzielle Bedrohung (der sogenannte Gebärneid) und versuchen daher Frauen mit Gewalt zu unterwerfen. Offensichtlich kann dieses Bedürfnis, die Frauen zu unterwerfen, so stark werden, dass es rituell immer wieder wiederholt werden muss, wie es z.B. bei dem fortgesetzten Missbrauch der eigenen Tochter geschieht (oder Lehrer – Schülerin, Pfarrer/ Priester – Kinder). Der Missbrauch von Jungen kann hier sowohl eine Art „Übersprunghandlung" sein (der junge männliche Körper als Symbol für junge Weiblichkeit), oder es kann auch ritualisiert werden als die Vernichtung alles Männlichen, dass anders ist, weicher, emotionaler, kraftvoller, spiritueller als es im Patriarchat erlaubt ist." Hier hielt Charlotte ein und blickte einen

Moment in die Runde. Die meisten Gesichter blickten ihr konzentriert, einige betont neutral oder gar betont gleichgültig entgegen. In der allerletzten Reihe lächelte ihr eine Frau zu, die Charlotte noch nie gesehen hatte. Charlotte schluckte und sagte: „Vor diesem Hintergrund können sieben Thesen zu sexuellem Missbrauch formuliert werden, die ich in der heute beginnenden Seminarreihe mit ihnen diskutieren möchte." Sie wandte sich um und schaltete an ihrem PC den Bildschirm auf Übertragung zum Beamer um, so dass an der Wand die erste These mit Erläuterungen erschien:

**These 1:**
**Sexueller Missbrauch von Frauen und Mädchen ist wesentliches Werkzeug des Patriarchats zur Unterdrückung der Frauen in der Gesellschaft**

o Als Kind erlebte sexuelle Gewalt erzeugt eine Urangst, die Frauen unselbstständig, weniger mobil und generell vorsichtiger und zurückhaltender macht. Durch das Trauma werden ein Verlust von Selbstvertrauen und ein Verlust der Verbindung zur Erde erlitten. Dadurch kommt es im tatsächlichen wie auch im übertragenen Sinne zu einem schlechteren, unsichereren Stand und zu einer automatischen Unterwerfung gegenüber allem, was männlich und stärker scheint.

o Die Körpersprache eines Opfers, einer Unterlegenen (schief gelegter Kopf, ständiges Lächeln „ich mein es ja nicht wirklich ernst, sei bitte nicht böse mit mir, bitte tu mir nichts,") führt dazu, dass betroffene Frauen/ Mädchen generell wie rang-niedrigere Gruppenmitglieder behandelt werden.


Im Raum war nun tiefes Schweigen. Charlotte spürte plötzlich Unsicherheit in sich aufsteigen. Was nun? Sie hatte mit empörten Zwischenrufen gerechnet, mit harter Diskussion, eventuell sogar mit Verachtung. Aber was ihr nun entgegen flutete war tiefes Schweigen.

Da saßen nun die Chefetagen eines weltweit führenden Konzerns und sagten einfach gar nichts mehr. Charlotte blickte noch einmal in die Runde und begann dann zögernd: „Nun, ich dachte wir könnten…..." In diesem Moment kam ihr die Frau aus der letzten Reihe zu Hilfe: „Darf ich einen Vorschlag machen?" Charlotte nickte dankbar. Die Frau war mit schnellen Schritten im Mittelgang nach vorne geschritten und blieb nun ungefähr in der Mitte des Raumes stehen: „Ich würde vorschlagen, wir bilden 5er Gruppen, um diese These zu diskutieren. Und jede Gruppe überlegt, ob sie diese These grundsätzlich annehmen oder ablehnen würde und begründet kurz warum." Damit schritt sie auf die ersten Reihen zu und gab kurz Anweisung, wie die Stühle so zu drehen sein, dass jeweils ungefähr fünf TeilnehmerInnen miteinander diskutieren konnten. Jetzt war der Raum vom Geräusch der scharrenden Stühle erfüllt, die Spannung war abgebaut und alle begannen wild durcheinander zu reden. Plötzlich stand Muehlin neben Charlotte und knurrte: „Ich wusste gar nicht, dass Kollegin Rottach mit ihnen diese Seminare organisiert." Bevor Charlotte antworten konnte, kam selbige Kollegin auf sie zugeeilt und rief: „Ach Muehlin, schau mal, da hinten sind nur vier in einer Gruppe, geh du doch bitte dorthin." Damit schob sie den etwas verdutzten Muehlin in die hintere Ecke und wandte sich dann Charlotte zu: „Rottach, Elisabeth Rottach. Freut mich sehr sie endlich kennenzulernen, Frau Lesab." Charlotte lachte: „Na und wie es mich erst freut. Ich habe zwar keine Ahnung, wer sie sind, aber sie haben mich gerettet." „Och," meinte Elisabeth Rottach, „das hätten sie schon noch hinbekommen. Aber freut mich, wenn ich helfen konnte. Das Seminar war soweit klasse. Super Texte. Haben sie die selber entwickelt?" Charlotte konnte gerade noch nicken, da war Kollegin Rottach schon wieder davon gerauscht, um bei einer Gruppe mitzudiskutieren. Charlotte ergriff die Gelegenheit und baute vorne einige Flipcharts auf. Als nach einer halben Stunde die ersten Gruppen weniger intensiv diskutierten, forderte sie sie auf, nach vorne zu kommen und stichwortartig auf den Flipcharts zu formulieren, warum sie die These ablehnen oder annehmen. Zum Schluss hatten von den ca. 20 Gruppen immerhin 16 etwas auf das Flipchart geschrieben. Fünf Gruppen hatten die These mit den Argumenten „zu pauschal, viel zu weit hergeholt, nicht logisch, nicht nachvollziehbar" schlicht weg abgelehnt. Sieben Gruppen hatten tatsächlich die These angenommen, wobei zu Charlottes Überraschung Begründungen wie „erscheint sehr logisch; erklärt sehr vieles; gewagte These, aber lohnt zu überprüfen; macht Sinn." aufgeführt wurden. Die restlichen Gruppen hatten ein „unentschieden", „vielleicht", oder „sind nicht sicher" aufgeschrieben. Charlotte griff die These und Stichworte der Erläuterungen nochmal kurz auf, und beendete dann das Seminar, indem sie sagte: „Damit möchte ich allen herzlichen danken, so aktiv mitgewirkt zu haben. Es geht nicht darum, wer Recht hat oder welche Meinung sich durchsetzt. In diesem Seminar geht es einzig und allein darum, über das Thema zu sprechen, es damit zu enttabuisieren und sich vielleicht im Laufe der Seminarreihe eine eigene Meinung zu bilden." Sie bekam sogar etwas Applaus, allerdings lehrte sich der Saal dann auffällig schnell, auch der Vorstand war sehr schnell verschwunden. Während Charlotte ihre Sachen zusammen packte, überlegte sie, ob sie vom Vorstand wohl noch einmal Rückmeldung bekommen würde. Wahrscheinlich müssten wohl alle erst einmal darüber nachdenken. Da stand plötzlich wieder Elisabeth Rottach neben ihr: „Das haben sie super gemacht, Frau Lesab. Alle Achtung. So ein schwieriges Thema. Und unser Vorstand benimmt sich ja mal wieder völlig daneben. Erst lädt er ihnen ein so schwieriges Thema auf und dann macht er sich nach dem Seminar sang und klanglos aus dem Staub." Sie schnaubte empört. „Typisch. Ich hatte mich dagegen ausgesprochen, dass sie dieses Seminar halten sollten, ich fand es müsse jemand von extern machen. Aber das haben sie wirklich super hingekriegt, ich denke das hätte man gar nicht besser machen können." Charlotte schaute sie fragend an: „Wer …? Wo arbeiten sie denn?" Elisabeth Rottach lachte: „Ich bin die Chefin des Betriebsrats mit Sitz in Frankfurt. Ich bin erst vor zwei Wochen von einem halbjährigen Auslandsaufenthalt in den USA zurückgekommen, deswegen haben wir uns bisher noch nicht getroffen. Ich war schon sehr neugierig auf sie! So, und nun muss ich los. Wenn sie Unterstützung brauchen, vor, nach oder während der Seminare, oder auch sonst, lassen sie es mich wissen!" Charlotte bedankte sich und räumte endgültig ihre Sachen zusammen.

Die nächsten Tage verliefen ereignislos. Da im Wesentlichen die Chefetagen zum Seminar eingeladen waren, hatten Charlottes direkte KollegInnen nicht am Seminar teilgenommen. Charlotte berichtete ihren KollegInnen natürlich über das Seminar, aber der Vorstand hüllte sich weiter in Schweigen und bisher bekam sie keine Rückmeldung, ob das Seminar für gut oder für schlecht befunden wurde. Sie freute sich schon Tage vorher auf das Wintersonnenwendritual. Für sie war Weihnachten mit vielen schwierigen, schmerzhaften oder zumindest unklaren Gefühlen aus ihrer Kindheit verbunden. Sie wusste, das ging sehr vielen Menschen so und umso mehr freute sie sich darauf, mit gleichgesinnten Frauen in dieser dunklen Zeit ein Fest der Liebe und des Lichts zu feiern. Als am 21. Dezember die Frauen der Jahreskreisgruppe die Wintersonnenwende feierten, nahm sie dankbar und konzentriert an dem Fest teil. Sie genoss die warme Atmosphäre unter den vielen Frauen, und fühlte sich zum ersten Mal seit Wochen wieder im Gleichklang mit sich selber. Als sie an die Reihe kam, ihre drei Lichter anzuzünden, kamen die drei guten Wünsche wie von selbst. Das Licht für einen Platz auf der Erde, der Heilung brauchte, widmete sie den Ozeanen, die geschunden, misshandelt, verdreckt und verschmutzt wurden. Das Licht für einen anderen Menschen, der Zuwendung und Heilung braucht, zündete sie für Thomas an. Und dann kam das Licht, dass sie sich selber spenden würde. Sie zögerte, wusste nicht was sagen. Welches Licht konnte sie in sich anzünden? Automatisch führten die Hände die Bewegungen aus und als der

Docht der kleinen Kerze aufflammte, hörte sie sich sagen: „Für mein inneres Kind. Ich wünsche dir Heilung. Ich wünsche dir warme Gefühle, Freude und Liebe im Leben." Plötzlich standen ihr Tränen in den Augen. Die Frauen schwiegen. Schweigende Zeuginnen. Barbara leitete das Ritual und nun fragte sie: „Und wie willst du ihr dabei helfen? Wie sie unterstützen?" Charlotte blickte verwirrt auf. Sie zuckte die Schultern, schluckte. Dann starrte sie auf die kleine Kerzenflamme. Ja, wie? Was konnte sie tun? Plötzlich wusste sie es: „Ich werde aufschreiben, was ich erinnere. Ich werde aufschreiben, an was ich mich aus meiner Kindheit erinnere!" Barbara nickte, ja, das schien richtig. Und plötzlich wusste Charlotte, es hatte nicht genügt, den Traum von Sarah aufzuschreiben, sie musste auch ihre eigenen wirren und zum Teil schmerzhaften Erinnerungen sortieren.

Über die Weihnachtsfeiertage setzte sie sich dann hin und schrieb alles auf, was ihr zu ihrer Kindheit einfiel. Sortierte und schrieb. Sie schrieb in der dritten Person, so schaffte sie es, beim Schreiben nicht von Trauer, Schmerz, Wut und Verzweiflung  überrollt zu werden. Zwischendurch ging sie spazieren, traf sich mit Freundinnen zum Essen oder gemeinsamen Kochen, zum Tee trinken und Gebäck essen. Plötzlich störte sie die Dunkelheit nicht mehr. Und als Silvester kam, hatte sie einiges zusammengesammelt. Sie las es noch einmal im Zusammenhang, vielleicht konnte sie jetzt etwas von dem Schmerz hinter sich lassen. Das wäre ein guter Abschluss für das Jahr.

Charlotte war ein braves, ein stilles Kind. Sie spielte sehr gerne alleine und konnte gedankenverloren stundenlangen durch die Wiesen streifen, am kleinen Bach sitzen und dem murmelnden Wasser zuschauen oder auch durch das kleine Wäldchen nahe dem Haus ihrer Eltern pirschen. Eine ihre liebsten Beschäftigungen war, ganz still irgendwo zu sitzen und dann, wenn sie das Land der Stille erreicht hatte, mit den Tieren zu sprechen. Sie wusste, dass man darüber nicht mit Erwachsenen sprach und trotzdem fand sie es ganz natürlich. Intuitiv wusste sie, dass nicht sie seltsam war, sondern dass den anderen etwas verloren gegangen war. Auch die Tiere wussten das. Sie unterschieden ganz selbstverständlich zwischen Menschen, die verstanden und Menschen, die nicht verstanden. Charlottes bester Freund im Moment war Alfons. Alfons seiberte ein wenig aus seinen herabhängenden Boxerlefzen. Aber daran hatte sie sich schnell gewöhnt. Auch an sein kurzes, fast schon hartes Fell. Alfons spielte genauso gern in der großen Sandgrube wie sie. Am liebsten wühlte er natürlich dort den feuchten Sand auf, wo sie gerade etwas gebaut hatte. Aber sie hatten sich schnell geeinigt, dass es Zonen zum Wühlen und Zonen zum Bauen gab. Wenn Charlotte zum Mittagessen nach Hause gehen musste, begleitete Alfons sie bis zur Ecke. Sie achtete darauf, dass er sicher über die Straße kam. Charlottes Mutter war in der Küche beim Kochen und fragte, mit wem sie denn heute gespielt habe. „Oh, mit Alfons. Das ist mein bester Freund." Ihre Mutter war zerstreut und wunderte sich nur, warum jemand sein Kind Alfons nannte. Während sie versuchte sich aufs Kochen zu konzentrieren, hörte sie mit halbem Ohr zu, wie Charlotte ihr erzählte, dass Alfons nicht verstand warum er die Pferde nicht jagen sollte und auch nicht, warum er die Maus nicht totbeißen dürfe. Die Maus hatte er trotzdem totgebissen, und sie war zwei Tage ganz böse auf ihn gewesen. Langsam verstand ihre Mutter: "Ach, Alfons ist ein Hund?". Charlotte nickte. „Ein Boxer. Eigentlich mag ich ja keine

Boxer, aber Alfons mag ich gerne." Charlottes Mutter war zu beschäftigt, um sich wie sonst Sorgen zu machen, dass ihre Tochter glaubte, mit Tieren sprechen zu können, statt mit Gleichaltrigen zu spielen.

Nach dem Mittagessen gingen sie gemeinsam zum Stall. Ihre Mutter hatte es sehr eilig beim Misten und Futter für den Abend vorbereiten. Charlotte versuchte den Pferden zu erklären, warum ihre Mutter manchmal so harsch war. Dass sie eigentlich gar nicht harsch war, sondern nur fürchterlich wenig Zeit hatte, es deswegen immer sehr eilig hatte und deswegen auch nicht mit ihnen kommunizieren konnte. Allerdings musste Charlotte sich ruhig in eine Ecke stellen, um die Verbindung zu den Pferden aufzubauen. Erst wollten die Pferde nicht, sie und ihre Mutter waren so hektisch im Stall angekommen, dass die Pferde sich sofort verschlossen hatten. So dauerte es eine Weile, bis sie auf Charlotte reagierten. Dass wiederum verstand ihre Mutter nicht und sie mahnte in gekränktem Ton: „Charlotte, ich eile mich den ganzen Tag, ich habe zuhause noch einen Riesenberg Wäsche, den ich abends nach dem Abendessen bügeln muss. Und Du stehst hier nur rum und guckst Löcher in die Luft! Los, lauf und wirf schon mal einen Ballen Heu von oben runter." So musste Charlotte mittendrin abbrechen und sie merkte, dass die Pferde nun endgültig das Interesse verloren. Morgen würde sie versuchen alleine zu kommen, vielleicht gelänge es ihr dann wieder.

Am nächsten Tag ging Charlotte nach der Schule gleich beim Stall vorbei. Der Mutter hatte sie gesagt, sie würde gleich nach der Schule den Stall für den Abend fertig machen, da sie früher aus der Schule käme und dann wären sie abends schneller fertig. Ihre Mutter fand das sei eine gute Idee. Jetzt beeilte sich Charlotte den Stall fertig zu kriegen, damit sie dann noch Zeit für die Pferde hatte. Im Moment ignorierten die Pferde sie völlig, nachdem sie gemerkt hatten, dass es nichts zu fressen gab. Vielleicht hing ihnen auch noch die gestrige Misskommunikation nach. Als Charlotte mit allem fertig war, füllte sie noch schnell frisches Wasser auf und fegte den Boden. Dann lehnte sie sich außen an die große Eiche und schaute zu den Pferden. Primo stand wie immer etwas abseits. Er graste nicht, sondern döste in der Sonne. Zu ihm bekam sie ganz selten eine Verbindung. Er hatte sich gestern auch ganz weggedreht, als es so hektisch im Stall wurde. Charlotte seufzte. Vielleicht würde sie erst ein wenig versuchen zu fliegen. Dann ging es immer leichter, Verbindung aufzunehmen. Charlotte schloss die Augen. Sie spürte die Frühlingssonne auf dem Gesicht und auf ihrem schwarzen Pullover. Der Baum fühlte sich rau an, wo sie sich mit den Händen abstützte. Sie ließ sich ganz gegen das Holz sinken, immer tiefer, bis sie das Gefühl hatte in den Baum hinein zu sinken. Dann löste sich plötzlich die Grenze zwischen ihr und dem Baum, zwischen ihr und dem Boden unter ihr auf. Sie schien im freien, leeren Raum zu schweben. Sie nannte es fliegen. Es war ein unbeschreiblich schönes Gefühl. Ihr war warm, licht, leicht, frei. Wenn sie fliegen konnte, war die Welt wieder in Ordnung. Plötzlich spürte sie, dass sich etwas veränderte. An ihrem Bein entstand wieder eine Grenze. Sie spürte dort wieder die Hose an ihrer Haut. Und einen leichten Druck dagegen. Wärme. Sie lächelte. Das musste eines der Pferde sein. Als sie die Augen aufmachte, stand Primo vor ihr. Und die anderen beiden schauten zu ihr herüber. Sie öffnete die Augen nicht ganz, sondern schloss einfach Primo in ihren Kreis mit ein. So standen sie eine ganze Weile in wortloser Verbindung, bis sie plötzlich lautes Rufen hörte. Primo schreckte auf, stob davon. Charlotte sah ihre Mutter, die empört winkte: „Was machst du denn da? Ich warte mit dem Essen! Und du stehst da und träumst!" Charlotte sammelte schnell ihre Sachen zusammen. Ihr war etwas schwindelig von der schnellen Landung. Und von den aufkommenden Schuldgefühlen. Dann lief sie schnell zu ihrer Mutter. Die fragte sie nochmals: „Aber was hast du denn da gemacht? Hast du denn wenigstens den Stall fertig?" Charlotte nickte. „Ich dachte, Primo ging es nicht gut, da wollte ich ihn beobachten." Ihre Mutter seufzte ungeduldig: „Wenn es ihm nicht gut geht, müssen wir den Tierarzt holen, da nützt es nichts, wenn du ihn beobachtest. Warten wir ab, wie es ihm heute Abend geht."

Am Wochenende ging die Familie spazieren. Charlotte lief voraus. Zuerst hatte sie versucht, Ihrem Vater von ihrer neuen Freundschaft mit Alfons zu erzählen. Aber ihr Vater war zerstreut, er hatte schon wieder vergessen, dass Alfons ein Hund ist und fragte sie zum zweiten Mal, ob er in ihrer Klasse sei und auch so gute Noten habe wie sie. Als er endlich verstand, schien er amüsiert, dass Charlotte glaubte, sie könne mit dem Tier reden. Charlotte fand den Spaziergang anstrengend. Wenn sie alleine oder mit den Tieren unterwegs war, streiften sie querfeldein, wie ihnen gerade der Sinn stand. Oder auch wo gerade kein Bauer oder Förster oder Jagdpächter zu sehen war. Nun gingen sie natürlich die offiziellen Wege und das war immer etwas langweilig. Interessanter wurde es erst, als sie an der großen Reitanlage vorbeikamen. Dort war heute ein großes Reitturnier. Sie gingen alle hinein und schauten eine Weile beim Springen zu. Charlotte verlor schnell das Interesse und wandte sich dem Abreiteplatz zu. Dort kämpfte ein Reiter mit seiner Schimmelstute. Sie wollte partout nicht springen. Schon kleine Sprünge verweigerte sie. Der Reiter wurde böse und strafte die Stute heftig. Charlotte war nah an die Absperrung zum Reitplatz getreten, da blieben die beiden direkt auf ihrer Höhe stehen. Charlotte nahm sich ein Herz und sagte zu dem Reiter: „Sie kann heute nicht springen, sie fühlt sich nicht gut, ihr ist schwindlig." „Ach," sagte der Reiter, ein noch jüngerer Mann, völlig erstaunt, „und woher willst Du das wissen?". Im selben Moment ärgerte er sich, dass er auf eine so kleine Göre überhaupt reagiert hatte. Schnell schaute er sich um, ob ihn irgendjemand dabei gesehen hatte. „Sie hat es eben gesagt. Sie hat gesagt, sie würde ja gerne springen, aber sie kann nicht." Der Reiter schnaubte verächtlich. „Verarschen kann ich mich auch selber. Und wenn hier jeder nur tun würde, was ihm gerade behagt, wo kämen wir denn da hin!". Charlotte wandte sich erschrocken ab. Sie ging wieder zu ihren Eltern. Kurz darauf wurden die Schimmelstute und ihr Reiter aufgerufen. Charlotte sah wie die Stute all ihre Kraft zusammennahm. Die ersten beiden Sprünge schaffte sie ganz gut, etwas langsam vielleicht. Dann kam die große Kombination. Und mitten über dem zweiten Sprung der Kombination blieben die beiden wie in der Luft hängen. Als hätte jemand sie gestoppt. Dann krachten sie in das Hindernis. Ein wildes Durcheinander aus splitterndem Holz, Pferdebeinen, Armen und Beinen des Reiters. Der Krankenwagen kam. Charlotte versuchte zu sehen, was die Stute abbekommen hatte. Aber Charlottes Eltern drängten zum Aufbruch sobald klar war, dass der Reiter nicht schwerer verletzt war. Er hatte wohl nur leichte Prellungen. Die Stute wurde lahmend vom Platz geführt. Charlotte war traurig. Ihre Mutter tröstete sie: „Bestimmt ist gar nichts Schlimmes passiert. Das Pferd wird bestimmt wieder gesund." „Aber es war doch gemein," rief Charlotte. „Die Stute hat doch gesagt, dass es ihr nicht gut geht. Warum hat er nicht auf sie gehört?" Charlottes Mutter schaute sie einen Moment verwundert und nachdenklich an. Was sagte das Kind da schon wieder? Träumte sie schon wieder? Am Ausgang bei den Sanitätern saß der Reiter, der eben gestürzt war. Er winkte Charlotte. Er schien erschüttert, der Schreck steckte noch in ihm, so war er offener und weicher. Er blickte Charlotte eine Weile ratlos an. Plötzlich sagte er: „Da hätte ich wohl doch auf Dich hören sollen! Woher wusstest Du das?". „Aber sie hat es doch gesagt, ganz deutlich!" Charlotte sprach schnell und leise, damit ihre Eltern sie nicht hören konnten und sich wieder über sie lustig machen konnten. „Du kannst mit Pferden sprechen?" Der Mann blickte sie verwundert, skeptisch an. Jetzt, wo das Erlebnis noch so präsent war, wo seine verletzte Stute neben ihm  stand und zu Charlotte herüber blickte, da schien er sich für einen Moment vorstellen zu können, dass es das wirklich gab. Charlotte schaute nur leicht resigniert. Wusste er denn auch nicht, dass das jede und jeder konnte, wenn sie sich nur die Zeit dafür nahmen? Sie ging zu der Stute und streichelte ihr leicht über das verletzte Bein. Sie sagte ihr, wie leid ihr das tue, dass sie nichts hätte tun können, um den Unfall zu verhindern. Die Stute stupste sie sanft mit den Nüstern. Charlotte streichelte ihr noch einmal über den Hals und lief dann ihren Eltern hinterher. Der Mann rief noch: „Komm doch mal bei uns am Stall vorbei, Du weißt doch, wo wir wohnen?" Charlotte nickte zum Abschied, ja, sie hatte die Stute schon auf der Weide gesehen.

In den folgenden Tagen ging sie nach der Schule öfters bei Brauns vorbei. Der Mann hieß Robert, Robert Braun. Seine Frau Sabine war sehr nett. Sie schien gar kein Problem damit zu haben, dass Charlotte behauptete, sie könne mit den Tieren reden. Offensichtlich hatte Robert ihr davon erzählt. Wann immer Sabine Charlotte sah, winkte sie ihr zu. Zweimal lud sie sie sogar auf eine Tasse heißen Kakao in die Küche ein. Charlotte begriff schnell, dass sie hier erzählen konnte, was sie von den Tieren erfuhr. Sie durfte auch jederzeit in den Stall oder auf die Koppel gehen. Sabine hörte immer sehr interessiert zu. Manchmal beobachtete sie Charlotte nachdenklich. Sie dachte an ihre eigene Kindheit. Längst vergessene Erinnerungen stiegen in ihr auf. Roberts Stute hieß Sabrina. Charlotte fand das lustig. Sabine und Sabrina. Oft wenn Charlotte in den Stall oder auf die Koppel kam, wieherte die Stute leicht. Robert war dann immer ein wenig eifersüchtig, denn Sabrina war seine Lieblingsstute und ihm wieherte sie nie zu. Seine kurzfristige Aufgeschlossenheit gegenüber Charlottes Kommunikationsfähigkeiten war schnell wieder verschwunden. Auf so einen Kinderkram fiel er doch nicht herein. Das Ganze war einfach nur Zufall. Sabrina hatte sich erstaunlich schnell wieder erholt, trotz einer stark gedehnten Sehne. Aber springen durfte sie nun nicht mehr. Der Sehnenschaden würde soweit verheilen, meinte der Tierarzt, dass die Stute wieder Dressur und Gelände gehen dürfe, aber Springen bis in höhere Leistungsklassen war ausgeschlossen. Es war ein verregneter Julitag als Charlotte wieder einmal nach der Schule schnell bei Sabrina vorbeischaute. Sie musste anschließend auch noch zu ihren eigenen Pferden gehen, sie füttern und rauslassen. So wollte sie nur schnell Hallo sagen. Sabrina war wegen des Regens im Stall, Futter hatte sie keines. Charlotte kauerte sich in eine Ecke der Box und Sabrina gab ihr missmutig zu verstehen, dass sie hinaus auf die Koppel möchte. Oder wenn das schon nicht möglich sei, dann wollte sie doch wenigstens etwas Heu. Charlotte zögerte. Sie war noch nie oben auf dem Heuboden und auch wenn es ihr niemand gesagt hatte, so war ihr doch klar, dass sie nicht einfach Futter austeilen durfte. Sie schlich sich vorsichtig zur Leiter, die zum Heuboden führte und kletterte hinauf. Niemand schien da zu sein. Einen Moment setzte sie sich in das duftende Heu. Einen kleinen Augenblick zu fliegen konnte ja nicht schaden. Dann würde sie Sabrina etwas Heu geben und hinterher schnell ihre eigenen Pferde füttern. Sie schloss die Augen und fast sofort vermischte sich der Duft des Heus mit der Weite und Freiheit des Lichts. Sie schwebte im freien, leeren, lichten Raum. Aber nach kurzer Zeit spürte sie, dass etwas verändert war in ihrer Umgebung und sie kam schnell wieder zurück in das duftende Heu. Als sie die Augen öffnete, schaute Robert über die Kante des Heubodens: „Was machst Du denn hier?" „Ich…" begann Charlotte zögernd und schuldbewusst. Robert schien irgendwie fasziniert. Charlotte fragte sich, was er gesehen hatte, oder was man eigentlich sehen konnte, wenn sie flog. Robert zog sich mit einem kraftvollen Schwung auf den Heuboden. „Was ich Dich schon immer fragen wollte", sagte er, während er näher kam „wie machst Du das?" „Wie mache ich was?" fragte Charlotte. „Na, wie machst Du das, wenn Du mit den Pferden redest?". Charlotte zögerte einen Moment. Dann entschied sie sich, es ihm zu erklären. Wer weiß, Sabine war schließlich auch offen dafür. Und es schmeichelte ihr, dass der große erwachsene Robert sie um Rat fragte. Sie legte ihre Hand auf ihr Herz „Du musst zuerst hier ganz ruhig werden, zuerst ganz ruhig und dann ganz offen, so als würde hier diese Stelle aufgehen und die Pferde mit einschließen." Robert schaute erstaunt. „Ja und dann musst Du sie einfach in Gedanken fragen und zuhören, was sie sagen." Plötzlich grinste Robert. „Welche Stelle genau meinst

Du denn?" Er beugte sich zu ihr rüber und legte seine Hand auf ihr Herz. „Dort?" Charlotte nickte zögernd. Plötzlich war er ihr unheimlich. „So, ist es so richtig?" fragte Robert, während er anfing, seine Hand mit leichtem Druck kreisen zu lassen. Charlotte versuchte verwirrt und erschreckt auszuweichen. „So," sagte Robert „wenn Du es mir nicht richtig beibringen kannst, dann hole ich es mir einfach!" Damit drückte er sie mit der einen Hand ins Heu, die andere legte er ihr fest über den Mund. Charlotte begann mit den Beinen zu treten und sich zu winden. Aber sie merkte, dass sie nicht frei kam. Panik ergriff sie. Noch nie war ihr bewusst geworden, wie unangenehm Robert eigentlich roch. Eine Hand hatte er immer noch auf ihrem Mund, während er sein Knie auf ihren Bauch stemmte, um sie unten zu halten. Mit der freien Hand öffnete er ihre Hose und zog sie runter. Dann spürte sie einen heftigen Schmerz zwischen ihren Beinen. Von dem Moment an schwebte sie unter der Decke des hohen Heubodens und beobachtete alles von oben: Robert, der plötzlich plump und viehisch wirkte, ihr eigener kleiner zuckender Körper, das duftende Heu und die alten Möbel, die in einer Ecke standen. Sie konzentrierte sich auf die alten Möbel. Irgendwann spürte sie sich dann wieder in ihrem eigenen Körper im Heu liegen. Robert war weg. Sie setzte sich auf, wischte die Tränen ab und wischte mit etwas Heu einen unangenehm riechenden Schleim von ihrem T-Shirt und Bauch. Es schüttelte sie vor Ekel. Schnell zog sie sich an. Ihre Beine und zwischen ihren Beinen brannte es wie Feuer. Sie blutete auch etwas. Sie dachte noch daran, einen Arm voll Heu mitzunehmen für Sabrina. Sabrina beachtete sie nicht, als sie hinunter kam. Sie hätte sich so gerne zum Trost an sie gekuschelt, aber die Stute schien irgendwie irritiert, drehte sich von ihr weg. Charlotte fühlte sich schmutzig. Schuldbewusst schlich sie aus dem Stall. Der Hof war leer, sie nahm ihr Fahrrad, ignorierte den stechenden Schmerz zwischen ihren Beinen, als sie aufstieg und fuhr zu ihren eigenen Pferden. Sie fütterte sie mechanisch und machte dann die Boxen auf, damit sie hinaus konnten. Sie versuchte sich bei

Patrick, dem treusten und zuverlässigstem von allen, anzulehnen und weinte. Patrick blieb zwar brav wie er war stehen, aber sie hatte keine Verbindung zu ihm. Auch er war irritiert und blieb einfach nur duldsam stehen. Charlotte hatte sich noch nie so einsam gefühlt. Tiefe Angst setzte sich in ihr fest. Ihr Unterleib fühlte sich kalt und leblos an und auch Patrick schien das zu spüren, er stupste einmal vorsichtig mit seinen Nüstern gegen ihren Bauch, aber dann wandte er sich ab und trottete auf die Weide hinter den anderen beiden her. Charlotte schlich sich nach Hause. Ihre Mutter kam gerade in Eile vom Einkaufen. Charlotte lief weinend auf sie zu. Nun brach plötzlich alles aus ihr heraus. „Robert hat….". Sie wusste nicht was sie sagen sollte. Was hatte er? Sie hatte plötzlich nur diffuse Bilder im Kopf, wie sie im Heu lag, wie sie unter dem Dachboden schwebte. Heftiges Schluchzen schüttelte sie. Ihre Mutter verstand nicht. „Ja ich weiß," sagte sie. „er will Sabrina verkaufen. Aber das ist doch sein gutes Recht. Bestimmt kommt sie in gute Hände, dann muss sie auch nicht mehr springen." Charlotte weinte noch heftiger. Das ist sein gutes Recht. „Aber er darf doch nicht … „ begann sie zögerlich. Ihre Mutter stutzte kurz. Für einen kurzen Moment sah sie Charlotte aufmerksam an. Die beschmutzte Hose, das Heu am Rücken, das völlige verstörte Kindergesicht. Und dieser Geruch. Woran erinnerte sie denn… und warum waren da Blutflecken auf dem T-Shirt? Charlottes Mutter spürte wie eine dunkle Welle in ihr hochschwappte. Sie sah sich als kleines Mädchen, sie spürte plötzlich raue große Hände an ihren Armen, ihren Beinen. Sie schnappte in Panik nach Luft. Sie musste jetzt ruhig bleiben. Nur weil ein halblahmes Pferd verkauft wurde, durfte sie nicht durchdrehen. Bevor die Gedanken richtig an die Oberfläche kamen, hatte sie sie schon wieder zurückgedrängt. Sie legte den Arm um Charlotte und sagte: "Komm, es ist alles in Ordnung. Es ist alles gut. Ich mache uns jetzt schnell etwas zu essen, und dann legst Du Dich ins Bett und ruhst Dich aus." Als Charlotte später im Bett lag, versuchte sie die immer wiederkehrenden Bilder zurückzudrängen. Sie versuchte zu fliegen, aber immer wenn sie es fast geschafft hatte, schwebte plötzlich Roberts Kopf vor ihr, wie er über den Heubodenrand geschaut hatte. Auch war ihr Unterleib so kalt, wie abgeschnitten, sodass sie es nicht schaffte, ein warmes Gefühl in ihrem Herz und Bauch zu erzeugen.

Charlotte ging nun nicht mehr bei Sabrina vorbei. Der Gedanke Robert im Hof zu begegnen war zu furchtbar. Irgendwann hörte sie, Sabrina sei verkauft. Ein dumpfes Schuldgefühl legte sich über sie. Sie hatte sich nicht einmal von ihr verabschiedet. Sie war nicht nochmals vorbeigegangen. Irgendwo ganz tief in ihr, merkte sie, es stimmte etwas nicht mit ihr. Aber sie wusste nicht, was sie dagegen tun konnte. Neulich hatte sie Primo geschlagen, als er nicht freiwillig mit ihr von der Koppel ging. Die Pferde, nein, generell die Tiere kommunizierten nicht mehr mit ihr. Sie fühlte sich abgetrennt und einsam. Auch ihre Freundinnen in der Schule schienen sich von ihr zurückzuziehen. Eigentlich wunderte sich Charlotte gar nicht darüber. Sie mochte sich selber überhaupt nicht mehr. Sie fand sich eklig, beschmutzt, unrein. Als sie in der Schule in Religion über verschiedene Weltreligionen sprachen, verstand sie sofort, was mit unreinen Menschen gemeint war. Sie gehörte jetzt auch dazu. Es war ihr ein gewisser Trost, dass der Pfarrer sagte, Jesus liebte auch die unreinen Menschen, ja dass er sich ganz besonders um sie bemühte. Das würde dann sicher auch für sie gelten. Wie sie allerdings dieser Aufforderung, diese Liebe zu erwidern und sich ganz in Liebe Jesus hinzugeben, nachkommen sollte, war ihr nicht ganz klar. Einmal hatten sie einen jungen Diakon im Unterricht, der einen speziellen Schulgottesdienst entwickelte. Im Laufe des Gottesdienstes, forderte er alle auf, sich mit ganzem Herzen voll zu Jesus zu bekennen. Alle, die ab heute voller Liebe und ohne Einschränkung Jesus lieben wollten, sollten sich melden. Charlotte meldete sich nicht. Wie sollte sie das denn tun? Was bedeutete das, mit voller Liebe und aus ganzem Herzen? Auf dem Heimweg fühlte sie sich schlecht und schuldig. Wenn doch Jesus sie liebte, warum wusste sie dann nicht, wie sie ihn lieben konnte? Wie ging das denn? So, wie sie ihre Pferde liebte? Ganz in Gedanken versunken lief sie dahin. Als sie aufschaute, sah sie sich plötzlich Robert gegenüber, der ihr entgegenkam. Sie wollte erschrocken weglaufen, aber sie stand wie erstarrt. Er beachtete sie gar nicht weiter, grüßte beiläufig, ein wenig verächtlich.

Charlotte beschloss, dass es gut war, dass sie mit dem Schreiben soweit gekommen war, aber sie wusste auch, dass es nun an der Zeit war, eine Pause zu machen. Das Schreiben war ihr zum Teil schwergefallen. Oft hatte sie sich zwischendurch in ihr Bett geflüchtet, die Decke über ihren Kopf gezogen und geweint. Vieles tat sehr weh, löste Entsetzen aus, aber auch Wut. Sie wusste, Robert lebte immer noch. Hingegen hatte ihre Mutter ihr erzählt, Sabine sei vor einigen Jahren an Krebs gestorben. Wer wusste schon, was sie alles durchgemacht hatte, dachte Charlotte. Plötzlich empfand sie ein tiefes Gefühl von Verlust, dass sie mit Sabine nicht mehr sprechen konnte. Aber was hätte sie auch zu ihr sagen sollen? Was hätte sie fragen können? Und ihre Mutter, was hatte die wohl mitbekommen? Nun, wenn sie etwas mitbekommen hatte, dann hatte sie es sicher sofort verdrängt. Charlotte erinnerte sich, dass ihre Mutter ihr einmal erzählt hatte, sie sei ein stiller, friedlicher Säugling gewesen, der sehr oft irgendwo zu schweben schien. Ihre Mutter war strikt protestantisch und dementsprechend las sie gerne jüdische Texte. Irgendwo hatte sie gelesen, dass Kinder, die oft so entrückt schienen, so verträumt, nicht so richtig im Hier und Jetzt, dass diese Kinder noch nicht richtig auf dieser Welt angekommen seien. Ihre Seelen haben sich noch nicht so recht entschieden, ob sie wirklich in diese Welt gehören, ob sie hier bleiben wollen. Und manchmal, so hatte ihre Mutter ihr erklärt, würden solche kindlichen Seelen dann einfach wieder gehen. Mediziner könnten sich das nicht erklären und entwickelten Theorien über plötzlichen Kindstod. Da Charlottes Mutter nicht wusste, wie sie damit umgehen sollte, versuchte sie so oft wie möglich, Charlotte aus dieser Welt der Träumerei heraus zu holen. Möglichst diese Träumerei ganz zu unterbinden. Sie tat das gar nicht immer bewusst, oft rechtfertigte sie sich vor sich selber und auch vor anderen: „Das Kind muss doch lernen, in der realen Welt zu leben. Was soll aus ihr werden, wenn sie immer nur vor sich hinträumt." Heute war Charlotte überzeugt, dass sie als Kind ganz spontan und natürlich die meditativen Vertiefungen erleben konnte. Aber durch den Missbrauch, und dadurch, dass ihre Mutter es nicht verstand und versuchte, sie daran zu hindern, geschah es immer seltener, dass Charlotte meditative Zustände erlebte. Sie erinnerte sich, dass sie instinktiv vor ihrer Mutter geflüchtet war, um sich Freiräume zu schaffen. Aber, und bei diesen Erinnerungen schien Charlotte erneut den Boden unter den Füssen zu verlieren, sie hatte wohl bei den falschen Menschen Zuflucht gesucht. Bei ihrer verzweifelten Suche nach Nähe, nach Eins-sein, nach Überwindung der kalten, stummen, leblosen Leere in ihrem Unterleib, hatte sie sich genau an die falschen Menschen gewandt, um Nähe und Geborgenheit zu finden. Anfangs hatte sie noch versucht, sich in der Kirchengemeinde Hilfe zu holen. Aber dort wurde zwar viel von Liebe und Mitgefühl geredet, aber niemand schien wirklich zu wissen, was das eigentlich ist. Und so wandte sie sich schnell ab und suchte in Freundschaften das leere Gefühl in ihrem Innern zu füllen. Doch der Missbrauch ging weiter. Aber diese Erinnerungen schob Charlotte nun energisch zur Seite. Für den Moment reichte es, jetzt brauchte sie etwas anderes. Sie würde heute Abend mit den Frauen das neue Jahr begrüßen und dann würde sie die restlichen freien Tage im Januar nutzen, um in den Bergen Skifahren zu gehen.

Charlotte mietete sich in einem kleinen Bergdorf ein, von dem sie direkten Zugang zu den Skiwanderrouten hatte. Sie genoss es, alleine durch die weite, weiße Winterlandschaft zu gleiten und zufrieden stellte sie fest, wie stark und gut trainiert ihre Muskeln waren. Es hatte sich gelohnt, das regelmäßige Trainingsprogramm aufrecht zu erhalten. Nicht nur, dass es ihr dadurch im Alltag besser ging, physisch wie psychisch. Auch jetzt kam es ihr zu Gute, wenn sie bergauf und bergab lief. Sie wusste, es war gefährlich in den Bergen alleine unterwegs zu sein. Aber sie genoss die Einsamkeit, fühlte wie ihre Seele es brauchte. Hier und da traf sie auf Menschen, mit denen sie sich kurz austauschte, aber meist zog es sie wieder in die Stille. Diese Kombination aus körperlicher Bewegung bis hin zu starker Anstrengung und ruhiger, weiter, weißer Ruhe um sie herum, tat unendlich wohl. Manchmal hatte sie das Gefühl, die Berge sprachen zu ihr. Wenn sie einen Gipfel vor sich hatte, dann spürte sie oft einen Sog, ein starkes Ziehen im Herzen. So als spräche der Berggipfel sie direkt an, als entzündete er eine Sehnsucht in ihrem Herzen, die sie immer weiter trieb. Schritt für Schritt, oft mit dem Körper kämpfend, um Atem ringend, immer weiter, weiter hinauf, dem Sog folgend. Und dann, irgendwann stand sie oben, erschöpft, aber glücklich, oft stumm vor Ehrfurcht vor der Majestät der sie umgebenden Gipfel. Für eine wirkliche Pause war es meist zu kalt auf dem Gipfel und so galt es höchste Konzentration bei der Abfahrt aufzubringen, um trotz der erschöpften Muskeln nicht zu stürzen.

Als sie am zweiten Tag völlig müde und erschöpft aber glücklich in ihr Bett fiel, merkte Charlotte noch im Halbschlaf, wie sie wieder in einen Traum von Sarah driftete. Sie sah Sarah inmitten einer wunderschönen Blumenwiese, direkt neben einer großen alten Eiche stehen. Dann fühlte sie selber das Gras unter ihren nackten Füssen, sie spürte wie sie den Geruch nach feuchter Erde in sich aufnahm und traumwandlerisch auf den alten Baum zuging. Dann schien sie mit Sarah zu verschmelzen. Jetzt war sie Sarah, als wäre sie in ihren Körper geschlüpft. Sie spürte diesen Körper, der einerseits stark und muskulös war, aber auch geschunden, misshandelt, gedemütigt. Sie lehnte sich an den Baum und versuchte die Kraft des Baumes zu spüren, die nichts anderes war als die Kraft der Erde, die durch die Wurzeln, den Stamm, die Baumkrone in den Himmel floss. Sarah spürte, wie ihr Körper wiederbelebt wurde, wie ein Teil der Demütigung und Schändung hinweggespült wurde. Sie atmete tief im Gleichklang mit dem Baum und der Erde und dem blühenden Gras um sie herum. Dann öffnete sie langsam die Augen. Vor sich sah sie nebelhaft verschwommen eine Gruppe von Reiterinnen. Jung, schlank und kraftvoll waren die Pferde und die Reiterinnen. Sie bewegten sich schnell und zielgerichtet. Sarah streckte die Hände nach ihnen aus. Sehnsuchtsvoll, weinend. Sicher wurden diese Frauen nie missbraucht, nie gequält, so schön, so stark, so sicher waren sie. Sie schienen unüberwindlich. Als hätte sie Sarahs Gedanken gehört, drehte sich die Anführerin der Gruppe herum. Dabei schien sie nur ihren Körper ein wenig zu drehen und in einer gemeinsamen Bewegung mit ihr wendete auch ihre Stute. Die Frau glitt in einer einzigen fließenden Bewegung von ihrem Pferd und ging einige wenige Schritte auf Sarah zu. Sie war groß, sehnig, durchtrainiert. Ihr Blick fesselte Sarahs Aufmerksamkeit. Nach einigen Schritten blieb sie stehen. „Töte ihn nicht! Mache nicht wieder denselben Fehler. Gewalt verursacht karmische Gewalt. Fliehe sofort!" Sarah fühlte völlige Verwirrung. Sie lief mit flehend ausgestreckten Händen auf diese Frau zu, die ihr so vertraut war. Doch als sie dort ankam, wo die Amazone eben noch gestanden hatte, griff sie nur ins Leere. Sie sank auf die Knie und grub schluchzend ihre Hände in die feuchte Erde. Warum sollte sie ihn nicht töten? Musste sie nicht verhindern, dass er weitere Menschen aus ihrem Volk quälte, folterte, mordete? Sollte sie einfach feige fliehen?

Charlotte erwachte mit einem Gefühl völliger Verwirrung. Das Bild der weinenden Sarah auf der blühenden Wiese war ihr ganz deutlich vor Augen. Aber auch diese bildschöne, kraftvolle Amazone stand noch vor ihr. Und wen sollte sie nicht töten? Im Traum schien Sarah das ganz klar gewesen zu sein. Sie hatte nur mit dem „warum" gehadert. Aber wenn der Traum eine Nachricht für sie, Charlotte war,

war ihr nicht klar, wen oder was sie nicht töten sollte. Es hieß doch immer, alle Personen in einem Traum sind verschiedene Aspekte des eigenen Selbst. Und diese starke junge kraftvolle Frau auf dem Pferd mit ihren Kameradinnen… Charlotte erinnerte sich nur schemenhaft an sie. Auch sie kam ihr seltsam vertraut vor. Charlotte seufzte. Was sollte das nun? In der Höhle hatte die Göttin ihr doch ganz klar gesagt, sie solle die Geschichte der Sarah schreiben. Nun kam plötzlich eine weitere Frau aus einer noch anderen Zeit ins Spiel und gab wiederum Botschaften an Sarah weiter. Was machte das überhaupt für einen Sinn? Wie sollte sie daraus eine Geschichte schreiben? Wenn sie, Charlotte, von Sarah träumte, um Botschaften aus einer anderen Zeit in dieses jetzige Leben zu integrieren, was bedeutete es dann, wenn eine Frau aus einer noch älteren Zeit Botschaften an eine Frau aus der jüngeren Vergangenheit überbrachte? Kurz flackerte die alte Angst verrückt zu werden in Charlotte hoch. War das der Beginn von Schizophrenie? Begann die Krankheit im Traum, sodass sie sich auflöste in verschiedene Persönlichkeiten aus verschiedenen Zeiten? Sie schüttelte sich und stand entschlossen auf. Sie ignorierte ihr Kissen, das sie stumm zur Meditation aufforderte und ging entschlossen in die Küche. Jetzt erst mal einen heißen Tee und ein gutes Frühstück. Schließlich war sie in den Ferien. Und danach würde sie mit den Skiern zu der alten Eiche laufen, die sie vorgestern entdeckt hatte. Die Eiche sah wirklich ähnlich aus, wie der Baum in ihrem Traum heute Nacht. Nur dass im Moment keine blühenden Bergwiesen die Eiche umgaben, sondern alles tief verschneit war. Unter der Eiche war eine kleine Bank und vorgestern hatte sie dort fast eine Stunde in der wunderbar warmen Mittagssonne gesessen. Vielleicht könnte sie dort meditieren, vielleicht schaffte sie es auch, dort Sarah noch einmal zu begegnen. Der Gedanke ließ sie frösteln. Die Begegnungen mit Sarah wurden zunehmend realistischer. Fast so, als gingen sie vom Traum zur Erinnerung über. Wenn sie gezielt Begegnungen mit Sarah herbeiführen konnte, war das wohl kein Traum mehr?

Nach einem wunderschönen Lauf durch tiefverschneite, sonnige Wälder und Wiesen, kam Charlotte zu der Eiche. Sie setzte sich auf die Bank, aß ihr mitgebrachtes Brot und trank etwas heißen Tee aus der Thermoskanne. Dann schloss sie die Augen und bat Sarah, ihr zu begegnen, ihr zu sagen, was sie von ihr wolle.

Sie sah Sarah, aber es kamen keine Antworten, zumindest nicht so, wie sie es sich erhofft hatte. Zuerst sah sie Sarah als Frau, dann wurde sie immer jünger und plötzlich war sie ein kleines Mädchen. Sie sah, wie sie auf ihres Vaters Schoss kletterte. Wie ihr Vater ihr den  Rücken streichelte. Sie fühlte das angenehme Kribbeln im ganzen Körper. Spürte wie jegliche körperliche Grenzen sich auflösten, wie ihr Geist sich weitete und in das unendlich weite strahlende Universum eintauchte. Sie fühlte Glück und Liebe, dort, eng an ihren Vater geschmiegt. Und noch während ihr Geist dort schwebte, ihr Körper sich vollständig aufgelöst hatte, spürte sie mit plötzlichem Schock etwas Hartes an ihrem Oberschenkel und etwas Schmerzhaftes zwischen ihren  Beinen. Eine Hand grub sich schmerzhaft unter ihre Unterhose tief in ihr Inneres während dieselbe Hand sie gleichzeitig fest gegen den harten prallen Schoss ihres Vaters drückte. Ihr Geist fiel brutal zurück in die Enge der grausamen Wirklichkeit. Im selben Moment stieß ihr Vater sie erschrocken von sich, sie fiel hart auf den Boden. Ihr Kopf schmerzte von der plötzlichen Härte der Umgebung und sie fühlte sich als bekäme sie keine Luft, hier unten auf dieser Erde, wo sie doch eben noch durch das Universum geflogen war. Charlottes Körper krampfte sich zusammen wie jener der kleinen Sarah auf dem harten Wohnzimmerboden. Und plötzlich wusste sie, das war nicht Sarah oder es war nicht nur Sarah, das war auch sie. Und das war nicht Sarahs Vater, sondern das war ihr Vater, damals. Und während ein tiefes, erschütterndes Schluchzen aus Charlotte herausbrach, wusste sie plötzlich, dies war eine Kindheitserinnerung. Ihr Vater hatte sie missbraucht. Danach hatte sie nie wieder auf seinem Schoss sitzen dürfen. Lange saß Charlotte unter der alten Eiche und weinte. Sie weinte um Sarah, sie weinte um die kleine Charlotte, um all die vergewaltigten Frauen und Mädchen. Aber vor allem weinte sie um sich selber. Von da an war sie Opfer gewesen. Dieses eine Erlebnis hatte sie in die Reihen der Opfer gestellt, hatte sie so erzogen sich ruhig, unauffällig, schüchtern zu verhalten. Und dann war Missbrauch auf Missbrauch gefolgt. Auch der Missbrauch durch Robert hatte nur so passieren können. Bis hin zu dem Missbrauch als erwachsene Frau, den sie selber herbeigeführt hatte, indem sie sich Täter zu Partnern wählte.

Irgendwann merkte Charlotte, wie sie am ganzen Körper zitterte. Die Sonne war längst weiter gewandert und die Eiche, ja die gesamte Wiese, lag im tiefen Schatten. Mühsam rappelte sie sich auf. Wenn sie vor der Dunkelheit wieder im Dorf sein wollte, musste sie sich beeilen. Es war leichtsinnig, hier in den Bergen, nur noch anderthalb Stunden bis Sonnenuntergang. Jeder Schritt fiel ihr schwer. Hatte sie die Skier falsch gewachst heute? Aber der Hinweg war doch so leicht gewesen. Sie war schier geflogen. Nun kamen Gedanken aufzugeben, einfach stehen zu bleiben, seitlich in den tiefen Schnee zu fallen, einfach einzuschlafen. Morgen würde man sie finden. Es hieß ja immer, erfrieren sei ein schöner Tod. Einschlafen, nur noch schlafen... Vergessen, im Dunkeln versinken. Aber dann hatte sie plötzlich die Stimme ihrer Lehrerin im Kopf: „Schritt für Schritt. Einen Schritt vor den anderen setzen! Die Aufmerksamkeit in die Fußsohlen!" Charlotte seufzte. Also gut, sie würde es versuchen. Sie konzentrierte sich auf ihre Fußsohlen, immer gerade dann, bevor sie wieder das Gewicht auf den jeweiligen Fuß legte. „Shhhh.." machte der rechte Ski. „Shiiii" der linke Ski. Rechts, links, rechts, links. Erschöpfung ist Erschöpfung. Verzweiflung ist Verzweiflung. Shhhh. Shiii. Shhh. Shiii. Rechts, links, rechts, links. Kein Grund, das Leben aufzugeben. Das ist alles Vergangenheit. Shhhh. Shiiii. Shhhhh. Shiiiii. Rechter Fuß. Linker Fuß. Langsam spürte Charlotte wie ein wenig Kraft sich in ihr ausbreitete. Wie es etwas leichter wurde, die Skier nach vorne zu schwingen, wie sie wieder etwas Kraft in den Muskeln spürte. Rechts, links, rechts, links. Als sie nach einer Stunde die letzte Abfahrt ins Tal nahm wusste sie, sie hatte es einmal mehr geschafft. Sie hatte einmal mehr überlebt.

Die restlichen Tage in den Bergen konnte sie genießen. Nach ihren Erinnerungen an der Eiche war sie zwei Tage sehr müde, schlief viel, bummelte durch den Tag mit kurzen Skiausflügen. Aber langsam fühlte sie sich wieder kräftiger und ihre Fahrten wurden wieder weiter. Und als sie schließlich wieder im Zug saß, merkte sie, ein weiteres Stück Schwere aus der Vergangenheit war von ihr abgefallen. Sie hatte es dort in der endlosen Weite der majestätisch schweigenden Berge gelassen.

Als Charlotte wieder zu Hause war, rief sie ihre Mutter an. Vielleicht hätte ja ihre Mutter eine Erklärung für die Träume, in denen Sarah auftauchte. Nachdem sie eine Weile Neuigkeiten ausgetauscht und über das kalte nasse Winterwetter und ihrer beider Sehnsucht nach dem Frühjahr gesprochen hatten, erzählte Charlotte vorsichtig von ihren Träumen. Zum Schluss fragte sie, ob denn sie selber oder auch ihre Mutter Kontakt zu jüdischen Frauen gehabt hätte, als Charlotte Kind war. „Nein," sagte ihr Mutter, „ich kann mir auch nicht erklären, woher diese Träume kommen. Aber in der Schule habt ihr natürlich immer sehr viel über die Judenverfolgung gesprochen. Vielleicht wart ihr damals einfach noch zu klein. Mit so schlimmem Leid konfrontiert zu sein, das gehört einfach nicht in die Grundschule, das habe ich ja schon immer gesagt." Charlotte schluckte. Das Gespräch ging in die falsche Richtung. „Und du?" fragte sie einer spontanen Eingebung folgend, „du bist doch auch im Krieg geboren, du hast doch sicher viel Leid mitansehen müssen." „Ach nein," antwortete ihre Mutter, „es hat doch auch so viele schöne Zeiten gegeben. Und andere hatten es viel schlechter." „Aber wenn ihr jede Nacht in den Keller flüchten musstet, weil die Bomben rechts und links vom Haus einschlugen, das muss doch schrecklich gewesen sein." „Ja," sagte ihre Mutter jetzt „ich war immer so fürchterlich müde. Unsere Mutter weckte uns immer und trug eine von uns in den Keller. Die andere sollte dann eigentlich jeweils mitlaufen. Aber ich schaffte es nie, aufzustehen und bis meine Mutter das zweite Mal wieder nach oben kam, schlief ich dann schon wieder tief und fest." „Und dann, im Keller, habt ihr dort weiter schlafen können?" „Zu Anfang der Bombenangriffe schon. Meine Mutter hatte zwei alte Klappbetten dort aufgestellt, wo wir uns wieder hinlegen durften. Aber später waren dann ja auch noch die Müllers, die selber ausgebombt worden waren, mit bei uns im Haus und damit dann auch in den Bombennächten im Keller. Und noch später kamen dann auch noch die anderen Nachbarn, weil ihr Keller nicht sicher war. Da war es dann so voll, da konnte sich keiner mehr hinlegen. Und außerdem hatten die Müllers immer so panische Angst, dass sie uns alle verrückt machten. Ich glaube eins von ihren Kindern war bei dem Bombenangriff, in dem ihr Haus zerstört wurde, im hinteren Keller verschüttet worden. Deswegen bestanden sie auch darauf, immer alle ganz eng zusammenzusitzen, damit es dann alle zusammen träfe." Die Mutter schwieg einen Moment. Charlotte schloss die Augen und unterdrückte einen tiefen Seufzer. Ihre Mutter war damals sechs Jahre alt gewesen. Wie musste das wohl gewesen sein, als Sechsjährige ständig mitten in der Nacht aus dem Schlaf gerissen zu werden und den Lärm und das Feuer eines Bombenangriffs zu erleben. Charlotte sah die steilen Treppen in dem kleinen Haus ihrer Großeltern vor sich. Und der niedrige, feuchte, dunkle Keller. Und dunkel war es damals, Licht durfte ja nicht gemacht werden. Und kalt war es sicherlich auch. Ihre Mutter unterbrach das Schweigen mit einem kleinen Schnaufen. „Ach ja nun. Das alles ist so lange her und schon lange vergessen. Meine Mutter erzählte immer, wie schnell wir Kinder das alles vergessen hätten. Schon kurze Zeit nach dem Krieg hätten wir wieder jede Nacht wunderbar tief und fest geschlafen. Und es ist ja etwas Anständiges aus uns geworden, es hat uns also nicht geschadet. Und wirklich, andere hatten es viel schlimmer. Wir wurden dann ja bald schon im Rahmen der Kinderlandverschickung nach Passau geschickt." „Du und Deine Schwester?" fragte Charlotte. „Ja," antwortete ihre Mutter, „zuerst sollten wir auf zwei getrennte Bauernhöfe, aber Marie weinte so furchtbar, dass sie uns dann doch zusammen ließen." Marie war damals sieben gewesen, etwa anderthalb Jahre älter als ihre Mutter. „Aber seid ihr denn mit sechs und sieben Jahren ganz allein ohne eure Eltern mitten im Krieg von Hamburg nach Passau gefahren?" „Ja natürlich, wir wurden natürlich betreut, es waren ja ganz viele Kinder, die in den Süden fuhren und es gab ein oder zwei Begleiterinnen." „Und wie lange bliebt ihr in Passau?" „Oh, nicht sehr lang, meine Mutter hat uns sehr schnell wieder geholt, nach einem knappen Jahr." „Und das durfte sie?" „Sie durfte es wohl nicht, aber sie fand die hygienischen Verhältnisse so schlecht. Sie war doch selber Krankenschwester gewesen im ersten Weltkrieg. Und Marie und ich, wir hatten beide einen fürchterlichen Hautausschlag. Woher, weiß ich auch nicht. Und dieser Onkel, so nannten wir den Bauern, drückte die Pusteln auf unseren Armen immer aus, sodass sich schließlich alles entzündete und eiterte. Unsere Mutter besuchte uns vor Weihnachten und als sie das sah, nahm sie uns wieder mit. Sie meinte, das wäre ja lebensgefährlich. Und dies, wo der Onkel angeblich Sanitäter war." Charlotte schüttelte sich. Sie war froh, dass sie dieses Gespräch am Telefon führten und ihre Mutter sie nicht sehen konnte. Sie mochte gar nicht darüber nachdenken, was „der Onkel" sonst noch so gemacht hatte. Sechs und sieben Jahre waren sie gewesen. Alleine im Krieg unterwegs. Und ihre Mutter meinte, sie hätten ja gar nichts Schlimmes erlebt. Charlotte merkte, wie ihr plötzlich alles zu viel wurde. Sie fühlte sich schuldig, als sie das Gespräch möglichst bald beendete. Schließlich war das ja alles ihrer Mutter passiert und nicht ihr. Vielleicht brauchte ihre Mutter jemanden, der ihr mit diesen Erinnerungen weiterhelfen konnte. Aber sie konnte es nicht. Ihr war selber ganz schlecht. Sicherlich hatten ihre Eltern ihm Krieg sehr viel Schlimmes erlebt und gesehen und es offensichtlich nicht vergessen. Im Gegenteil, ihre Mutter wusste ja heute noch, was sie als Sechsjährige erlebt hatte. Und ihr Vater, was er wohl miterlebt hatte? Wann immer Charlotte ihren Vater nach seiner Kindheit oder gar nach dem früh verstorbenen Großvater gefragt hatte, hatte ihr sonst so emotionsloser Vater sofort Tränen in den Augen und wandte sich ab. Von ihm war nichts zu erfahren. Und was bedeutete das für sie, Charlotte, dass beide Eltern durch den Krieg als Kind so viel Schreckliches erlebt hatten? Kam ein Teil ihrer Ängste einfach von dort, waren es die unverarbeiteten Ängste ihrer Eltern? Vielleicht sogar ihrer Großeltern? Und war ihr Vater einfach als Kind so schwer traumatisiert worden, dass er gar kein normales, gesundes Gefühlsleben mehr entwickeln konnte? Charlotte seufzte. Ja, vielleicht war das eine Erklärung für seine Unfähigkeit eine gesunde, erwachsene Sexualität zu leben. Als sie kurze Zeit später unter ihre Bettdecke kroch, wusste sie selber nicht, ob sie nun eine Antwort auf ihre Frage erhalten hatte und warum sie von einer Jüdin namens Sarah träumte. Eines war zumindest sicher, der Krieg war mit seinen Folgen noch immer präsent. Er prägte die Gedanken und Gefühle der Generation ihrer Eltern und auch ihrer eigenen Generation. Vielleicht waren damit ihre Träume nicht so verwunderlich.

Die Arbeit bei Synergia fiel Charlotte nicht leicht in dieser Zeit. Das zweite Seminar stand bevor und obwohl das erste Seminar ja eigentlich nicht so schlecht gelaufen war, wurde sie doch immer nervöser je näher der Tag rückte. Am Tag vor dem Seminar klingelte das Telefon, als sie gerade dabei war ein letztes Mal die Vorbereitungen für die morgige These durchzugehen. „Ja, hallo, Rottach hier. Ich wollte nur mal hören, ob für morgen soweit alles klar ist, oder ob sie noch Unterstützung brauchen." Charlotte freute sich über den Anruf. „Eigentlich ist alles so weit vorbereitet, aber Unterstützung kann ich immer brauchen." Sie hörte ein leises Lachen und dann ein Seufzen. „Das denke ich mir. Ich bringe noch zwei

Freundinnen mit. Lieselotte Schraller aus der Personalverwaltung und Rosemarie Gechter, Chefsekretärin im Vorstand. Wir werden uns etwas über den Raum verteilen, dann kann schon gar nichts mehr schief gehen." Charlotte fühlte plötzlich ein warmes Gefühl der Erleichterung. „Oh, das ist ja super. Vielen Dank." „Nichts zu danken. Ich finde es enorm wichtig, dieses Thema. Hätte nie gedacht, dass unser Vorstand so etwas initiiert. Es geschehen noch Zeichen und Wunder." Plötzlich kicherte sie. „Ich glaube aber auch nicht, dass dem Vorstand wirklich bewusst war, auf was er sich da einlässt. Aber wenn man natürlich immer und überall damit angibt, fortschrittlich und progressiv zu sein, dann muss man sich den Themen der Zeit natürlich auch stellen. Also dann, bis morgen, wir sind auf jeden Fall da." Und damit hatte sie auch schon aufgelegt. Charlotte lächelte. Nun war ihr leichter ums Herz. Es war so wichtig und machte alles so viel leichter, dass sie nicht ganz alleine da stand. Als sie am nächsten Tag im gut gefüllten Seminarraum ihren Laptop hochfuhr, spürte sie die sehr distanzierte Stimmung der meisten SeminarteilnehmerInnen. Sie gab zunächst eine kurze Zusammenfassung der letzten Stunde und der ersten These und stellte dann die zweite These vor, die sie wiederum mit dem Beamer an die Wand projiziert hatte:

**These 2:**
**Vererbung des Missbrauchs: Sozialisation als Opfer**

Dieses Mal erläuterte sie die These nicht, sondern teilte vorbereitete Texte aus, die einige wichtige Punkte zu dem Hintergrund dieser These erläuterten. Sie bat daraufhin die SeminarteilnehmerInnen wieder Gruppen zu bilden, die Texte zu diskutieren und sich innerhalb der Gruppen eine Meinung zu bilden, ob sie grundsätzlich den Aussagen zustimmen konnten, oder anderer Meinung waren. Die Diskussionen im Raum waren zuerst sehr verhalten, wurden dann aber zunehmend intensiver und lebhafter. Charlotte las selbst auch noch einmal die Texte, bevor sie in die Diskussion einstieg:

**Hintergrund These 2:**

o Opfer (ob Männer oder Frauen) erziehen ihre Kinder sehr oft erneut zu Opfern. Frauen, die als Kinder missbraucht wurden, bringen ihren Kindern Opferhaltung bei und machen damit unbewusst ihre Kinder wieder zu Opfern. Männer, die als Kind missbraucht wurden, werden oft selbst zu Tätern an ihren Kindern, da sie das erlebte Leid und Unrecht eher im Außen ausleben.

o Aus der Selbstverteidigungspraxis wissen wir: Täter machen Opfertests. In sehr vielen Fällen werden nur die als Opfer ausgewählt, die sich wie Opfer verhalten. Das heißt, wenn Eltern ihren Kindern Opferverhalten anerziehen, ist es sehr wahrscheinlich, dass diese Kinder auch wieder Opfer werden.

o Großmütter geben Opferverhalten an Mütter und diese geben es an Kinder weiter. Man kann von einer „Vererbung" des Missbrauchs sprechen. Aufgrund der eigenen verdrängten Ängste wird die Mutter die Tochter nicht vor den eigentlichen Gefahren warnen. Sie wird an die Tochter Ängste vor dem Mann im Park, dem Mann im dunklen Keller etc. weiter geben, aber sie wird ihr nicht beibringen, dass NIEMAND, auch kein Vater, Bruder, Onkel, Großvater, Freund der Familie, Lehrer, Trainer, Pfarrer sie anfassen darf, solange sie selber es nicht will. Die Mutter kann diese Problematik nicht bewusst erfassen, solange sie den eigenen Missbrauch nicht verarbeitet hat, da in dem Moment, wo sie diese Gedanken thematisiert, ihre eigenen schmerzhaften Erinnerungen hochschießen.

o Betroffene Mütter haben es selber nie gelernt, dass selbst wenn sie es bis zu einem bestimmten Punkt genießen zu kuscheln, sich anzuschmiegen, gestreichelt zu werden, niemand über die Grenze hinausgehen darf, ab welcher es ihr unbehaglich wird. Da sie es selber nie gelernt haben die Grenzen im richtigen Moment zu setzen, können sie es auch ihren Kindern nicht beibringen.

Nachdem Charlotte die Texte noch einmal gelesen hatte, atmete sie tief durch und ging von Gruppe zu Gruppe. Die Reaktionen und Meinungen waren sehr unterschiedlich. Von völligem Unverständnis bis zu Empörung, von relativ gleichgültigem Desinteresse bis zu enthusiastischer Zustimmung war alles vertreten. Charlotte beobachtete bei ein oder zwei Kollegen aus dem oberen Management, wie diese trotzig oder abwehrend die Arme verschränkt hatten und vor sich hin starrten. Sie seufzte. Freiwillig waren diese Kollegen sicher auch nicht hier. Dann sah sie, wie Vize-Personalchef Blocher sich heftigste Wortgefechte mit Elisabeth Rottach lieferte. Sie ging zu den beiden und hörte, wie Blocher sich empörte: „Aber sie wollen doch nicht behaupten, dass ein Triebtäter einen Unterschied macht, je nachdem wie sein Opfer sich verhält. Gleich machen sie mir noch weis, dass ein Amokläufer nur ausgewählte Personen erschießt." Elisabeth Rottach verdrehte die Augen: „Es geht hier gerade nicht um Amokläufer, das ist eine ganz andere Thematik. Und was die sogenannten Triebtäter angeht: doch, genau das behaupte ich. Und übrigens nicht nur ich, es ist in sehr vielen Studien nachgewiesen, dass die meisten Vergewaltiger erst mehrere potentielle Opfer austesten, bevor sie sich für eines, das vermeintlich besonders wehrlos scheint, entscheiden." „Pah," sagte Blocher, „das glaube ich nicht, dann würde es ja helfen, wenn die Frauen sich wehren würden, wenn sie schreien würden." „Klar hilft das," konterte Elisabeth Rottach. „Auch statistisch erwiesen. Wenn Opfer sich wehren, können sie sich in sehr vielen Fällen retten." Blocher wurde nun richtig wütend. „Das wird ja immer schöner, gleich behaupten sie noch, die Opfer wären selber schuld, wenn sie vergewaltigt werden." „Nein," sagte Elisabeth Rottach sehr bestimmt. „Man ist nicht selber schuld, wenn man vor Angst völlig erstarrt ist. Und auch nicht, wenn man dazu erzogen wurde, dass man sich nicht wehren darf, oder dass alles nur noch schlimmer wird, wenn man sich wehrt." Blocher runzelte die Stirn und presste die Lippen aufeinander. Charlotte lächelte ihn an: „Es ist wirklich so. Frauen, selbst Kinder, die sich sofort und sehr entschlossen wehren, um sich schlagen, oder auch nur fort rennen und schreien haben eine viel größere Chance davon zu kommen, als Frauen, die versuchen zu besänftigen oder den Täter zu beruhigen." „Aber das ist doch absurd. Frauen haben doch nie und nimmer eine Chance gegen einen Triebtäter. Was behaupten sie denn da." Blocher klang jetzt regelrecht triumphierend. Inzwischen hatten sich mehrere andere Gruppen ihnen zugewandt und verfolgten die Diskussion, unter anderem auch Blochers Chef, Wittach und Blumert, der Vorsitzende des Lenkungsausschusses des Unternehmens. Charlotte sagte in die Stille, die sich im Raum ausgebreitet hatte sehr ruhig und bestimmt: „Ob Frauen sich wehren können, hängt davon ab, ob sie gelernt haben, sich zu wehren. Und zwar sowohl verbal wie auch mental wie auch physisch." Einen Moment war es sehr ruhig im Raum. Plötzlich sprang Blocher auf, trat blitzschnell hinter Charlotte und drückte ihre beiden Arme auf den Rücken. „Ach ja?" sagte er ironisch. „Und was wollen sie jetzt tun?" Elisabeth Rottach und zwei andere Frauen sprangen auf und kamen protestierend auf die beiden zu. Charlotte nahm aus den Augenwinkeln wahr, dass Wittach und Blumert sich zuerst erschrocken umgedreht hatten, sich nun aber zurücklehnten und interessiert beobachteten, was geschehen würde. Charlotte nickte den drei Frauen zu, die inzwischen vor ihr standen und sagte: „Geht schon in Ordnung. Das ist eine gute Demonstrationsmöglichkeit." „Sind sie sicher?" flüsterte eine der Frauen, eine grosse, stämmige Mittfünfzigerin. Charlotte nickte erneut und als die Frauen zurückgetreten waren, sagte sie sehr ruhig über die Schulter gewandt zu Blocher: „Ich muss sie warnen, Herr Blocher." Sie hörte ihn leicht ironisch lachen, fühlte gleichzeitig, wie er seinen Griff verstärkte. Charlotte spürte, dass der Körper hinter ihr durchtrainiert und kräftig war. Wenn sie sich befreien wollte, wäre die einzige Möglichkeit, ihm mit aller Kraft durch den Mittelfuß zu treten und, sobald er seinen Griff gelockert hatte, ihm den Ellbogen in den Solarplexus zu knallen. „Herr Blocher, sie sind körperlich stärker als ich." „Na sag ich doch," grunzte er befriedigt. Doch Charlotte schüttelte ungeduldig den Kopf. „Das bedeutet, dass ich mich nur befreien kann, wenn ich sie ernstlich verletze." Charlotte hatte nun in ihre Stimme eine deutliche Warnung gelegt. Doch Blocher ignorierte das völlig und lachte: „Ach, und wie wollen sie das tun?" Charlotte trat blitzschnell, Blochers Schienbein als Führung nutzend, rückwärts hinter sich mit Kraft auf seinen Mittelfuß. Sie hoffte, fest genug getreten zu haben, dass er seinen Griff lockern würde, aber nicht so fest, dass sie seinen Mittelfuß gebrochen hatte. Sie hatte Glück, er schrie überrascht auf und wich etwas zurück, wobei er seinen Griff soweit lockerte, dass sie, als sie beide Arme mit einem lauten tiefen Schrei nach vorne riss, den linken Arm frei bekam, den sie sofort anwinkelte, gleichzeitig einen halben Schritt zur Seite trat, um dann blitzschnell den Ellbogen in seinen Solarplexus zu knallen. Jetzt hatte sie voll durchgezogen, und es reichte aus, dass Blocher mit dem Oberkörper nach vorne klappte und sie nach Luft schnappend nun endgültig los lies. Charlotte drehte sich blitzschnell um und ging in Verteidigungsstellung. Blocher schnappte noch mehrmals nach Luft, in seinen Augen glomm es kurz auf, als wolle er tatsächlich zum Angriff übergehen. Doch dann schien er sich bewusst zu werden, wo er sich befand und entschloss sich zu lachen. Einige im Raum stimmten ein. Andere starrten nur verwundert und sprachlos die beiden an. Wieder andere beobachteten inzwischen gespannt Wittach und Blumert. Sie waren im Moment die am höchsten stehenden Manager im Raum und viele der Teilnehmenden warteten nun auf ihre Reaktion. Doch Charlotte war noch nicht gewillt, die Führung aus der Hand zu geben. Sie spürte, wie das Adrenalin noch durch ihre Adern jagte und zunehmend Wut in ihr aufstieg. Sie stimmte nicht in das Lachen ein, sondern sagte mit kühler Stimme. „Ja, wir hatten wirklich beide Glück." Blocher hörte abrupt auf zu lachen und sah sie fragend an: „Glück?" „Ja," sagte Charlotte. „Sie hatten Glück, dass ich nicht voll zugetreten und geschlagen habe, sonst wäre jetzt ihr Mittelfuß gebrochen und eventuell auch ihre Nase zerschmettert." Blocher hob unbewusst seinen Fuß und krümmte die Zehen, was ihn schmerzhaft sein Gesicht verziehen ließ. Charlotte fuhr unbeirrt fort: „Und ich hatte Glück, dass sie nicht ein zweites Mal angreifen konnten in dieser Situation, denn sonst hätte ich mich nicht wirklich befreien bzw. wehren können ohne ihnen den Mittelfuß zu brechen und ohne ihr Gesicht zu zerschmettern." Einen Moment war betroffene Stille im Raum. Da stand Blumert mit einem Ruck auf: „Wow, Frau Lesab, ich muss schon sagen, das war sehr beindruckend." Dann drehte er sich zu Blocher und sagte: „Fair enough. Sie hat dich gewarnt. Du hättest loslassen müssen." Blocher, so von seinem Vorgesetzten angesprochen, zeigte plötzlich eine völlig neutral freundliche Miene, lächelte und sagte betont lässig: „Klar. War doch eine gute Demonstration, oder?" Dann ging er zu seinem Stuhl, wobei er ein Hinken nicht ganz verbergen konnte. Blumert ging nicht weiter auf ihn ein, sondern wandte sich an Charlotte und fragte: „Wo kann man so was lernen?" Charlotte begriff nicht und schaute ihn überrascht an: „Wo kann man…?" „Na, wo kann man so eine Selbstverteidigung lernen? Ich habe selbst zwei Töchter." Nun wandte er sich an alle: „Wäre doch super, wenn wir für unsere Kinder hier in der Firma einen Selbstverteidigungskurs anbieten könnten." Nun nickten einige eifrig. Blumert drehte sich wieder zu Charlotte: „Können sie das organisieren?" Charlotte war so überrumpelt, dass sie stotterte: „Ja, ich….natürlich… ich würde…" „Gut," nickte Blumert zufrieden. „Ich bespreche das mit dem Vorstand, holen sie doch schon mal Angebote ein. Und damit würde ich vorschlagen, wir beenden das Seminar für heute. Ich denke, das war für alle genug Denkstoff. Vielen Dank, Frau Lesab, für ihren Einsatz. Ich weiß das sehr zu schätzen. Nehmen sie sich doch morgen einen Tag frei, ich könnte mir vorstellen, dass das hier -…" und damit zeigte er mit ausgestrecktem Arm in die Runde und es schien fast so, als würde er einen Moment bei Blocher verharren, „ziemlich anstrengend für sie ist." Damit nickte er Charlotte zu, nahm seine Jacke, die er über einen Stuhl gelegt hatte und ging. Der Raum leerte sich sehr schnell. Charlotte setzte sich erst einmal hin. Plötzlich war alles Adrenalin verpufft und ihr zitterten die Knie. Elisabeth Rottach kam zu ihr, legte ihr kurz eine Hand auf die Schulter und setzte sich dann neben sie. Die Mittfünfzigerin kam zu ihnen und sagte: „Meine Güte, der hat Nerven!" Und als Charlotte und Elisabeth Rottach sie fragend anschauten, richtete sie sich auf, zeigte mit theatralischen Geste und ausgestrecktem Arm in die Runde und ahmte Blumert treffsicher nach: „Ich könnte mir vorstellen, dass das, meine über alles geschätzte Frau Lesab, sehr anstrengend für sie ist. Nehmen sie sich doch einen Tag frei!" Sie ließ sich auf einen Stuhl fallen und stöhnte dabei: „So ein Hirni. Damit ist dann für ihn die Sache erledigt." Dann drehte sie sich zu Charlotte: „Ich bin übrigens Rosemarie Gechter. Und das ist Lieselotte Schraller." Charlotte streckte der dunkelhaarigen Schönheit, die nun zu ihnen getreten war, eine Hand hin. „Hallo." Lieslotte Schraller hatte einen erstaunlich festen Händedruck. „Ich würde vorschlagen, wir duzen uns. Ich bin zwar die Jüngste hier, aber ich nehme mir trotzdem die Freiheit es vorzuschlagen. Ich bin Lieselotte." Charlotte lächelte, streckte ihr die Hand erneut hin und sagte: „Charlotte." Nun stimmten auch Elisabeth Rottach und Rosemarie Gechter ein und als sie alle per Du waren, sagte Elisabeth: „Puh, da ging es ja wirklich ab, heute Abend. Habt ihr Lust irgendwo eine Kleinigkeit essen zu gehen? Ich könnte jetzt eine Stärkung gebrauchen. Oder ist euch, besonders dir, Charlotte, der Appetit vergangen?" Charlotte sagte, dass sie sehr gerne etwas essen gehen wolle und so brachen sie kurze Zeit später auf. Es wurde ein sehr netter Abend und Charlotte war überrascht, wie progressiv diese Frauen waren. Wenn sie ehrlich war, hatte sie gar nicht erwartet bei Synergia auf gleichgesinnte Frauen zu treffen. Zweimal fragten die anderen Frauen sie, ob sie wirklich in Ordnung sei. Ob das nicht alles zu viel sei und ob sie sich sicher sei, dass sie die Seminare weiter machen wolle. Charlotte antwortete, dass es schon sehr viel Nerven koste, dass es ihr aber auch unheimlich wichtig sei. Und schließlich müsse frau eine solche Chance doch ergreifen. Rosemarie lehnte sich daraufhin zurück, seufzte und betrachtete Charlotte nachdenklich: „Mensch, Mensch. Du bist aber auch ganz schön hart zu dir. Verlangst wirklich viel von dir." Charlotte zuckte die Schultern. „Och nein. Auch nicht immer. Jetzt zum Beispiel werde ich mir ein Taxi rufen." Die drei Frauen schauten sie überrascht an. „Geht es dir nicht gut?" fragte Elisabeth. „Doch," antwortete Charlotte. „Aber für heute ist mal alle meine Stärke aufgebraucht. Und der Gedanke jetzt durch irgendwelche leeren Straßen zu gehen und an Haltestellen auf die Tram zu warten, macht mich gerade unsicher." „DU hast Angst?" Lieselotte starrte Charlotte aus großen Augen an. Und Charlotte musste unwillkürlich schon zum wiederholten Male an diesem Abend denken, wie wunderschön sie war. Bestimmt war es mit diesem Gesicht und dieser Figur nicht leicht, die ganzen Manager von sich fern zu halten. Charlotte lächelte: „Angst? Ja natürlich habe ich auch Angst. Aber im Moment fühle ich mich vor allem sehr müde, unsicher und emotional wackelig auf den Beinen." „Aber..." Lieselotte runzelte ungläubig die Stirn. „Du bist doch so wahnsinnig stark. Mensch, der Blocher ist einen Kopf grösser als du, in den Schultern doppelt so breit und voll durchtrainiert. Und es war völlig offensichtlich, dass du ihn durch den Raum hättest pusten können, wenn du gewollt hättest." Ihre Bewunderung war so offensichtlich, dass Elisabeth anfing zu lachen und Charlotte und Rosemarie mit einfielen. Plötzlich löste sich etwas in Charlotte und sie musste so sehr lachen, dass ihr die Tränen hinunter liefen. Lieselotte hatte sich zuerst erstaunt zurückgelehnt und musterte dann die Frauen etwas gekränkt: „Lacht ihr etwa über mich? Was ist denn daran so lustig?" Charlotte beruhigt sich etwas. „Nein," schüttelte sie den Kopf. „Wir lachen nicht über dich. Ich glaube, ich freue mich eher über deine Anerkennung. Und dann hat das Lachen die Anspannung gelöst, deswegen musste ich so heftig lachen. Aber um auf Deine Frage zurück zu kommen: Körperlich bin ich nicht sehr stark. In dem

Moment wo ich mich verteidigen kann, ist es eher mein Wille, der kämpft und gewinnt. Und wenn ich spüre, dass ich müde bin, mich schwach fühle oder aus irgendeinem Grund schwach bin, dann schütze ich mich lieber, indem ich potentiell gefährliche Situationen vermeide. So wie jetzt. Es ist auch eine gute Selbstverteidigung, Situationen, in denen man glaubt sich nicht verteidigen zu können, auszuweichen. Wobei ich eigentlich nicht glaube, dass Basel am Abend sehr gefährlich ist, hier geht es eher darum, mein im Moment aufgeschrecktes inneres Ich zu beruhigen." Elisabeth brummte: „Grrr....weise ist die Frau auch noch, ist ja nicht auszuhalten." Dann lächelte sie, legte einen Arm um Charlotte: „Nein wirklich, du bist wirklich ganz schön weise. Ich bin sehr froh, dass wir dich in der Firma haben. Und das sage ich jetzt als Chefin des Betriebsrats." Als Charlotte sich kurze Zeit später in ihr Bett kuschelte, ging ihr dieser Satz noch einmal durch den Kopf und sie schlief lächelnd ein.

# Lichtmess

## 2. Februar

### ...das Licht kommt zurück...

**Zeit der Visionen**

**...in uns gelegt....**

**...hütet sie und pflegt sie,**

**denn das Licht kommt zurück....**

*Die Tage werden länger, nun können wir es deutlich wahrnehmen. Dies ist die Zeit, da wir uns auf den Frühling freuen dürfen, aber noch ist er nicht da. Wir müssen noch ausharren, immer wieder wird es zwischendurch kalt, dunkel und nass. Dann wieder haben wir lichte, helle Tage und wir können schon deutlich die Wärme der Sonne spüren. Übergangszeit. Alle Übergänge sind schwierig, aber gleichzeitig können sie auch sehr fruchtbar, kreativ, Neues bringend sein. Wir dürfen der Wärme vertrauen, wenn sie da ist, innen und außen, auch wenn es zwischendurch noch wieder kalt ist und dunkel.*

*Lichtmess. Zeit der Visionen. Lasst sie strahlen und funkeln eure Visionen. Jetzt ist nicht Zeit, über die Realität nachzudenken. Jetzt lasst ungebremst eure visionären Bilder entstehen. So wie die Sonne auf Schnee und Eiskristallen glitzert. Jetzt brauchen wir uns noch keine Gedanken zu machen, wie wir diese Bilder umsetzen. Die Erde ist noch nackt und kahl. Noch müssen wir nicht gießen, düngen, pflegen. Wichtig ist jetzt, unsere Pläne und Träume tief in der Erde und in uns zu verankern.*

*Ritual zu Lichtmess: Wenn das Wetter schön ist, die Sonne vielleicht auf tausend Schneekristallen tanzt, dann gehen wir nach draußen. Wir suchen uns eine Birke oder gar ein Birkenwäldchen. Die Birke steht für Neubeginn und Anfang. Wir blicken noch einmal zurück, lassen Dunkelheit und Schwere zurück. Auch die Schwere in unserem Leben. Und dann geben wir uns Raum für unsere Visionen. Sei es, dass wir an die Birke gelehnt darüber meditieren, oder einen langen Spaziergang machen, der unseren Kopf klar macht und unsere Gedanken befreit. Immer wieder kehren wir zurück zu der Frage: was ist unsere Vision in diesem Jahr? Was wünsche ich mir, das entstehen soll? Was möchte ich erreichen? Wenn das Wetter doch wieder trüb und dunkel ist, dann machen wir es uns im Haus warm und hell und gemütlich. Und geben uns Zeit und Raum, unsere Visionen zu spinnen.*

*Sobald wir klare Bilder haben, zünden wir eine Kerze an, um mit diesem Licht die Vision in die Welt zu bringen. Dabei ist es schön, die Kerze bis zum Schluss ausbrennen zu lassen und nicht auszublasen (nur wenn es sicher ist, zum Beispiel ein Teelicht in ein Glas oder Windlicht nach draußen stellen).*

*Zum Schluss feiern wir mit einem leckeren Festmahl. Und in den folgenden Tagen vergessen wir nicht, achtsam mit uns zu sein! Übergänge sind schwierige Zeiten, da gilt es aufzupassen, liebevoll mit uns zu sein. Auch die Dunkelheit, auch die Schwere ist noch da, wird immer wieder Raum und Zeit in Anspruch nehmen. Aufpassen, dass dabei nicht unsere Vision verloren geht.*

*Einordnung des Festes im Jahreskreis: Wir kehren aus der dunklen Jahreszeit zum Licht zurück. Nachdem wir in der dunklen Jahreszeit in Ruhe und Dunkelheit geträumt haben, formen wir nun den Samen unserer Visionen tief in uns. Jetzt dürfen sie entstehen. Wir müssen nur dafür sorgen, dass sie funkeln und reif sind, wenn zum Frühjahrsanfang die Saat zu keimen beginnt.*

*Heute geht es darum, kreativ unsere kühnsten Träume in funkelnde Visionen zu verwandeln. Erst an Frühjahrsanfang machen wir uns dann Gedanken darüber, wie wir die Saat zum Keimen bringen, wie wir sie pflegen und nähren.*

An Lichtmess beschloss Charlotte, das Jahreskreisfest am Abend alleine zu feiern. Sie verdunkelte ihren Meditationsraum, sodass kein Licht von außen hereindrang und meditierte mit offenen Augen in der tiefen dunklen Schwärze. Sie dachte an die Dunkelheit, durch die sie diesen Winter gegangen war. Die Zweifel, die Alpträume, die schmerzhaften Erinnerungen. Sie zündete ein Licht an für ihre innere Heilung. Möge das Licht in ihr wachsen. Möge es wachsen, so wie die Sonne nun jeden Tag höher hinaufsteigt, länger am Himmel steht. Dankbar dachte sie an die alte Eiche, dort in den Bergen, die ihr mit ihrer Kraft geholfen hatte, weiterzuleben, durchzuhalten. Sie zündete die zweite Kerze an für diesen alten Baum, eine weiteren für die Berge und ihre majestätische Kraft. Plötzlich war es, als wären alte Mauern gefallen, der Nebel hatte sich gelichtet. Nun sah sie klar, wie sie nach den Missbrauchserlebnissen in ihrer Kindheit immer verzweifelter Nähe gesucht hatte. Ihre frühere Unabhängigkeit und Unbeschwertheit, die sie als Kind gehabt hatte, war dahin. Als Teenager hatte sie jedes Gefühl für Gefahr verloren und suchte verzweifelt Nähe zu Männern. Es folgten missbräuchliche Beziehungen zu älteren Männern, zu ihrem vermeintlich starken, durchtrainierten und Sicherheit gebenden Sportlehrer und zu Freunden ihrer älteren Schwestern. Zwar waren die Beziehungen nicht durch körperlichen Missbrauch geprägt, nun erfolgte der Missbrauch psychisch. Abhängigkeiten wurden ausgenutzt und ausgespielt, durch ihre Unerfahrenheit war es für die älteren Männer ein leichtes Spiel. Das ging so, bis sie Mitte zwanzig war. Ihr Herz verschloss sich immer mehr, sie verlor völlig den Kontakt zu ihrem Körper. Und dann wurde sie krank, physisch und psychisch. Am Ende warfen sie unerträgliche Rückenschmerzen zu Boden. Sie brach den Kontakt zu Männern ganz ab und begann mit einer Therapie. Irgendeine der vielen Beziehungen war eine zu viel, eine zu furchtbar gewesen. Charlotte erinnerte sich, wie sie eine Weile gehofft hatte, sie würde eine Frau als Gefährtin finden. Die meisten ihrer Freundinnen damals waren Lesben und sie fühlte sich wohl in der

Frauengemeinschaft. Aber bald spürte sie, dass eine Beziehung zu einer Frau für sie kein Weg war. Unbewusst fühlte sie, dass sie noch etwas Unerlöstes mit sich herumtrug. Etwas, das sich nicht einfach durch eine Beziehung zu einer Frau auflösen würde. Und so blieb sie Single, auch wenn die Frauen um sie herum sie zum Teil eifrig und liebend umwarben. Es war erstaunlich, dass sie bei allem Erlebten schließlich doch so gesund und stark überlebt hatte. Wie viele andere Frauen mit dem gleichen Schicksal waren dauerhaft psychisch krank, verübten Selbstmord, nahmen Drogen oder landeten in der Prostitution.

Als Charlotte mit ihren Erinnerungen soweit gekommen war, verspürte sie plötzlich das Bedürfnis, eine Kerze für ihre Mutter anzuzünden. In der Vergangenheit hatte sie oft heftige Wut auf sie verspürt, weil sie den Missbrauch nicht verhindert hatte, ja den Missbrauch gar nicht sehen wollte, sondern weggeschaut hatte. Aber nun wusste sie plötzlich, dass ihre Mutter ihr etwas Wichtiges mitgegeben hatte: den Glauben an sich selbst, an ihre Stärke, vor allem an weibliche Stärke. Für ihre Mutter war es immer selbstverständlich gewesen, dass die Frauen in der Familie stark und erfolgreich waren und sein würden, dass sie alles schaffen konnten, was sie erreichen wollten. Ihre Mutter hatte ihr immer geholfen, wenn sie irgend helfen konnte. Genauso, wie es offensichtlich die Großmutter eine Generation vorher auch getan hatte. Und ihre Mutter hatte immer an sie geglaubt. Und das war eine wichtige Voraussetzung gewesen, dass sie, Charlotte, es soweit geschafft hatte. Zuletzt zündete Charlotte eine letzte Kerze für sich selber an. Sie dankte ihrem inneren Kind, dass sie so tapfer durchgehalten hatte. Lichtmess war das Fest um die Visionen für das neue Jahr entstehen zu lassen. Für heute hatte sie die Vision der Heilung. Sie saß lange und schaute in die Kerzen. Sie bat darum, dass das Licht in ihr wachsen möge, so wie von heute an die Tage länger werden würden. Schließlich stellte sie die Kerzen in einem sicheren Glas außen auf das Fensterbrett und ging zu Bett.

Die nächsten Wochen waren ruhiger für Charlotte. Mit dem wachsenden Licht, schien sie innerlich wieder mehr zu ihrer Mitte zu finden. Gewiss, sie spürte deutlich, dass sie passend zur Jahreszeit in einer Übergangsphase war, emotional noch nicht ganz stabil. Zum Teil kehrten ihre Alpträume wieder. Sie freute sich auf den Frühling, sehnte die Zeit herbei, wenn die Abende wieder hell sein würden. Übergangszeiten kosten Kraft und so fühlte Charlotte sich oft müde, ausgelaugt und sehnte die Wochenenden herbei. Aber im Ganzen ging es ihr relativ gut. Und so fiel ihr die Vorbereitung für das dritte Seminar, dass Ende Februar anstand, nicht besonders schwer. Elisabeth, Rosemarie und Lieselotte hatten ihre Unterstützung zugesagt und so war Charlotte relativ ruhig, als sie ihre Notizen noch einmal durchging. Auf Vorschlag von Rosemarie sollten dieses Mal von Anfang an Gruppen gebildet werden, die jeweils unterschiedliche Teile des erläuternden Textes zur dritten These bekamen. Jede Gruppe hatte eine halbe Stunde Zeit untereinander zu diskutieren, dann sollte sie ihren Text dem gesamten Seminar vorstellen und kurz erläutern. Am Tag vor dem Seminar ging Charlotte nochmals die These und die einzelnen Erläuterungstexte durch:

**These 3:**
**Sexueller Missbrauch von Frauen und Mädchen führt zur**
**Unterdrückung von Frauen in der Arbeitswelt**

o A) Weil sehr viel Energie für die Verdrängung des unverarbeiteten Missbrauchs gebraucht wird, kann es zu einer Unterlegenheit von betroffenen Frauen im Arbeitsalltag kommen. Wenn ein erlebtes Trauma nicht aufgearbeitet wird, muss sehr viel Energie darauf verwendet werden, die Erinnerungen zu unterdrücken und trotzdem zu überleben. Das tägliche Überleben wird zum Kampf. Das Erlebte in der nicht bewussten Verdrängung zu halten, kostet unglaublich viel Energie. Diese Energie fehlt den betroffenen Frauen in der Arbeitswelt.

- o B) Das gedemütigte, geschundene Kind hat auch als erwachsene Frau später Angst in der Öffentlichkeit auf einer eigenen Meinung zu bestehen und sich durchzusetzen. Damit ist der Weg zu Führungspositionen verbaut.

- o C) Wer missbraucht wurde, hat generell Angst sichtbar zu sein, alleine zu stehen, sich zu exponieren. Damit ist es für Betroffene viel schwieriger, Führungspositionen zu übernehmen oder erfolgreich auszuüben.

- o D) Sexuell missbrauchte Kinder haben oft Unterwerfungsverhalten, unauffälliges Verhalten, starke Anpassung an die Erwachsenen, Lieb-Kind-sein als Überlebensstrategien entwickelt. Das sind Verhaltensweisen, die später zu den unteren Etagen in unserer Arbeitswelt führen.

- o E) Sozialisation als Opfer liefert Betroffene Übergriffen durch Vorgesetzte und Kollegen aus. Männer nutzen und festigen ihre Macht in der Arbeitswelt sehr oft durch sexuelle Übergriffe bis hin zum sexuellen Missbrauch. Betroffene Frauen verhalten sich als Opfer, suchen oft sogar den mächtigen Täter ohne sich ihres Verhaltens, ihrer unbewussten Wiederholung des Kindheitstraumas bewusst zu sein. Es ist aus der Psychologie bekannt, dass Menschen solange ein bestimmtes Trauma unbewusst wiederholen, bis die Ursache des Traumas aufgearbeitet wurde. So kann es vorkommen, dass Frauen immer wieder die sexuelle Beziehung zum mächtigeren Mann (Chef) suchen. Letzteres wird dann von der Umgebung oft fälschlich als ein bewusstes „sich nach oben schlafen" gedeutet. Es sei hier angemerkt, dass in der geschilderten Situation die Frauen in den seltensten Fällen einen längerfristigen Vorteil erleben.

Am nächsten Tag ging Charlotte schon eine Viertelstunde früher zum Seminarraum. Wie verabredet erwarteten sie dort schon Elisabeth, Lieselotte und Rosemarie, die noch zwei Kolleginnen mitgebracht hatten. Sabine Schröder stand der Softwareabteilung vor, Elke Müller leitete die Agro-Consulting, die sich speziell auf die Unternehmensberatung der Agroindustrie fokussiert hatte. Beide Frauen waren Charlotte schon beim letzten Seminar aufgefallen, weil sie konstruktiv und enthusiastisch mit diskutiert hatten. Die Frauen besprachen nun, dass sich alle bis auch Charlotte auf die fünf Arbeitsgruppen verteilen würden, so dass wenn Charlotte von Gruppe zu Gruppe ging, sie immer mindestens noch eine Frau in der jeweiligen Diskussionsrunde hatte, die sie unterstützte. Charlotte bedankte sich schon im Vorfeld bei den Frauen. Sie stellten zusammen die Stühle in etwa gleich großen Gruppen zusammen und verteilten die Arbeitsblätter mit den jeweiligen Texten auf den Stühlen. Zu Beginn des Seminars erklärte Charlotte dann kurz, wie sie den Ablauf heute geplant hatte und bat die Gruppen direkt mit der Diskussion der Texte zu beginnen, damit zum Schluss genügend Zeit sei, die einzelnen Texte vorzustellen und die Gesamtthese zu diskutieren. Als sie dann von Gruppe zu Gruppe ging, hatte sie nicht viel zu tun. Die fünf Frauen erledigten ihren Job so professionell, dass Charlotte sich weitgehend als Zuhörerin im Hintergrund hielt. Bei der anschließenden Vorstellung der Texte und der Zusammenfassung der jeweiligen Diskussion in den Gruppen übernahmen wieder wie selbstverständlich die Fünf die Rolle der Vortragenden ihrer Gruppe. Im Ganzen ergab sich dadurch sogar eine Weiterentwicklung der Texte und viele zusätzliche Denkanstöße. Charlotte blieb nun nur noch, zum Schluss das Diskutierte etwas zusammen zu fassen und noch einmal die dritte These übergreifend vorzustellen. Als schließlich alle bis auf die fünf Frauen gegangen waren, bedankte sich Charlotte herzlich: „Das war ja wirklich super. Ich musste kaum mehr etwas tun. Und alle haben eifrig mitgemacht. Selbst Blocher fiel überhaupt nicht auf und schon gar nicht aus der Rolle. Nochmals vielen Dank." Die sechs Frauen gingen gemeinsam zum Abendessen und es wurde ein lustig, kraftvoller Abend. Bei der Verabschiedung sagte Elisabeth: „Aber, meine liebe Charlotte, mehr Frauen können wir jetzt nicht mehr aufbieten. Mehr fitte Frauen, die dich bei dem Seminar unterstützen könnten, gibt es meines Wissens bei Synergia nicht." Charlotte lachte: „Ihr wart ein so super Team, mehr brauche ich gar nicht. Ich weiß wirklich gar nicht, wie ich euch danken soll." „Nun," antwortete Elke, „es ist ja auch unsere Firma und damit nicht allein deine Verantwortung. Du hast zwar den Auftrag für die Seminare vom Vorstand bekommen, aber dieses Thema in einer solchen Firma anzugehen, dass kann eine Frau alleine doch gar nicht." „Und zudem," ergänzte Sabine „ist das, was durch diese Seminare gerade in unserer Firma vor sich geht und diskutiert wird, so revolutionär, das darf frau nicht ungenutzt verstreichen lassen. Da müssen wir einfach alle zusammen arbeiten, um so viel wie möglich zu erreichen."

# Frühlingsanfang

## 21. März

## ...die Erde erwacht...

...Frühjahrstagundnachtgleiche...

...jedes Jahr ein neuer Anfang...

...wachsen und gedeihen....

...Pläne, Hoffnungen, Wünsche...

*Dies ist die Jahreszeit des neuen Anfangs. Es ist Zeit, Altes, was wir nicht mehr brauchen zurückzulassen. Wir spüren frischen Wind im Gesicht, der Altes fort bläst, wir holen tief Atem. Atem und Wind sind Elemente des Ostens. Das Fest des Sonnenaufgangs. Und gleichzeitig spüren wir die noch winterliche Schwere in uns, spüren noch die Dunkelheit, die Trägheit des Winters. Wir spüren wie von unseren Füssen die Verbindung tief in die Erde reicht, Wurzeln strecken sich in die Erde, verbinden uns mit dem Erdreich. Und jetzt spüren wir, wie unser Körper im Spannungsfeld zwischen Wind, Atem, Himmel und Erde, Boden, Festigkeit steht. Wie wir uns um dieses Gleichgewicht bemühen, wie oft wir dieses Gleichgewicht verlieren. Heute ist genau dieser Moment, wo Tag und Nacht, Licht und Dunkelheit sich die Waage halten. Nur zweimal im Jahreskreiszyklus gibt es dieses Gleichgewicht zwischen Licht und Dunkel. Und obwohl wir uns immer so nach diesem Gleichgewicht sehnen, lehrt uns der Jahreskreis, dass es für Wachsen und Gedeihen nicht nötig ist, dieses Gleichgewicht zu haben. Heute können wir es fühlen. Vielleicht brauchen wir es jetzt gerade, dieses Gleichgewicht, denn es gilt, die in der Luft schimmernde Vision, die wir an Lichtmess in die Welt gesetzt haben, auf die Erde zu bringen, im Alltag umzusetzen. Wir müssen jetzt ganz nüchtern und profan aus der visionären Lichtmesswelt hinaus, den Boden bereiten, um die jungen Keimlinge beim Wachsen zu unterstützten.*

*Ritual zum Frühjahrsanfang: Wir bilden einen Kreis, alle richten sich nach Osten aus, strecken die Hände der Sonne entgegen. Fest des Ostens, Neubeginn, Aufbruch, Sonnenaufgang...Um das Gleichgewicht zu finden und es zu halten, suchen wir uns zur Unterstützung einen Baum:*

*Buche: Toleranz. Wenn immer wir zu kritisch sind, mit uns, mit anderen, mit dem Leben an sich. Immer wenn uns als erstes auffällt, was nicht perfekt ist.*

*Kiefer: Selbstakzeptanz. Wenn wir uns schuldig fühlen, wenn wir uns aufopfern, um geliebt zu werden, wenn alles was passiert unsere Schuld zu sein scheint.*

*Eiche: Ausdauer. Wenn aufgeben nicht in Frage kommt. Wenn wir kraftlos, niedergeschlagen sind. Wenn wir versuchen, etwas Entleertes noch weiter auszuquetschen.*

*Wenn wir unser Gleichgewicht spüren, und sei es nur einen Moment, kommen wir wieder im Kreis zusammen und pflanzen Ringelblumensamen in die Erde: während wir pflanzen, konzentrieren wir uns darauf, was in diesem Jahr wachsen und gedeihen soll, wofür wir die Kraft des Wachsens brauchen.*

*Einordnung des Festes im Jahreskreis: Von der feinstofflichen Welt des Lichtmessfestes, wo wir das Licht in uns erahnen und in uns wie einen Samen tief in der Erde begrüßen, sind wir nun am Punkt des Gleichgewichts zwischen Licht und Dunkel. Vom feinstofflichen, inneren Licht, wechselt unsere Aufmerksamkeit nun auf die grobstoffliche, materielle Welt. Das Wachsen und Gedeihen unserer Pflanzen, Lebewesen, aber auch unserer materiellen Wünsche. Heute spüren wir in das Gleichgewicht hinein zwischen Dunkel und Licht, Tag und Nacht, männlich und weiblich. Erst beim nächsten Fest, Beltane, versuchen wir dann diese beiden Kräfte zu vereinen, wenn wir das Fest der Ganzheit feiern, wo Tag und Nacht, Gott und Göttin, männlich und weibliche Kraft vereint sind.*

Am Frühjahrsanfang ging Charlotte zum Jahreskreisfest der Frauen. Dort traf sie zu ihrem großen Erstaunen Christiane. Christiane wirkte zuerst etwas verlegen, etwas gehemmt, fügte sich dann aber erstaunlich schnell in den Kreis ein. Sie wollten alle gemeinsam noch vor dem Sonnenaufgang auf den Grand Ballon wandern, dem heiligen Kultberg der Kelten. Die Tagundnachtgleiche lag an einem Samstag und so konnten sie schon am Abend zuvor anreisen. Am nächsten Morgen ging es eine Stunde vor Sonnenaufgang los. Frühjahrsanfang, das Fest der aufgehenden Sonne. Schweigend stiegen sie bergan, noch verschlafen, zuerst mühsam dann immer stetiger einen Schritt vor den anderen setzend. Oben angekommen warteten sie still auf die Sonne. Charlotte konzentrierte sich darauf, was in ihrem Leben wachsen sollte. Sie hätte gerne ein Häuschen, ein kleines Häuschen mit Garten. Dort würde sie wohnen, schreiben und sich ein Nest schaffen. Sie visualisierte ihr Traumhaus so genau und gut wie es ging. Es sollte an einem südexponierten Hang liegen. Nach Westen-Süden-Osten würde sich der Blick in das Tal öffnen. Im Rücken des Hauses, also im Norden, grenzte in kurzer Entfernung ein lichter Buchen-Mischwald an. Zum Haus gehörte ein Garten mit einem kleinen Steingarten zum Waldrand hin, mit Kräutern, Moosen, Wildblumen, zu denen viele Schmetterlinge fänden. Eidechsen huschen zwischen den Steinen davon. Das Haus ist aus Holz in warmen Farbtönen und hat eine etwas erhöhte Veranda, die es auf den drei Sonnenseiten flankiert. Es hat eine gemütliche Wohnküche und helle Zimmer mit großen Fenstern. Von einem Stockwerk zum anderen führt in der Mitte des Hauses eine Wendeltreppe. Den unteren Rand des Grundstücks begrenzt ein kleiner Bach. Das Haus liegt am Rande eines kleinen Ortes, wo sie die wichtigsten Lebensmittel einkaufen kann. Am Rande des Grundstücks gibt es noch ein kleines Nebengebäude.

Als die Sonne am Horizont auftauchte, gab ihr Charlotte diese Wünsche mit auf ihren Weg. Schweigend betrachteten die Frauen wie die Sonne höher stieg und ihre Blicke verloren sich in der Weite des jetzt dunstigen Horizontes. Schließlich erzählte jede der Frauen von ihren Wünschen für dieses Frühjahr, sprach von dem, was sie wachsen lassen wollten, was sie sich wünschten, was gedeihen sollte. Von Liebe war die Rede, von Zielen im Beruf, von Kindern, von Schwangerschaft, von Gesundheit. Dies war die Zeit für die Wünsche im Außen, für die materiellen Wünsche. Auch Charlotte erzählte von ihrem Haus, und während sie von dem Haus erzählte, entstand noch ein zweiter Wunsch: eine Auszeit, irgendwo anders, irgendwo bei starken Frauen. Sie nannte auch diesen Wunsch, aber er verwirrte sie. Wie sollte sie sich ein Nest schaffen und gleichzeitig eine Auszeit nehmen?

Nachdem alle Frauen berichtet hatten, stiegen sie wieder schweigend bergab. Unten bildeten sie noch einmal einen Kreis, dankten der Göttin und segneten sich gegenseitig. Dann ging es zum üppigen Frühstück. Dort wandte sich Christiane an Charlotte, zögernd, unsicher: „Als du von deinem Wunsch nach einer Auszeit erzähltest, und von deinem Haus….“ „Ja?“ fragte Charlotte. „Nun, die Beschreibung von deinem Haus – ich sah es in meiner Vorstellung vor mir und es ist unserem kleinen Haus in San Francisco sehr ähnlich. Die jetzigen Mieter ziehen in zwei bis drei Monaten aus – dann könntest du doch deine Auszeit dort verleben. Du brauchst uns nichts zu zahlen, ich habe dir so viel zu verdanken. Du weißt doch, so könnte ich was Gutes tun, könnte mein Herz noch ein Stück weiter öffnen.“ Christiane hatte die Worte herausgesprudelt, immer schneller, als hätte sie Angst, Charlotte könnte sie stoppen. Charlotte fühlte einfach nur großes Erstaunen. „Aber…“ begann sie. Aber es fiel ihr kein wirkliches „aber“ ein. „Ich kann doch nicht…“ „Warum denn nicht.“ Christiane war jetzt voller Eifer. „Wir lassen es sowieso oft zwischen zwei Vermietungen ein paar Monate leer stehen. Und es ist natürlich viel besser, wenn wir wissen, dass es ist in guten Händen ist.“ Jetzt lächelte Charlotte. „Ja“ sagte sie, „vielen Dank. Ich überlege es mir. Aber ich muss natürlich auch schauen, wie ich das mit meiner Arbeit lösen kann. Ich müsste wohl kündigen." Nachdenklich schaute sie aus dem Fenster auf den nun völlig von Wolken verhangenen Grand Ballon. „Weißt du was lustig ist? Ich war noch nie in meinem Leben in San Francisco. Aber jetzt im Juni habe ich dort einen Vortrag und nun erzählst du mir von dem Haus." Es rieselte durch Charlottes Körper, so wie sie es oft spürte, wenn etwas Entscheidendes, Bedeutsames passierte oder gesagt wurde. „Danke, Christiane, danke für das Angebot. Ich überlege es mir, ich glaube ich werde es wissen, wenn ich meinen Vortrag dort gehalten habe."

Als Charlotte nach Hause kam, war sie todmüde aber glücklich. Das Ritual, der Sonnenaufgang, die wilde Schönheit der Vogesen, aber vor allem auch die Gemeinsamkeit mit den Frauen, das Angebot von Christiane… Sie ging früh schlafen und glitt sofort in einen tiefen Schlaf. Und dieses Mal hatte sie einen schönen, einen erfüllenden Traum. Im Traum hatte sie einen Gefährten neben sich, einen Mann, ihr in Körper und Seele sehr vertraut, fast ähnlich. Gemeinsam hatten sie eine wichtige, gefährliche Aufgabe zu erfüllen. Sie suchten etwas, gingen weite, verschlungene Wege, durch dunkle Schluchten und schließlich kamen sie in eine Höhle. Als sie in der Höhle waren, fingen die Felsen plötzlich Feuer, alles um sie herum brannte. Aber Charlotte fühlte sich stark und ruhig. Gemeinsam mit ihrem Gefährten stiegen sie durch die Flammen, kletterten über Felsen. Das Feuer schien mehr reinigend als bedrohlich. Kurz bevor sie die heilige Schale erreicht hatten, die sie bergen sollten, stellte sich ihnen eine alte Frau in den Weg. Sie sah recht furchterregend aus, aber Charlotte ging beharrlich weiter, immer weiter auf den Gral zu, bis sie ihn plötzlich in den Händen hielt. Und den Gral hoch über dem Kopf haltend, kletterten beide wieder zurück aus der Höhle in die weite grüne Landschaft. Nun übernahm ihr Gefährte den Kelch. Hielt ihn fest in den Händen und wirkte plötzlich sehr besorgt. „Wir brauchen bewaffnete Krieger. Möglichst viele und möglichst schnell. Ihr Frauen könnt den Gral nicht schützen." Charlotte lächelte im Traum. Das alte Missverständnis, zuerst echter Besorgnis entspringend und dann schlicht eine Frage der Machtübernahme. Sie schüttelte bestimmt den Kopf. Nahm den Kelch wieder an sich und sagte: „Wir Frauen haben ihn über Jahrtausende beschützt. Und dann haben wir ihn verloren. Nun werden wir ihn wieder hüten." Ihr Gefährte nickte, er war einverstanden, erleichtert und froh, ihr bei dieser Aufgabe beistehen zu können.

Als Charlotte aufwachte, fühlte sie sich selig erfüllt. Erst beim Frühstück, als sie anfing über ihren Traum nachzudenken, kamen ihr Zweifel und verwirrten sie. Was sollte denn das nun? Sie hatte sich eine Auszeit und ein Häuschen gewünscht und träumte von einem Mann, einem wirklich Partner und der Bergung des Heiligen Grals. Sie schüttelte den Kopf. Wenn die Göttin das von ihr wollte, dann sollte sie erst mal den richtigen Typen schicken. Denn sie, Charlotte, hatte für sich inzwischen beschlossen, dass sie einfacher, friedvoller, energiegeladener und heilsamer, ja auch viel glücklicher alleine lebte. Sie würde sich mit Sicherheit nicht auf die Suche nach einem Mann begeben. Und der Heilige Gral - also wirklich. Nun wurden ihre Träume wohl endgültig abgedroschen.

Obwohl sie ihrem Traum so kritisch gegenüber war, begleiteten die Bilder des Traums Charlotte in den nächsten Tagen. Und sie merkte, wie diese Bilder ihr halfen, das vierte Seminar bei Synergia durchzuführen. Da sie nun die Unterstützungen ihrer Kolleginnen fest mit einplanen konnte, hatte sie beschlossen, zwei Thesen an einem Seminarabend zu bearbeiten. Charlotte formulierte zwei Thesen mit erläuternden Texten und schickte sie eine Woche vor dem Seminartermin an die fünf Frauen:

**These 4:**
**Sexueller Missbrauch führt zur Durchtrennung der ureigenen Verbindung der Frauen zu ihrer weiblich-spirituellen Urkraft**

- Frauen haben natürlicherweise eine stärkere und mächtigere Spiritualität als Männer. In einer patriarchalen Religion muss diese Urkraft möglichst zerstört, zumindest aber so geschwächt werden, dass auch im spirituellen Bereich die Männer ihre Macht erhalten.

- Der systematische Missbrauch von Kindern durch Pfarrer und Bischöfe kann damit auch als direktes Instrument zur Machterhaltung einer patriarchalen Religion gedeutet werden.

- Sexueller Missbrauch entfremdet die Frau von ihrem eigenen Körper. Der Verlust des Gefühls für den eigenen Körper bedeutet auch den Verlust der Verbindung zur Natur und zur eigenen, ursprünglichen, spirituellen Urkraft.

**These 5:**
**Die im Patriarchat durchgeführte Geburtspraxis führt zu einer Manifestation von sexueller Gewalt am weiblichen Körper**

- Die in Krankenhäusern durchgeführte Geburtspraxis entspricht oft immer noch einer Vergewaltigung des weiblichen Körpers. Demütigung, Auslieferung, unnötiges Schneiden in weibliche Genitalien, unnötige Gewalt, totale Kontrolle, Unterbindung von Selbstbestimmung, Zerstörung jeglichen Körpergefühls wiedererweckt oder erzeugt neu Missbrauchsgefühle und verhindert das Erleben und Wiedererwecken der weiblichen Urkraft mit und bei der Geburt.

- Die Wiederholung oder das neue Erleben von sexuellem Missbrauch bei der Geburt hat im Wesentlichen zwei Folgen: (1) die Frau erlebt sich erneut als Opfer, jetzt in Bezug auf ihr Kind. Damit wird sie durch ihr Kind immer wieder an das Trauma erinnert. Eine stärkere Verdrängung des erlebten Urtraumas im folgenden Leben ist nötig. Die einsetzenden „depressiven" Verstimmungen werden von den Ärzten (die an der Vergewaltigung während der Geburt mitbeteiligt waren) als hormonelles Kindbettsyndrom abgetan. (2) Ein Mensch, der/die im Patriarchat zur Welt kommt, erfährt als erstes, dass dies ein Ort ist, wo Frauen gedemütigt und vergewaltigt werden. Damit ist der Grundstein gelegt, dass männliche Kinder später zu Tätern, weibliche Kinder zu Opfern werden.

Charlotte war sich bewusst, dass beide Thesen an die Grenze dessen stieß, was sie bei Synergia diskutieren bzw. was sie den SeminarteilnehmerInnen zumuten konnte. Selbst ihre fünf Kolleginnen waren mit den Thesen nur zum Teil einverstanden. Elisabeth erklärte rundheraus, dass sie mit These 4 gar nichts anfangen könne. Religion überlasse sie anderen und den ganzen Esoterik-Kram habe sie schon immer an sich vorübergehen lassen. „Aber," so fügte sie dann versöhnlich hinzu, „bei These 5 bin ich wieder voll dabei. Ich vertrete These 5." Überraschender Weise erklärten sich sowohl Lieselotte wie auch Elke mit großer Überzeugung dazu bereit, These 4 zu vertreten. Lieselotte kam sogar vor dem Seminar noch bei Charlotte vorbei und diskutierte begeistert die These mit ihr und es war klar, dass sie sich schon sehr viel mit Spiritualität und der Rolle der Frau in Spiritualität und Religion beschäftigt hatte. Charlotte freute sich sehr darüber und sagte beim Abschied zu ihr: „Weißt du, schon allein dass ich euch fünf kennengelernt habe, macht diese Seminare für mich zu einem Erfolg. Ich hätte ja sonst nie gewusst, was für fitte Frauen bei Synergia arbeiten. Und dass es sogar eine Kollegin wie dich gibt, die meine spirituellen Überzeugungen teilt, hätte ich mir wirklich nicht träumen lassen." Lieselotte strahlte sie an und war offensichtlich genauso glücklich darüber wie Charlotte.

Im Seminar entstanden dann sehr heftige Diskussionen. Allerdings entfernten sich viele der Gespräche sehr weit vom eigentlichen Thema, es wurde über das Pro- und Kontra von Geburtshäusern, Hausgeburten, Kaiserschnitt und der üblichen Praxis in

Krankenhäusern diskutiert. Interessanterweise diskutierten auch die Männer sehr heftig und zum Teil emotional mit. Viele waren offensichtlich bei der Geburt ihrer Kinder dabei gewesen und waren nun erleichtert, dass Unbehagen oder gar Entsetzen, was sie damals erlebt hatten und worüber sie mit niemanden wirklich sprechen konnten, endlich einmal formulieren zu können. Wieder bewunderte Charlotte die Professionalität ihrer Kolleginnen, die es zum größten Teil schafften, die Diskussionen gut und sicher zu leiten und vor emotionalem Schiffbruch zu bewahren. Die Diskussionen zu These 4 strandeten zum Teil etwas, indem ganz generell verschiedene Religionen gegeneinander diskutiert wurde oder die Esoterik – Bewegung kritisiert wurde, und so von dem eigentlichen Punkt, dem Zusammenhang zwischen religiösen Machtstrukturen und sexuellem Missbrauch, ablenkten. Doch sowohl Elke wie auch Lieselotte lenkten immer wieder beharrlich auf die eigentliche These und die erläuternden Texte, zitierten Pressemitteilungen und Zeitungsberichte und schafften es, konstruktive Diskussionen in Gang zu halten. Charlotte, die bemerkte, wie schnell die Zeit verstrich, versuchte mehrmals die Diskussionen zum Ende zu bringen. Doch sowohl Blumert wie auch Wittach signalisierten ihr, dass sie nicht abbrechen, sondern die Gruppen einfach weiter diskutieren lassen solle. Wer gehen wolle oder müsse, könne ja einfach aufbrechen. Als schließlich beide Thesen von den jeweiligen Gruppen vorgestellt und die Diskussionen zusammenfasst worden waren, waren es fast neun Uhr und sie hatten drei Stunden lebhaft diskutiert. Plötzlich klopfte es an der Tür und mehrere Mitarbeiter von dem Take-Away unten am Flughafenplatz trugen große Bleche mit Pizza, Weinkisten und Gläser herein. Es gab ein großes Hallo und Blumert und Wittach grinsten stolz über das ganze Gesicht und verkündeten: „Ihr wolltet ja gar nicht mehr aufhören zu diskutieren, da haben wir mal was zu essen bestellt." So klang der Abend fröhlich und entspannt aus und Charlotte freute sich, dass an einigen Ecken im Raum bis zuletzt noch weiter über die Thesen diskutiert wurde. Natürlich entging ihr auch nicht, dass in Blochers Gruppe mit Eintreffen der Pizza sofort das Thema gewechselt und zum Fußball übergegangen wurde. Aber Charlotte gestand sich widerstrebend ein, dass Blocher wirklicher Profi war, indem er überhaupt so lange blieb und seinen Platz behauptete. Nerven hatte er offensichtlich sehr starke. Das musste man wahrscheinlich auch haben, wenn man bei Synergia auf eine so hohe Position kommen und vor allem auch auf ihr bleiben wollte.

# Beltane

## 30. April

### ...Ganzheit...

...vereint, verwachsen, verschmolzen...

...gemeinsam, getrennt, zusammen...

...fließende Grenzen...

...scharfe Übergänge...

*Die Grenzen sind dünn zwischen den Welten, so dünn wie sonst nur an Samhain. Heute vereinen sich die Kräfte, männlich, weiblich, Licht und Dunkel. Aus der Verschmelzung der Kräfte hebt sich die Dualität auf und die Grenzen verschwinden.*

*Die Zeit des Festes ist die Nacht und doch feiern wir die strahlende Helligkeit des licht- und kraftvollen Wachsens im Frühjahr. Ganz nah ist die Anderswelt, im nächtlichen Wald spürt man das strotzende Grün der jungen Blätter. Man hört das sprießende Wachsen der Wesen. Oder ist es doch das kleine Volk, das erwacht ist? Während Lichtmess und Frühjahrsanfang die Energie bündeln und auf die nächste Zeit im Jahreskreis lenken, ist Beltane der Energiefluss selbst. Grün und rot sind die Farben des Festes, grün für das wachsende junge, aufstrebende Leben, rot für die machtvolle Göttin der Liebe und Erotik.*

*Unsere Vorfahren feierten das Fest als wirkliche physische Vereinigung von männlicher und weiblicher Energie, quer über alle Grenzen hinweg. Es gab keine Tabus und die Kinder, die aus diesen wilden Nächten hervorgingen, galten als göttlich. Heute, in der Zeit der sogenannten befreiten Sexualität, in einer Zeit in der wir alle eher überfordert sind und von sexuellen Reizen überrannt werden, wird gleichzeitig sinnliche Erotik immer weniger. So geht es für uns wohl erst einmal darum, unsere weibliche und männliche Energie in Harmonie zu bringen, weibliche und männliche Kraft zu vereinen. Es gibt kein zu weiblich für den Mann, kein zu männlich für die Frau. Wichtig ist der freie, harmonische Fluss der Energien. Erst daraus kann eine lebensspendende, erotische Kraft entstehen.*

*Beltane galt als Freinacht, in welcher alle Schranken fallen. Wir können das heute als Aufforderung sehen, die Grenzen und Schranken unseres menschlichen Verstandes und unseres physischen Körpers fallen zu lassen. Dann ist das Tor zur Anderswelt geöffnet, dann können wir Kontakt aufnehmen zu den vereinigenden Kräften in uns und den Kräften anderer Welten um uns herum.*

*Vorschlag zum Ritual: Zusammen gehen wir in einen Wald, in dem wir Hainbuchen und Kirschen finden. Die Hainbuche hilft uns die Grenzen des menschlichen Verstandes zu überwinden. Sie macht den Geist leer und damit den Weg zum Herzen frei. Die Kirsche wärmt unser Herz, macht es weich und annehmend. Damit können wir uns einlassen auf das Auflösen der Grenzen, fühlen uns sicher, geborgen, zuversichtlich. Wir setzen uns in einen Kreis, und lassen die Hektik unserer Welt hinter uns. Wir besinnen uns, wo wir im Leben stehen. Entsprechend zünden wir eine weiße Kerze für Jugend, Frische, Elan an, eine rote Kerze für Reife, Fülle, Kreativität, eine schwarze Kerze für Alter, Weisheit, Rückblick, Besinnung. Dann geht jede(r) eine Weile für sich in den Wald hinein, nimmt Kontakt auf zu den Bäumen, spürt ihre Energie, bittet um Unterstützung, den Geist zu leeren, ein offenes, weiches Herz zu zulassen. Gleichzeitig suchen wir im Wald nach Symbolen für unsere männliche und weibliche Energie. Sobald jede(r) genügend Zeit hatte, kommen wir wieder zusammen. Wir stellen unsere Symbole vor, wenn wir mögen erzählen wir, ob uns die eine oder die andere Energie fehlt, wie wir sie stärken können. Dann nehmen wir uns eine rote Kerze für die weibliche Energie und/oder eine blaue Kerze für die männliche Energie, zünden sie an und denken dabei daran, wie wir sie unterstützen können, wie wir mehr Harmonie und freien Energiefluss der vereinten Kräfte in der kommenden Zeit umsetzen können. Nun essen wir gemeinsam das mitgebrachte Picknick, geben auch etwas dem kleinen Volk und wachen im nächtlichen Wald eine kleine Weile über unseren roten und blauen Kerzen. Bevor wir gehen, verabschieden wir uns von der Anderswelt und danken für alles was wir sehen durften.*

Die nächsten Wochen vergingen mit viel Arbeit und erfolgreichen Projekten. Charlotte traf zweimal Thomas, der nicht nur überlebt hatte, sondern auf dem besten Weg der Heilung zu sein schien. Barbara hatte ihm offensichtlich helfen können, vielleicht hatte er sich auch selbst geholfen. Er bekam jetzt die neuen Medikamente und vertrug sie sehr gut. Seine Krebswerte waren fast auf null zurückgegangen. Einmal besuchte Thomas sie. Cleo kam sofort zu ihm, kuschelte sich an ihn und schnurrte, dass der ganze Raum zu vibrieren schien. Eigentlich war sie eher distanziert zu Fremden und Charlotte wunderte sich einmal mehr über diese Katze. Es schien wirklich, als würde sie gezielt zu Menschen gehen, die Heilung brauchten, die gerade bedürftig waren. Dann schmiegte sie sich schnurrend an die betreffende Stelle des Körpers. Charlotte wusste aus eigener Erfahrung, wie wohl das tat, und Thomas schien auch sichtlich davon gerührt und entspannte sich zusehends.

Überall war nun der Frühling zu spüren, Liebespärchen trafen sich in den Parks, die Vögel sangen und das Wetter zeigte sich von seiner besten Seite. Charlotte fühlte ein unbestimmtes Sehnen, eine vage Sehnsucht, die sie nicht wirklich benennen konnte. Als sie mit den Frauen Beltane feierte, fühlte sie Ratlosigkeit. Beltane, die Nacht im Jahreskreis, wo die Schleier der Wirklichkeit dünn werden. Wo Begegnungen mit anderen Welten, mit Wesen aus anderen Zeiten möglich wurden. Wo männliche und weibliche Kraft sich vereinigen sollten um neues Leben aber auch neues Gedankengut zu schaffen. Die Frauen hatten sich im Wald getroffen, die Buchen streckten ihre zarten jungen Blätter in den Frühlingshimmel. Der Boden war mit weißen Anemonen, gelben Primeln und zartem jungem grünem Gras bedeckt. Die Frauen ließen sich im Kreis nieder, jede mit drei Kerzen vor sich. Eine weiße Kerze für die junge, jungfräuliche Frau, für die Frau voller Pläne, Träume, Sehnsüchte, verträumter Liebe. Eine rote Kerze, für die reife Frau, die Frau voller Sexualität, die Frau auf dem Höhepunkt ihrer Kraft, ihrer Liebesfähigkeit, die Frau voller Vitalität und Tatendrang. Und schließlich die schwarze Kerze für die weise Frau, jenseits von den Verwirrungen der Sexualität, für die Frau, die auf ein erfülltes Leben zurückblickt aber auch ein erfülltes Leben lebt, die Frau die Krankheit, Alter, Tod gelassen entgegenblickt, die manches gesehen, vieles verstanden hat. Charlotte saß ratlos vor ihren drei Kerzen. Welche war im Moment für sie bestimmt? Welche sollte sie anzünden? Ihre Hand griff nach der roten Kerze, aber ihr Kopf hielt sie zurück. Sicher war sie doch über dieses Stadium hinaus, was wollte sie mit kraftvoller, hingebungsvoller Liebe und Sexualität. Das lag hinter ihr. Aber die schwarze Kerze schien auch nicht die Richtige zu sein. Und ob sie noch einmal von vorne anfing? Sollte sie nach der weißen Kerze greifen, noch einmal beginnen zu träumen, sich noch einmal Sehnsucht und Schwärmerei hingeben? Die Frauen saßen schweigend, jede für sich sinnend. Charlotte dachte an die Berichte von den alten Zeiten, bevor die Kirche brutal die Feste unterband. Da war Beltane der Tag im Jahr gewesen, wo alle Tabus und alle Grenzen fielen. Die Menschen gaben sich frei hin, über jede gesellschaftliche und familiäre Grenze hinweg und die Kinder, die daraus entstanden, galten als göttlich. Heute im Zeitalter der freien Sexualität geht es wohl nicht mehr um diese Art der freien, ungebundenen Vereinigung männlicher und weiblicher Kraft. Heute geht es wohl mehr um die Harmonisierung von weiblichen und männlichen Kräften in der Gesellschaft, aber vor allem auch in jedem einzelnen Menschen selbst. Wenn sie also diese Harmonisierung anstrebte, welche Kraft brauchte sie dazu am meisten? Die Weiße? Die Rote? Die Schwarze? Charlotte konnte es nicht beantworten. So schloss sie für einen Moment die Augen. Deutlich stand die rote Kerze vor ihren Augen. Also zündete sie die rote Kerze an und grub das Ende ein Stück in den Waldboden, damit sie sicher stand. Bald brannte ein Kreis von Kerzen in dem nun dunkel gewordenen Wald. Barbara ging alleine der Gruppe voraus, suchte ihren Weg durch die Dunkelheit zu dem Männerfelsen und schlug dort die Trommel. Der Kerzenkreis, die Trommelschläge, der Kreis der Frauen – war es wirklich nur das, was dem frühlingshaften Wald diese märchenhafte, mystische Atmosphäre gab? Oder waren tatsächlich die Seelen und Geister aus anderen Welten und Zeiten unterwegs? Als Charlotte den Weg durch den dunklen Wald zum Männerfelsen gegangen war, legte sie sich auf den Felsen und spürte seine Energie. Sie fühlte ein tiefes, gleichmäßiges Vibrieren, das ihren ganzen Körper erfüllte und wärmte. Seltsam, offensichtlich brauchte sie ganz deutlich die Energie dieses Felsens. Später saßen sie und Sissy auf dem Frauenfelsen und redeten, bis sie sich wieder dem Kreis der Frauen anschlossen. Dort saßen sie dann alle zusammen und verspeisten die mitgebrachten Leckereien bis die Kerzen heruntergebrannt waren.

Die Feier zu Beltane gab Charlotte Kraft, die Seminarreihe bei Synergia mit den letzten beiden Thesen abzuschließen. Nach dem fröhlich entspannten Ausklang des letzten Seminars, bei dem viel Wein getrunken, gescherzt und gelacht worden war, kamen die SeminarteilnehmerInnen recht locker und entspannt zum Seminar. Es wurde schon zu Beginn sehr viel geschwatzt und gelacht und Charlotte hatte fast Mühe, die Teilnehmenden zur Ruhe zu bringen, damit sie beginnen konnte.

**These 6:**
**Die patriarchale Gesellschaft bereichert sich an den Folgen des sexuellen Missbrauchs: Sexueller Missbrauch als Wirtschaftsfaktor**

o Frauenzeitschriften verknüpfen eine Bestätigung der Frauen in ihrer Hilflosigkeit und Opferrolle mit einem gleichzeitigen Trösten bzw. „Freundin−sein" und scheinbaren Lösungen und Hilfsangeboten. Damit wird die Frau in der Unselbständigkeit und damit als Dauerkundin gehalten.

o Frauen streben einen makellosen Körper an, um den Urmakel des erlebten (selbst erlebt oder von anderen Frauen übertragenen) Missbrauchs unsichtbar zu machen, auszumerzen. Damit machen Kosmetikindustrie, Schönheitschirurgie wie auch

Frauenzeitschriften einen hohen Umsatz. So wie ein Teil der Frauen unter Waschzwang, Geruchlosigkeitszwang, Fleckenlosigkeitszwang leidet, um die Schande, den Schmerz endlich abzuwaschen, so werden andere versuchen, über den perfekten makellosen Körper die angetane Schmach unsichtbar zu machen. Kosmetikindustrie und Schönheitschirurgie profitieren unendlich von dem durch den Missbrauch erzeugten Selbsthass und Verachtung des eigenen Körpers. Gleichzeitig begehen Schönheitschirurgen wieder auf gewisse Weise Missbrauch, wenn sie in selbstgefälligem Machtmissbrauch an Frauenkörpern herumschnippeln.

o Psychosomatische Krankheiten: es gibt wenig psychische Krankheiten ohne physische Symptome. Krebs, Sucht, Neurosen, Autoimmunerkrankungen,... sind zweifelsohne sehr oft Folgen von sexuellem Missbrauch. Weil Frauen angeblich öfter krank sind, berechnen Krankenkassen höhere Beiträge für Frauen als für Männer, das heißt, Frauen müssen dafür zahlen, dass sie krankgemacht wurden. Vor allem die Pharmaindustrie, aber auch generell die Medizin lebt und profitiert von den krankgemachten Frauen. Man kann sicher ohne Übertreibung von einer Krebsindustrie sprechen, die kein Interesse daran hat, eine wesentliche Ursache des Krebs, nämlich den sexuellen Missbrauch von Frauen und Mädchen, auszumerzen.

**These 7:**
**Das Patriarchat sozialisiert die Männer zu Tätern oder Opfern**

o wenn jedes dritte Mädchen und jeder fünfte bis siebte Junge missbraucht werden, dann muss davon ausgegangen werden, dass ein sehr hoher Prozentsatz an Männern in unserer Gesellschaft Täter sind (Untersuchungen schätzen, dass nur ca. 5% des sexuellen Missbrauchs durch Frauen begangen wird).

o Jungen, die wenig aggressiv sind, sich eher passiv, unauffällig verhalten, intellektuell oder spirituell begabt sind, werden bevorzugt missbraucht. So werden Jungen, die nicht in die Patriarchatsstruktur passen bzw. diese später eventuell als Erwachsene verändern würden, zurechtgebogen. Sie werden dann in der Folge sehr oft selbst zu Tätern oder aber physisch und psychisch krank. In beiden Fällen stellen sie keine Gefahr mehr für patriarchale Strukturen da.

Insgesamt war es zu Anfang des Seminars schwierig, wirklich ernsthafte Diskussionen zu erreichen. Viele Teilnehmer fühlten sich bei dem Thema Wirtschaft zum ersten Mal in diesem Seminar auf sicherem Terrain. Sie flachsten und witzelten über Frauenzeitschriften, Schönheitschirurgie, Kosmetikprodukte. Einige fanden es völlig absurd, der Medizin zu unterstellen, am Krebs verdienen zu wollen. Es war wiederum der guten Vorbereitung und dem Geschick von Elisabeth, Lieselotte, Elke, Sabine und Rosemarie zu verdanken, dass die Diskussionen nicht einfach auf Witzelein und Herumflachsen auf der einen Seite oder einem einfachen empörten Zurückweisen der Thesen auf der anderen Seite beschränkt blieben. Einige Männer waren sichtlich davon angetan, dass das Seminar mit einer These abschloss, die den Missbrauch von Jungen thematisierte. Es war deutlich zu spüren, dass bei der Diskussion der siebten These plötzlich die Stimmung im Raum sehr ernsthaft wurde. Es gab Charlotte einen kleinen bitteren Stich, dass jetzt selbst Männer, die während des ganzen Seminars gleichgültig oder uninteressiert waren, nun ernsthaft mitdiskutierten. Als sie sich später bei ihren fünf Kolleginnen darüber beschwerte, zuckten diese mit den Schultern. „Ja klar," sagte Lieselotte verächtlich. „Ist doch in der Presse auch schon die ganze Zeit so: nur wenn es um Missbrauch von Jungs geht, sind alle wirklich empört, wird wirklich etwas getan. Vom Missbrauch an Mädchen und Frauen wird so gut wie gar nicht berichtet, obwohl dass doch noch viel häufiger passiert." Es war letztlich Elisabeth, die sagte: „Hey, nun lasst das mal. Wir haben so viel mit diesem Seminar erreicht, das ist eigentlich ein toller Erfolg, lasst uns jetzt diesen Erfolg genießen und nicht mit negativen Diskussionen die Freude daran nehmen. Kommt, wir gehen jetzt feiern, aber richtig."

Die Monate Mai und Juni zeigten sich von ihrer schönsten Seite. An einem Wochenende im Juni saß Charlotte am Schreibtisch und rieb sich den schmerzenden Rücken. Sie versuchte, sich im Sitzen zu strecken, merkte, dass es nicht ausreichte und stand seufzend auf. Heute war schönstes Sommerwetter und eigentlich sollte sie draußen in der Natur sein. Stattdessen musste sie sich selber zum Arbeiten zwingen. Morgen flog sie nach San Francisco und sie hatte ihren Vortrag immer noch nicht ganz fertig. Sie fragte sich, wie sie eigentlich auf die verrückte Idee gekommen war, sich um die Teilnahme an dieser Tagung zu bewerben. Die Frauen hatten beim Jahreskreisfest über die Ausschreibung gesprochen und Charlotte hatte zu Hause sofort die entsprechenden Informationen auf der Webseite gefunden. Die „Association of Women Rights" hatte in San Francisco eine Tagung angekündigt und lud nun ein, sich für Vorträge zu bewerben. Fokus-Thema der Tagung sollte sexueller Missbrauch von Frauen und Mädchen sein. Da zu dieser Zeit die ersten vier Seminare bei Synergia so gut verlaufen waren, hatte Charlotte kurz entschlossen eine Bewerbung mit ihren sieben Thesen als Vortragsinhalt abgeschickt. Keine zwei Wochen später kam eine Einladung zur Tagung mit der Zusicherung, dass alle Reisekosten plus großzügiges Honorar gezahlt würden. Zuerst war Charlotte völlig euphorisch. Aber je näher der Termin rückte, desto mehr fragte sie sich, ob sie eigentlich etwas größenwahnsinnig geworden war. Nun legte sie sich seufzend rücklings auf den Teppich und schloss kurz die Augen. Warum beschwerte sich ihr Rücken im Moment so heftig? War es das Thema oder war es der Druck, unter dem sie stand? Sie versuchte ein paar Dehnübungen und fühlte wie Rücken und Beine sich wohlig hingaben. Doch so ganz loslassen konnte sie noch nicht. Sie stand auf und überflog noch einmal ihre Folien und Vortragsnotizen. Im Wesentlichen fasste sie unter dem Titel „Sexueller Missbrauch von Frauen und Mädchen als Werkzeug zur Erhaltung des Patriachats" die Inhalte ihrer Seminarreihe bei Synergia zusammen. Als Charlotte ihre Vortragsnotizen durchgegangen war, seufzte sie. Sie war sich wieder bewusst, wie schwierig es war, über dieses Thema einen Vortrag zu halten. Jede dritte Frau sollte angeblich betroffen sein. Das heißt, jede Frau hatte wahrscheinlich direkt oder indirekt irgendwann mal etwas mitbekommen: Bemerkungen einer Freundin, einer Schwester als sie klein war, seltsames Verhalten von Müttern, Lehrerinnen, Trainerinnen, Nachbarinnen... Und keine Frau, die nicht wirklich ihren Missbrauch aufgearbeitet hatte, würde unkompliziert auf ihren Vortrag reagieren. Die einen würden vielleicht übermäßig aggressiv reagieren, wobei sich die Aggression gegen Charlotte selber oder ganz unspezifisch gegen die Gesellschaft oder auch spezifisch gegen irgendwelche potenziellen Täter richten konnte. Die anderen würden vielleicht verängstigt, stark befremdet oder mit Abwehr reagieren. Und dieses Mal hatte sie nicht ihre Kolleginnen von Synergia dabei, die sie unterstützen konnten. Nein, dieses Mal musste sie es alleine schaffen.

Charlotte gehorchte ihrem schmerzenden Rücken nun endgültig und legte sich auf den Teppich. Seufzend streckte sie sich auf dem Rücken aus und atmete tief gegen den Boden. Der wohltuende Rhythmus ihrer Übungen brachte sie in ihren Körper zurück, zurück zu sich selbst. Ihr Blick fiel auf ihr Meditationskissen und dankbar ließ sie sich mit gekreuzten Beinen darauf nieder. In dem Moment als der Körper ruhig wurde, merkte sie plötzlich ihre extreme innere Unruhe. Gedanken schossen ihr durch den Kopf, purzelten durcheinander, sie war gleichzeitig auf dem Flughafen, auf dem Weg zum Vortrag und schon in der Diskussion nach ihrem Vortrag. Sie verteidigte, stritt, argumentierte gegen noch gar nicht geäußerte Vorhaltungen und Argumente. Zweimal war Charlotte versucht aufzugeben. Doch dann blieb sie entschlossen sitzen. Eine kurze Spanne, vielleicht nur ein Augenblick war ihr Ruhe gegönnt. Und obwohl zum Schluss der Meditation die Gedanken wieder kreisten, fühlte sie sich besser, als sie aufstand und der Rücken war deutlich entspannter. Einen Moment dachte sie an das Gefühl, dass sie als Kind gehabt hatte, wenn sie ihren Geist fliegen ließ. Ja, das würde sie gerne wieder tun, sie hatte starke Sehnsucht danach. Aber bisher, auch nach all diesen Jahren der Meditation war es ihr nicht möglich. Sie konnte einfach nicht (noch nicht oder nie wieder?) loslassen, konnte nicht vollkommen die Kontrolle abgeben. Sie spürte kurz wieder die alte, maßlose Wut in sich aufsteigen, auf die Täter, die ihr das angetan hatten. Doch dann konzentrierte sie sich darauf, die Wut loszulassen. Wut würde ihr keinen Frieden bringen, würde ihr nicht erlauben den Geist fliegen zu lassen. Sie konnte nur geduldig ihren Weg weitergehen.

Der Abend war mit Packen und Vorbereiten gefüllt, es blieb keine Zeit mehr, sich Gedanken zu machen. Christiane hatte angeboten, sich um Cleo zu kümmern und sie kam am Abend noch vorbei, um sich den Schlüssel zu holen. Früh am nächsten Tag fuhr Charlotte mit dem Zug zum Flughafen. Sie spürte schon bald wieder die Unruhe in sich, die fehlende Erdung, die ihr immer auf Flughäfen so zu schaffen machte, noch bevor sie überhaupt in der Luft war. Obwohl sie sehr rechtzeitig eintraf, genug Reserve eingeplant hatte, war sie angespannt, hektisch, nervös. Alles ging ihr zu langsam, sie konnte den Milchkaffee vor dem Abflug nicht in Ruhe genießen und stopfte hektisch einen Muffin in sich hinein. Als sie schließlich viel zu früh am Gate saß, war sie total erschöpft. Sie schalt sich, dass sie nicht einen Tag früher geflogen war. So kam sie nun direkt am Abend vor dem Workshop an und hatte keine Zeit mehr sich auszuruhen. Der innere Streit mit sich selber höhlte sie noch mehr aus. Plötzlich spürte sie, wie ihr die Tränen kamen. Als nun ihre innere Stimme sie der Wehleidigkeit und Albernheit beschimpfte, wusste Charlotte, sie musste einhalten. Sie holte tief Luft und sah sich um. Dort hinten war eine ruhigere Ecke. Sie griff sich ihren Rucksack und setzte sich mit dem Rücken zur grauen Betriebsamkeit des Flughafens. Dann rief sie sich ihr Mantra, ihr Gebet an die Göttin in Erinnerung und flüsterte es lautlos hinauf ins Universum:

Göttin, Mutter von allen Wesen,
die Du bist in allem was ist,
Lass mich Deine Kraft fühlen.
Lass mich erkennen, dass ich Teil der Natur bin, verbunden mit allen Wesen.
Nähre mich mit Deinen Gaben,
Reinige, stärke und heile mich.
Erfülle mein Herz mit Liebe, Licht und Freude.
Nimm mir meine Angst,
Und erlöse mich von Missgunst und Zerstörung.
Möge Deine Allgegenwart und Macht
In mir und um mich
Leuchten in alle Ewigkeit.
Amen.


Charlotte hatte die Augen geschlossen und spürte wie sie langsam ruhiger wurde. Es war als würde durch die Anrufung der Göttin ruhige, kraftvolle Energie in sie hineinströmen. Sie wiederholte das Mantra einmal, zweimal, dreimal. Langsam lehnte sie sich lächelnd und etwas entspannter zurück. Da spürte sie, wie jemand vorsichtig an ihrem Ärmel zupfte. Ein Kind stand da, ein Mädchen mit strahlenden Augen voll leuchtender Freude. Sie legte einen Umschlag in ihren Schoss. Charlotte schaute staunend, fragend auf den Umschlag und hob ihn verwundert in die Höhe. Doch als sie wieder nach dem Mädchen schaute war sie fort. Wie konnte sie so schnell verschwunden sein? Was machte überhaupt ein Kind hier ohne Eltern, ohne Begleitung. Die anfängliche Freude, die von dem

Mädchen auf sie übergegangen war, verwandelte sich in Zweifel. Charlotte wurde unsicher, am Ende war im Umschlag eine Bombe? Hatte jemand das Kind missbraucht, um ihr eine Bombe unterzuschieben? Vorsichtig legte Charlotte den Umschlag ganz sachte neben sich und stand auf, um dem Bodenpersonal Bescheid zu geben. Da fühlte sie Blicke auf sich, brennend, kommandierend. Sie schaute auf und sah eine gebeugte alte Frau, keine fünf Meter von ihr entfernt. Charlotte stockte der Atem. Diese Frau hatte die gleichen leuchtenden Augen wie das Mädchen, das ihr den Umschlag gegeben hatte. Nein, beschloss sie, niemand mit so leuchtend freudigen Augen würde ihr eine Bombe geben. Ihr Verstand sagte ihr zwar, dass nicht die alte Frau sondern das Mädchen ihr den Umschlag gegeben hatte, und dass sie gar nicht wusste, ob die beiden zusammengehörten, da sie sie nicht zusammen gesehen hatte. Überhaupt hatte sie sich die leuchtend freudigen Augen vielleicht nur eingebildet, weil sie gerade gebetet hatte, als das Mädchen sie unterbrach. Aber ihre Entscheidung war schon gefallen. Charlotte nahm den Umschlag und ging vorsichtig zwei Gates weiter. Hier war es vollkommen menschenleer. Wenn sie schon unvorsichtig war, dann wollte sie wenigstens nicht andere mit hineinziehen. Ganz behutsam öffnete Charlotte den Umschlag. Sie meinte neben sich das Kichern einer alten Frau zu hören, aber es war niemand zu sehen. Charlotte zuckte mit den Achseln und spähte in den Umschlag. Sie sah einen Packen alter, vergilbter, dicht beschriebener Blätter. Es schlug ihr ein Geruch nach altem Buch und Rosen entgegen. Sonst war nichts in dem Umschlag. Sie stand und betrachtete diese Blätter, ohne wirklich zu sehen, was darauf geschrieben war. Wellen wohligen Kribbelns liefen durch ihren Körper und wie immer nahm sie es als Zeichen, dass in diesem Moment etwas Wichtiges, Wahres, Heilsames geschah. Sie stand versunken, bis sie wie aus weiter Ferne den letzten Aufruf zu ihrem Flug hörte. Entschlossen schob sie den Umschlag in das Laptopfach ihres Rucksacks und eilte zu ihrem Gate zurück. Die Frau am Gate lächelte sie an und plötzlich konnte

Charlotte freudig strahlend zurücklächeln. Es war ihr fast ein wenig unheimlich zumute dabei.

Kaum saßen sie alle im Flugzeug, als auch schon die Durchsage kam, dass sich ihr Flug nach San Francisco verspäten würde. Sie müssten leider noch etwas Geduld haben, da sie wegen Überlastung des Flughafens noch keine Starterlaubnis hätten. Charlotte seufzte, weil sie diese Atlantikflüge sowieso hasste. Wenn ein Flug an die Westküste auch noch verzögert wurde, hieß das, einfach Ewigkeiten im Flieger eingesperrt zu sein. Charlotte holte sich den Umschlag aus ihrem Rucksack und lehnte sich zurück. Durfte sie das wirklich lesen? Warum und vor allem wer hatte ihr das gegeben? Erneut kam starke Unsicherheit auf. Wieder atmete sie tief durch und sprach lautlos das Mantra der Göttin. Als sie das Amen sprach, war sie sicher, dass sie lesen durfte, ja sogar sollte. Sie zog vorsichtig die alten Blätter hervor und ihr stockte der Atmen: „Das Buch der Calafia" stand da. Calafia... was für ein eigentümlicher Name. Der Text war in der dritten Person geschrieben, seltsam. Es waren lose Zettel, die sie da in der Hand hielt. Altes, vergilbtes Papier. Einige Seiten waren zerrissen und es schienen auch einige Blätter zu fehlen. Denn dort wo einzelne Seiten zerrissen waren, ging es auf der nächsten Seite mit einem neuen Abschnitt weiter. Charlotte fühlte heftiges Herzklopfen, ja ihr Herz stolperte sogar ein-, zweimal. Sie atmete noch einmal tief durch, dann begann sie zu lesen.

Dünn und sehnig war sie. Für ihr Alter sah sie fast zu ernst aus, zu verantwortungsvoll, wie sie mit abschätzendem Blick die Pferde auf der Wiese unter ihr musterte. Mit ihren elf Jahren war sie verantwortlich für die sieben Stuten und drei Junghengste die seit einigen Wochen in dieser Herde zusammengestellt waren, um auf den Wiesen nördlich der Siedlung zu weiden. Calafia war stolz auf ihre Aufgabe, denn sie hatte bei weitem nicht die leichteste Herde bekommen. Die jungen Hengste waren eigentlich schon zu alt um in einer Herde mit den Stuten zu grasen. Aber seit die jungen Kriegerinnen ständig die Gebiete im Osten verteidigen mussten, gab es nur noch wenige Frauen die zum Hüten übrig blieben. Erst heute Morgen war der Schwarze auf den Schecken losgegangen und es war nicht eindeutig, ob er ihn aus dem Tal vertreiben wollte oder nur einen der üblichen Scheinkämpfe ausführte. Nur Calafias entschiedenes Auftreten konnte die zwei Raufbolde voneinander trennen. Sie wusste sich nicht anders zu helfen, als sich den ganzen Morgen über auf den Schwarzen zu setzen, um ihn davon abzuhalten den Schecken doch noch zu verjagen oder ständig die ganze Herde durcheinander zu bringen mit seinen Launen. Aber nun war sie müde. Einen Junghengst auf der Weide während des Grasens zu reiten erforderte ständige Konzentration und Muskelkraft, wollte sie keinen Sturz riskieren. Eine Verletzte konnte sich das Dorf im Moment nicht leisten. Zudem würde Calafia mit einem Sturz auf der Weide ihre Stellung bei ihren Freundinnen und auch ihre Autorität vor den Pferden verlieren. Jetzt in der mittäglichen Hitze waren die Pferde friedlich und Calafia lehnte sich zufrieden seufzend zurück. Gleich müsste Cassa kommen und ihr das Mittagsmahl bringen. Und hoffentlich hatte sie an das Wasser gedacht.

Während Calafia noch ihren Gedanken nachhing, hörte sie Schritte hinter sich. Aber es waren nicht die leichten schnellen Schritte von Cassa, sondern die Schritte einer wesentlich schwereren, stärkeren

Person. Unwillkürlich zog Calafia sich hinter einen Baum zurück. Aber Ursup hat sie schon gesehen und kam fröhlich auf sie zugelaufen. Calafia war verwundert. Warum durfte er alleine hier zu ihr heraufsteigen? Eigentlich hatten Männer auf den Weiden nichts verloren. Ihre oft zu unkontrollierte Aggressivität und Ungeduld hatte einen negativen Einfluss auf die Pferde und störte die Kommunikation zwischen der Hüterin und der Herde empfindlich. Und warum war Cassa nicht da? Doch Ursup lachte sie nur breit an und rief ihr zu: „Cassa hatte ein Problem mit ihrer jungen Stute. Sie ist in ein Loch getreten und ihr Bein muss behandelt und gekühlt werden." Calafia erschrak. Sie wusste, wie stolz Cassa auf ihre junge Stute war. Es war ihr erstes eigenes Pferd und Cassa hatte alle freie Zeit investiert, um sie auszubilden. Doch Ursup beruhigte sie: „Nein, nichts Schlimmes. Aber ich habe ihr den Gang zu dir abgenommen. Ich wollte dich auch gerne noch mal sehen, bevor ich wieder in meine Heimat abreise." Calafia war immer noch leicht beunruhigt. Sie mochte Ursup gerne, eigentlich verehrte sie ihn sogar glühend. Er war seit einigen Wochen zu Besuch bei ihrer älteren Schwester Marpessa. Ursup hatte sich schnell in das Familienleben eingefügt und die anfängliche Spannung in der Familie war nach kurzem verflogen. Aber dass er hier nun neben ihr saß, war ihr nicht geheuer. Unwillkürlich vergrößerte sie den Abstand zwischen ihnen. Sie setzte sich so, dass sie sowohl ihn wie auch die Pferde im Blick hatte. Er beobachtete sie belustigt. „Hast du deine Herde auch gut im Griff?" Sie nickte. „Und was ist mit den Junghengsten da?" Calafia folgte seinem Blick und musste eingestehen, dass trotz der Hitze wieder Unruhe in der Herde entstanden war. „Du musst ihnen klar machen, dass du hier die Anführerin bist" sagte Ursup. Er stand auf und war mit wenigen Sprüngen inmitten der Herde. Die Pferde schreckten auf. Ursup stellte sich breit vor den Schwarzen, seine ganze Körperhaltung strahlte Autorität aus. Was er sagte, konnte Calafia nicht verstehen, aber der Schwarze begann Schritt für Schritt zurückzuweichen. Einmal forderte er Ursup heraus. Den Kopf schlängelnd bewegend, machte er einen herausfordernden Schritt vorwärts. Aber er hatte den Huf noch nicht abgesetzt, da hatte ihm Ursup schon links und rechts sein Schultertuch um die Ohren geschleudert. Der Schwarze machte einen Satz zurück und wich nun gehorsam Schritt um Schritt rückwärts. Die Herde hatte scheinbar völlig unbeteiligt dagestanden. Und doch merkte Calafia, wie sich etwas verändert hatte, es war nun eine ruhigere Stimmung zwischen den Tieren. Der Schwarze gab nun tatsächlich Ruhe und begann am Rande der Lichtung zu grasen. Ursup kam zurück unter die Bäume und Calafia schaute bewundernd zu ihm auf. So wollte sie später auch einmal mit den Hengsten fertig werden. Ursup verlor nicht viele Worte, sondern setzte sich still neben sie. Calafia lehnte sich entspannt zurück und unterdrückte ein Gähnen. „Warum schläfst Du nicht ein Stündchen, Calafia? Ich habe noch etwas Zeit und passe so lange auf die Herde auf. Bevor ich gehe, wecke ich Dich." Calafia lehnte sich dankbar zurück und schloss die Augen. Sofort umfing sie das wohlige Schweben des Schlafes. Ihr letzter Gedanke war, dass sie eigentlich nicht schlafen durfte. Erstens war es oberstes Gebot wach zu bleiben, solange sie offizielle Hüterin einer Herde war. Zweitens war es ihr untersagt, in Gegenwart eines fremden Mannes einzuschlafen. Aber, so sagte sie sich bevor sie sich endgültig der wohltuenden Dunkelheit überließ, Ursup war ja kein Fremder, schließlich war er der diesjährige Gast ihrer Schwester Marpessa.

Sie träumte von Marpessa, die aus irgendeinem Grunde fürchterlich böse auf sie war. Calafia wusste nicht warum, aber die Schuldgefühle lasteten auf ihr wie ein schweres Gewicht. Im Schlaf versuchte sie sich gegen dieses Gewicht zu wehren, aber so sehr sie sich auch hin und her wand, konnte sie es nicht loswerden. Überdeutlich roch sie plötzlich den Duft der Kiefern und den Geruch der Pferde und, ... da war noch etwas, ein fremder Geruch und sie wusste nicht, war es Traum oder Wirklichkeit? Und was lastete mehr auf ihr, dieses Gewicht oder dieser fremde Geruch? Mit einem Schlag war sie wach und versuchte sich aufzusetzen. Da spürte sie, dass tatsächlich etwas auf ihr lastete und sie zu Boden drückte. Ursup drückte sie zu Boden und sein Lachen war unangenehm vertraulich. „Komm, komm, kleine Wildkatze, hier sieht uns doch keiner." Calafia verstand nicht, sie versuchte ihn mit allen Kräften abzuschütteln. Doch er drückte sie erst spielerisch und dann grob zu Boden. Seine Stimme war plötzlich rau und sie verstand die Sprache nicht, in der er sprach. Und als er mit einem Ruck das Tuch, das um ihre Hüften geschlungen war, wegriss und sie schmerzhaft seine Hand zwischen ihren Beinen spürte, da schwang sie sich instinktiv hinauf zu den vertrauten Kiefern. Sie schwebte zwischen den wohltuend und beruhigend duftenden Kiefernkronen und ab und zu warf sie einen gleichgültigen Blick auf diese beiden Körper da unten. Der eine groß, männlich, jetzt sehr viehisch wirkend. Und ein zweiter Körper, klein, sich windend, weinend, hilflos.

Sehr lange schwebte sie da oben zwischen und über den Bäumen. Es wurde schon dunkel und die Pferde wurden langsam unruhig. Ab und an warf sie einen zögernden Blick auf diesen Körper, aber auf keinen Fall wollte sie dorthin zurückkehren. Doch dann trat plötzlich der Schwarze zwischen die Bäume, mit vorsichtig vorgestreckter Nase und geblähten Nüstern pustete er sie spielerisch an. Als sie immer noch nicht reagierte, stupste er sie sanft und zwickte sie in den Fuß. Selbst ein spielerischer Pferdebiss tut weh und der Schmerz holte Calafia zurück. Sie setzte sich auf und blickte erschreckt um sich. Ursup war fort. Sie wusste nicht, war das Geschehene Alptraum oder böse Wirklichkeit gewesen? Entsetzt sah sie, dass ihre Herde sich in Richtung Dorf in Bewegung setzte. Wenn die Pferde heute ohne sie nach Hause kämen, würde sie abends vor der  großen Runde öffentlich getadelt werden. Sie sprang auf und bemerkte mit Schrecken, dass ihr Hüfttuch nicht nur lose, sondern auch zerrissen war. Mit zitternden Händen ordnete sie es hastig. Dann griff sie entschlossen in die Mähne des Schwarzen und schwang sich hinauf.

Sie ignorierte ihren schmerzenden Körper und trieb das kraftvolle Pferd entschlossen vorwärts. Es war waghalsig über den Graben zu setzen, aber so schaffte sie es, der Herde den Weg abzuschneiden. Erleichtert setzte sie sich an die Spitze und versuchte die Pferde etwas zu sammeln, sodass es aussah, als würde sie ordnungsgemäß die Pferde von der Weide bringen. Da sah sie Marpessa an dem vordersten Brunnen stehen und ihr missbilligende Blicke zu werfen. „Calafia, Du weißt doch, es ist Regel für alle Hüterinnen, abends neben den Pferden herzugehen. Erst letzte Woche ist die Gruppe von Cassa im wilden Galopp durchs Dorf gerast." Marpessas Stimme war ungewöhnlich schneidend, sie schien wegen irgendetwas sehr verstimmt. Calafia bekam einen riesigen Schreck und dumpfe, unerklärliche Schuldgefühle stiegen heiß in ihr hoch. Sie wandte schnell den Blick ab und murmelte eine Entschuldigung, als sie vom Pferd glitt. Ihre Scheide brannte wie Feuer, ihr Tuch war zerrissen und auch blutig und ihr ganzer Körper tat weh. Plötzlich schaute Marpessa besorgt und ging hinter Calafia her, als diese die Pferde in den kleinen Gral brachte, um sie für die Nacht zu versorgen. Marpessa trat an Calafia heran, legte ihr den Arm um die Schultern und sagte: „Was ist denn passiert? Es tut mir leid, dass ich so grob war." Da schossen Calafia die Tränen in die Augen und ein Schluchzen stieg von ganz tief in ihr empor. „Ursup,.." würgte sie. „Ursup..." mehr brachte sie nicht heraus. Doch bei der Erwähnung ihres Liebsten wandte sich Marpessa schroff ab. „Um den hast du dich nicht zu kümmern. Nachdem er sich den ganzen Tag nicht hat blicken lassen, ist er heute Abend plötzlich abgereist. Was geht dich das überhaupt an, kümmere du dich lieber um deine Pflichten." Calafia zuckte zusammen, mit dem Rest ihres Willens verrichtete sie ihre abendlichen Pflichten und versorgte die Pferde. Während alle aus dem Dorf gemeinsam zu Abend aßen, schlich sie sich verstohlen zu der Badestelle am Fluss und wusch sich das Blut von den Beinen. Wieder stiegen die Tränen in ihr auf, doch sie drängte sie eisern zurück. Auch die Bilder des Nachmittags drängte sie entschlossen zurück. Sie blieb solange in dem kalten Wasser stehen, bis ihr Körper sich ganz taub anfühlte. Genauso taub wie ihre Seele. Erst als die Trommel die Frauen in das große Zelt rief zur abendlichen Versammlung, stieg sie mühsam und langsam aus dem kalten Wasser. Es tat nicht mehr weh. Sie fühlte nichts mehr. Nichts tat mehr weh.

Während der abendlichen Versammlung hörte Calafia kaum zu. Selbst als Cassa ihr kichernd etwas zu tuschelte, reagierte sie kaum. Nur als Marpessa befragt wurde, warum Ursup so überstürzt abgereist sei, horchte sie auf. Marpessa wurde rot, Zorn sprühte aus ihren Augen. Elena, die Wortführerin dieses Monats lächelte begütigend: „Alles was wir wissen müssen ist, ob wir irgendwelche Vorsichtsmaßnahmen treffen müssen und ob er nächstes Jahr wieder eingeladen werden soll." Was sie eigentlich fragte, war, ob er vertrauenswürdig sei, ob er irgendetwas gestohlen oder ausgekundschaftet hatte. Marpessa zögerte einen Moment. Von irgendwoher schien eine Ahnung sie zu befallen und ganz plötzlich schaute sie einen Moment nachdenklich zu Calafia. Calafia stockte der Atem. Sie hatte das Gefühl in ein schwarzes Loch zu fallen. Das bisher völlig unbekannte Gefühl von Beschämung und bodenlosen Schuldgefühlen ließen sie erstarren. Eiskalte Schauer liefen ihr den Rücken hinunter und dann wurde ihr wieder siedend heiß. Doch Marpessa hatte sich schon abgewendet. Sie stockte, wusste nicht recht, was zu sagen. Elena schaute kurz in die Runde: „Will irgendeine dazu etwas sagen?" Keine der Frauen rührte sich. „Gut, dann klären wir das später. Manche Entscheidungen wollen eben reiflich überlegt sein." Marpessa senkte leicht beschämt den Blick, und sie wunderte sich über den Unmut den sie auf einmal gegen Calafia spürte. Elena ging zum nächsten Thema über und kurz darauf beendete sie die Versammlung. Calafia erwachte aus ihrer Erstarrung. Cassa war beleidigt abgezogen und Calafia hatte nur noch das Ziel sich schnell und still auf ihren Schlafplatz zu schleichen. Als sie sich mühsam erhob, spürte sie einen Blick auf sich gerichtet und als sie fast gegen ihre Willen aufschaute, blickte sie in die brennenden Augen von Eileithyia. Sie hatte nicht genügend Kraft den Blick abzuwenden, aber sie ging langsam rückwärts in Richtung Ausgang. Eileithyia war die Priesterin der großen Thetis und saß während aller Versammlungen reglos und wie es schien in tiefer Meditation versunken. Ab und zu gab sie der jeweiligen Wortführerin ein Zeichen, um ihr einen Rat oder ein Orakel zu zuraunen. Ganz selten kam es vor, dass sie direkt in die Versammlung eingriff. Ihrer Stimme wurde immer gefolgt, fast als spräche die Göttin selber. Als sie nun plötzlich die Stimme erhob, war Calafia erstaunt über den vollen dunklen Klang dieser schmächtigen Frau. Die meisten Frauen hatten schon das Zelt verlassen, aber alle, die diese Stimme hörten, blieben gebannt stehen. Ein verwundertes Raunen ging durch den Raum. Calafia brauchte einen Moment, um zu verstehen, was diese Stimme befohlen hatte. Sie sah sich um, aber wirklich, alle Frauen schauten auf sie. Eileithyia hatte sie, Calafia, zu sich befohlen. Calafia schluckte und sah zu dieser reglosen Gestalt hinüber. Panik und schwarze Leere schienen über ihr zusammenzuschlagen. Kam jetzt die Bestrafung? Sie nahm all ihre Kraft zusammen und blickte tapfer auf. Aber als sie in die Augen der Priesterin blickte, wurde sie ruhig. Da war nichts Bedrohliches. Nur etwas sehr Klares, Unbestechliches, wie die Schwärze und unendliche Weite des Nachthimmels. Langsam ging Calafia auf das Heiligtum zu. So nah war sie noch nie herangetreten. Eileithyia bedeutete ihr, sich auf das Kissen vor ihr zu setzen. Den anderen Frauen gab Eileithyia mit einem Wink zu verstehen, dass sie das Zelt verlassen sollten. Dann bedeutete sie Elena, den Zelteingang beim Hinausgehen zu verschließen. Calafia wunderte sich wie schon so oft, warum diese wortlosen Anordnungen, die Eileithyia gab, so mühelos verstanden wurden. Sie saß mit gesenktem Kopf und spürte ein unruhiges Flattern im Bauch. Was wusste Eileithyia? Wie würde die Bestrafung aussehen? Sie hätte nicht schlafen dürfen. Sie hätte Ursup gar nicht erlauben sollen, ihr Gesellschaft zu leisten. Sie hätte...

Vielleicht wenn sie doch alle ihre ganze Kraft eingesetzt hätte... Aber sie war noch halb im Schlaf gewesen, und konnte erst gar nichts begreifen. Konnte vor Schreck gar nicht schreien. Eine tiefe Stille senkte sich über den Raum. Aber diese Stille hatte nichts Vorwurfsvolles. Sie war wie ein weiter Raum der Möglichkeiten. Zögernd hob Calafia den Blick und schaute direkt in dunkle, unendlich tiefe Augen. Kein Muskel rührte sich in diesem zerfurchten, alten Gesicht. Kein Lächeln, keine Regung. Aber während Calafia sich diesem durchdringenden Blick öffnete, spürte sie, wie Wärme ihren Körper durchströmte und ihren erstarrten, tauben Körper belebte. Eine Weile sträubte Calafia sich gegen dieses Leben, scheute zurück vor dem, was es an Gefühlen und Bildern bringen würde. Aber dieser Strom, der von Eileithyia ausging, hatte etwas sanft Drängendes, etwas, dem sie sich nicht widersetzen wollte. Calafia seufzte unwillkürlich. Regungslos saßen sich die beiden Frauen gegenüber und Wärme floss in Calafia hinein. Sie ließ sie durch ihre Augen, durch ihren Hals, ihr Herz, ihr Sonnengeflecht, hinab in die Beine fließen und aus ihren Füßen strömte es in die Erde und verband sie mit der großen Göttin. Nur in ihrem Unterleib spürte sie noch eine taube kalte Stelle. Es war als umspielte dieser Energiestrom, der von Eileithyia ausging, diese taube, kalte Stille in ihrem Unterleib. Liebkoste sie, drängte sie. Doch der Eisklumpen gab nicht nach. Irgendwann schaute Calafia auf und merkte, es war beendet. Sie erhob sich. Eileithyia seufzte tief. Ihre Stimme klang wie aus weiter Ferne als sie ihr sagte: „Was geschehen ist, ist geschehen, ich kann es nicht rückgängig machen. Doch merke Dir wohl und behalte es Dein ganzes Leben: Fühle Dich nicht schuldig, sei stolz und stark. Du bist ein Kind der Göttin und Du sollst sieben Jahre nur ihr gehören." Calafia war entlassen. Sie verstand die Worte Eileithyias nicht. Aber sie wiederholte sie sich wieder und wieder. Dass sie die nächsten sieben Jahre eine Dienerin der Göttin sein sollte, erleichterte sie. Sie würde Ursup nicht begegnen während dieser Zeit, sie würde überhaupt keinem Mann begegnen. Und es bedeutete, dass sie schon früh zur Kriegerin ausgebildet und neben Meditation auch die Sprache und Kommunikation mit der Göttin lernen würde. Vielleicht würde sie ab und zu sogar in der Nähe von Eileithyia verweilen dürfen.

Am nächsten Morgen wurde Calafia von ihrer Herde abberufen. Sie bekam den Auftrag im Heiligtum der Göttin für Sauberkeit und Ordnung zu sorgen und das Versammlungszelt zu betreuen. Noch gestern Morgen hätte sie eine solche Anordnung empört zurückgewiesen. Sie, die beste unter den jugendlichen Reiterinnen, sollte schnöde Putzarbeit machen? Aber heute war sie froh. Im Halbdunklen des Heiligtums fühlte sie sich sicher und geschützt. Und sie war erleichtert, dass sie mit ihrem schmerzenden Körper nicht den Launen der Junghengste gegenübertreten musste. Eirena, eine der Priesterinnen aus dem Heiligtum der Göttin war zum Frühstückszelt gekommen, um Calafia abzuholen und den Frauen, die für die Einteilung der Hüterinnen zuständig waren, mitzuteilen, dass Eileithyia Calafia von den Herden abberufen hatte. Ihre Freundinnen hatten erstaunt getuschelt, einige hämisch gekichert, andere waren verwundert. Cassa hatte sie zuerst erstaunt, dann nachdenklich angeschaut, war einen Schritt auf sie zugekommen, um sie etwas zu fragen. Aber dafür war keine Zeit gewesen. Eirena stand wartend vor dem Zelt. Auch Marpessa schien fragen zu wollen, sie ging eilig zwei Schritte auf Calafia zu. Dann blieb sie stehen, hilflos, hin- und hergerissen zwischen dieser unerklärlichen Wut, die sie seit gestern gegenüber ihrer geliebten kleinen Schwester empfand, und der Ahnung, dass etwas Schreckliches passiert sei, dass sie helfen müsste. Calafia spürte Marpessas Wut und Schuldgefühle schlugen wieder in ihr hoch. Schnell wandte sie sich ab und ging mit Eirena.

Abends teilte Elena der Versammlung mit, dass Calafia von Eileithyia in den Dienst der Göttin berufen sei. Verwundertes Gemurmel erhob sich. So ganz ohne Prüfung, ohne Auswahlverfahren, war das höchst verwunderlich. Die Frauen schauten neugierig, fragend, einige der älteren Priesterinnen schienen eine Ahnung zu haben und eine von ihnen brachte Calafia einen kleinen Bergkristall als Geschenk, um sie in ihrer Mitte willkommen zu heißen. Die Priesterinnen saßen immer etwas abseits und Calafia ging nun hinüber und setzte sich schüchtern an den Rand der Gruppe. Aber die älteren Priesterinnen, die im inneren des Kreises saßen, streckten die Hände aus, zogen Calafia in ihre Mitte und ließen sie sich setzen. Nun war sie den Blicken der restlichen Frauen entzogen. Plötzlich fühlte sich Calafia beschützt, sicher und Tränen begannen ihr über die Wangen zu fließen. Und während die Versammlung nun weiter ging, saß sie zwischen den Priesterinnen und weinte. Später, als sie sich an diesen Abend erinnerte, wusste sie, dass sie nicht wegen der schrecklichen Erinnerungen geweint hatte. Sie hatte Abschied genommen. Abschied von ihrer Kindheit, viel zu früh, viel zu schnell war ihre Kindheit unwiederbringlich vorbei.

Die nächsten Jahre gab es viel zu lernen für Calafia. Vorbei war die spielerische Zeit mit den anderen Mädchen. Früh morgens begann der Tag mit Meditation. Dann galt es die für die Priesterinnen ausgewählten Pferde zu versorgen, junge Pferde auszubilden und sich den alten Lehrpferden zu stellen, die ihre Reitkunst mit allen Tricks herausforderten. Mittags vor dem Mahl wurde dann wieder eine Stunde meditiert. Nach der Mittagsruhe wurde sie in die Geheimnisse und Lehren des Heiligtums eingewiesen und am frühen Abend ging es dann nochmals zu den Pferden. Schon bald wurde sie von den jungen Kriegerinnen mit auf die ersten Streifzüge genommen. Es ging darum, die Gegend abzusichern, gleichzeitig mit Jagd die Töpfe zu Hause zu füllen; Heilkräuter zu finden und zu sammeln und generell Erfahrungen in der Natur zu gewinnen. Calafia wäre glücklich gewesen, wäre da nicht oft diese dumpfe, niederdrückende Schwere in ihr gewesen. Oft ertappte sie sich dabei, dass sie eine starke Todessehnsucht hatte. Sie fühlte sich manches Mal wie abgeschnitten von den anderen und vor allem von ihrer Familie. Das

Verhältnis mit Marpessa war nie mehr so herzlich und innig geworden, wie es früher einmal gewesen war. Calafia erklärte es sich damit, das Marpessa selber nicht zum Dienst an der Göttin erwählt worden war. Aber oft nagten auch Schuldgefühle an ihr. Sicherlich hatte Marpessa ihr nie verziehen, weil Ursup nie wieder eingeladen worden war. Hätte sie einer ihrer Freundinnen erklären sollen, warum es ihre Schuld sei, sie hätte es nicht sagen können. Aber tief in ihrem Inneren war sie sich ganz sicher, dass sie daran schuld war. Wenn das Gefühl der Einsamkeit und der Verzweiflung in ihr zu groß wurde, dann flüchtete sie sich zu den Pferden. Der herb intensive Geruch, die sicheren Bewegung, die Einfachheit, die Kraft, Zielstrebigkeit und Schnelligkeit, all das halfen ihr wieder zurück. Die Pferde forderten die volle Aufmerksamkeit. Da konnte sie nicht vor sich hinträumen oder sich gehenlassen. Und besser noch als in der Meditation gelang es ihr dort, ihren Körper zu spüren, zu spüren, dass sie lebendig war, stark und sicher. Schon bald war Calafia dafür bekannt die Wagemutigste zu sein, und wenn auch nicht körperlich die Stärkste, so doch die mit dem stärksten Willen. Manches Mal war sie allerdings auch hart gerügt worden, weil sie mit ihrem Wagemut das Schicksal herausforderte und sich und die anderen gefährdete. Einmal war sie deswegen sogar zu Eileithyia gerufen worden. Sie stand trotzig, herausfordernd vor ihr, aber in Wirklichkeit war ihr flau im Magen vor Unbehagen. Sie erinnerte sich mit aller Deutlichkeit an ihre letzte Begegnung mit Eileithyia und schob aber jeden Gedanken an die Ursachen dieser Begegnung beiseite. Eileithyia hatte sie mit durchdringendem Blick angeschaut. Aber wie damals war dieser Blick nicht strafend oder vorwurfsvoll gewesen. Er hatte eine durchsichtige Schärfe, die bis in den hintersten Winkel ihres Körpers drang. „Calafia" sagte die volle dunkle Stimme „fordere das Schicksal nicht heraus, dich wieder zu verletzen. Wir konnten deine Verletzung bisher nicht heilen, aber hüte dich, alte Verletzungen mit neuem Schmerz zu betäuben." Calafia verstand die Bedeutung dieser mysteriösen Worte nicht. Aber wohltuende Schauer liefen ihr über den Körper und verbanden sie plötzlich sowohl mit der Erde unter ihr wie auch mit Eileithyia. Eileithyia streckte die Hand aus und berührte Calafias Herz. Sofort spürte Calafia eine unendliche Weite in Zeit und Raum. Das Gefühl verstärkte sich und löste alle Grenzen ihres Körpers auf. Plötzlich fühlte sie sich für einen überströmenden Moment mit allen Wesen um sich herum verbunden und ihr Herz fing an in wilder Freude zu klopfen. Tränen traten in ihre Augen. Sie, die seit Jahren nicht mehr geweint hatte, ließ ungehindert die Tränen über ihr Gesicht rinnen. „Calafia, du sollst zwei Wochen in Stille verbringen und für ein Jahr soll deine Meditationszeit verdoppelt werden." Vor ihrem Besuch bei Eileithyia hätte Calafia diese Anordnung als ungerechte, unsinnige Bestrafung empfunden. Und ihre Freundinnen würden es sicher auch so sehen. Aber sie fühlte die Weisheit dieser Entscheidung und fügte sich still. Sie würde das eine oder andere junge Pferd an eine Konkurrentin abgeben müssen. Doch wollte Eileithyia es so, dann sollte es so sein.


Charlotte unterbrach ihre Lektüre, hier war die untere Hälfte der Seite abgerissen. Es wurde das Essen serviert. Das Flugzeug war schon vor Stunden gestartet, sie hatte es kaum bemerkt. Es fiel ihr schwer, mit dem Lesen aufzuhören. Und die neugierigen Blicke des Sitznachbarn und der Stewardess fielen ihr auf. Warum interessierten die sich für ein paar alte Blätter Papier? Sie merkte, dass sie durch das Lesen tiefbewegt war, aber gleichzeitig ruhig wurde. Sie schloss die Augen und richtete ihre Aufmerksamkeit für einen Moment nach innen. Plötzlich wusste sie, dass es nicht wichtig war, ob die Frauen in San Francisco ihren Vortrag gutheißen würden. Es war nicht wichtig, ob sie ihr zustimmen würden, ihr zu jubelten oder gar ärgerlich würden. Wichtig war nur ihre eigene Absicht hinter dieser Rede. Wichtig war nur, dass sie den Kampf wieder aufgenommen hatte. Den Kampf der Amazonen. Sie musste lächeln, als sie daran dachte, dass auch sie leidenschaftlich gerne ritt. Bevor sie Meditation gelernt hatte, bezog sie alle ihre Kraft und Ruhe von den Pferden. Und auch jetzt noch spielten die Pferde und der Stall eine wichtige Rolle in ihrem Leben. Kein Wunder, dass der Gedanke, ihren alten Voyou zu verlieren, sie so aus tiefster Seele erschütterte. Schon seit Jahren ergriff sie bei dem Gedanken, dass dieses Pferd bald sterben würde, tiefe Verzweiflung. Sie schüttelte die Gedanken ab und konzentrierte sich auf das Essen. Dann ging sie ein paar Minuten im engen Gang des Flugzeuges auf und ab und versuchte in dem kleinen Raum hinten bei den Toiletten etwas die Bein- und Rückenmuskeln zu strecken. Aber sie hatte es eilig, zurückzukommen zu diesem Text, zu diesem Buch über Calafia.


Es war noch früh am Morgen. Nebel hing zwischen den Bäumen und Tautropfen, die von den Zweigen fielen, durchnässten die Schultertücher der Frauen. Es war kühl und Calafia schauderte leicht. Sie gab der ihr nachfolgenden Gruppe ein Zeichen und die Pferde fielen in Trab. Die Frauen schwiegen. Außer den Hufschlägen auf dem feuchten Waldboden und einem gelegentlichen Schnauben der Pferde war nichts zu hören. Calafia hatte mit einigen jüngeren Frauen den Auftrag bekommen, drei Pferden, die seit ein paar Tagen fehlten, aufzuspüren und wieder zurück zu bringen. Es war nicht ganz klar, ob die Pferde der unachtsamen Hüterin einfach davongelaufen oder ob sie gestohlen worden waren. Sollte letzteres zutreffen, mussten die Frauen vorsichtig sein. Auf dem weichen Boden waren die Spuren der vermissten Pferde leicht zu verfolgen und da keine weiteren Spuren zu sehen waren, war es wohl kein Diebstahl gewesen. Schon bald nach dem Durchreiten des nächsten Passes, würden die Frauen in das Nachbartal gelangen. Calafia war erleichtert. Die Familien aus Threti waren mit ihnen befreundet. Und wenn sie auch misstrauisch ihre Lebensform beäugten, so waren die jungen Männer des Dorfes doch regelmäßig zu Gast bei Ihnen. Also waren die Pferde wirklich nur entlaufen. Sie lächelte über ihre Erleichterung. Noch vor einem Jahr hätte sie jetzt eine ganz leichte Enttäuschung empfunden, dass es nicht zu einem aufregenden Zurückerobern der Pferde oder gar zu einem kleinen Kampf kommen würde. Sie seufzte. Das von Eileithyia ständig eingeforderte und überwachte Meditationsprogramm schien Früchte zu tragen. Sie war tatsächlich erleichtert, dass sie in Frieden ihre Pferde abholen und heimbringen konnte.

Inzwischen hatten sie jetzt die ersten Weiden erreicht und Calafia sah schon das Grün einer Waldlichtung durch die Bäume schimmern. Sie hob die Hand und ließ die Gruppe anhalten. Auf ein Zeichen von ihr saßen alle stumm ab, drei Frauen übernahmen die Pferde, der Rest der Gruppe ging leise auf die Lichtung zu. Vorsicht war immer angesagt, sie konnten nie wissen, was sie erwartete. Zwei Frauen blieben auf halber Strecke zwischen den Pferden und der Lichtung zurück. Sie hatten somit Sichtkontakt zu beiden Gruppen. Calafia, Cassa und Erena gingen weiter. Tatsächlich, auf der Weide graste friedlich eine Pferdeherde, etwa 15 Tiere. Calafia erkannte sofort eine der vermissten Stuten. Sie atmete erleichtert auf. Nun galt es den Hirten zu finden. Seltsamerweise war er nirgends zu sehen. Die Familien von Thretis ließen selten ihre Tiere von Kindern oder Jugendlichen hüten. Meist übernahm das ein Mann aus dem Dorf, manchmal wurde auch jemand von außerhalb dafür bezahlt. Calafia lächelte verächtlich als sie daran dachte, dass in Threti die Menschen glaubten, Frauen und Kinder könnten die Pferde nicht hüten. Schafe und Kühe, ja. Aber nicht die Pferde. Wie sollten sie da den Umgang mit den Tieren lernen? Aber genau das sollten sie wohl nicht. Frauen, die nicht reiten konnten, waren sesshaft. Sesshaft und friedlich. Sie würden sich nicht zur Wehr setzen, was immer ihnen auch zugemutet wurde. Calafia wurde aus ihren Gedanken gerissen als sie links von sich einen Laut hörte. Ein unterdrückter Schrei? Die anderen hatten es auch gehört und wandten sich nach links zu einer Gruppe von niedrigen Kiefern. Calafia atmete tief den geliebten Kieferngeruch ein, als plötzlich ein Gefühl ungeheurer Wut in ihr aufstieg. Wut und

– Angst. Dieser unterdrückte Schrei– es war als hörte sie sich selber schreien, sich selber als hilfloses junges Mädchen. Sie ließ alle Vorsicht fallen und rannte los. Als sie den Hirten erblickte blieb sie für Bruchteile von Sekunden wie erstarrt stehen. Einen Moment sah sie alles wie in Zeitlupe: den Männerrücken, darunter hervorschauend zwei kleine Füße. Grobe Männerhände die schmale sehnige Mädchenarme zu Boden drückten. Calafia sprang ohne zu überlegen auf die am Boden liegenden Gestalten zu. Dann ging alles rasend schnell. Sie packte mit festem  Griff in die dichten schwarzen Haare, riss mit einem heftigen Ruck den Kopf zurück und landete mit der anderen Hand einen Kantenschlag von unten gegen die Nase. Der Mann gurgelte mehr, als dass er schrie. Und während das Blut ihm aus dem Gesicht spritzte zerrte Calafia ihn von dem Mädchen runter, ein Tritt gegen den Nacken und der Mann sackte leblos zusammen. Calafia ließ den Hirten los und richtete sich langsam auf. Plötzlich wurde es sehr still unter den Kiefern. Cassa und Erena waren herangekommen und standen sprachlos. Das Mädchen hatte sich instinktiv zusammengekauert und schaute sie mit entsetzten Augen an. Auch sie war stumm geworden. Verschmierte Tränen hingen noch auf ihren Wangen und sie drückte sich angstvoll gegen eine Kiefer. Calafia stand wie gelähmt. Die Erinnerung überfiel sie völlig unvorbereitet. Sie hörte erneute das Stöhnen, fühlte die groben Hände, ein Schmerz in ihrer Scheide durchzuckte sie und sie wandte sich wimmernd ab. Blind lief sie in den Wald. Cassa gab Erena ein Zeichen sich um das Mädchen zu kümmern und den anderen Bescheid zu geben und sprang dann in großen Sprüngen hinter Calafia her. Calafia war nicht weit gekommen. Sie lehnte an einem Baum und übergab sich. Ihr schwindelte und sie lehnte sich dankbar an Cassa, die den Arm um sie legte. Während Cassa sich darauf konzentrierte Lichtenergie in Calafia zu senden, wurde ihr schlagartig klar, was das alles zu bedeuten hatte. Die seltsame Geschichte mit Ursup damals. Die Gerüchte und das Gerede im Dorf. Und dann Calafias Schwermut, oft schon Depression, im Wechsel mit blindem

Wagemut und halsbrecherischer Tapferkeit. Sie war eine schlechte Freundin gewesen, dass sie so wenig verstanden hatte. Aber warum hatte Calafia sich ihr nie anvertraut? Gedanken und Gefühle jagten Cassa durch den Kopf. Aber ihre jahrelange Ausbildung als Heilerin hatten sie gelernt, nicht dem Mitleid zu verfallen. Sie konzentrierte sich ganz auf Mitgefühl und Liebe und ließ sich nicht von dem Strudel der eigenen Emotionen mitreißen. Calafia wurde jetzt von wildem Schluchzen geschüttelt. Cassa murmelte beruhigend und wiegte sie wie ein Kind. Sie seufzte. Das hatte damals keiner für Calafia getan. Niemand hatte sie gewiegt. Calafias Mutter war ständig auf Streifzügen unterwegs, eine der größten Kriegerinnen des Stammes. Und Marpessa war oft so hart und ungerecht gegen Calafia gewesen. Und sie selber? Sie hatte oft nicht verstanden, warum Calafia so ehrgeizig, so hart gegen sich selber war. Cassa hatte den Weg der Heilerin eingeschlagen. Sie hatte nie viel trainiert oder gekämpft. Anfangs war sie oft neidisch auf Calafias Leistung, ihre Ausdauer, ihre Härte gewesen. Aber dann hatte sie erkannt, dass ihr Weg ein ganz anderer war. Eigentlich waren sie erst seitdem wieder Freundinnen. Cassa seufzte erneut. Sie war Eileithyia eine schlechte Schülerin gewesen, wenn sie ihre eigene Freundin so verkannt hatte. Trotzdem waren sie inzwischen so gut eingespielt, dass sie oft zusammen losgeschickt wurden. Calafia als leitende Kriegerin und Priesterin. Cassa als Heilerin und Vermittlerin. Letztendlich hatten beide die Führung der Gruppe und eine Entscheidung verlangte immer Konsens der beiden. Calafia hatte sich langsam beruhigt. „Ursup... " würgte sie. „Ich weiß." sagte Cassa. Calafia sah erstaunt auf. „Du weißt?" „Jetzt weiß ich. Erst jetzt. Vorher habe ich es nie begriffen. Verzeih mir." Erneut schüttelte ein trockenes Schluchzen Calafia: „Ursup... Ich habe Ursup ermordet." Cassa schüttelte ihre Freundin leicht und liebevoll: „Wach auf, Calafia. Dieser Mann war nicht Ursup. Es war irgendein fremder Mann, der einem fremden Mädchen Gewalt antat." Calafia atmete tief durch. Dann nickte sie. Sie musste sich zusammennehmen. „Und außerdem", fuhr Cassa fort, „hast Du ihn nicht ermordet. Du hast ihn getötet. Und ein Mann der einem Mädchen Gewalt antut, hat nichts anderes verdient." Cassa schwieg. Was beide dachten, aber nicht aussprachen, war, dass dieser Mann von einem fremden Dorf war, dass vor allem auch das Mädchen von diesem Dorf war. Und dass eventuell nach den Gesetzen dieses Dorfes der Mann das Recht hatte, dieses Mädchen zu vergewaltigen, wenn es sich alleine im Wald befand. Beide Frauen schüttelten diese ungeheuerlichen Gedanken von sich ab. Aber ein zweiter Gedanke war nicht so leicht zu verdrängen: Calafia galt immer noch als Dienerin der Göttin. Und als solche durfte sie nicht töten, es sei denn sie wurde direkt angegriffen. „Auf eine Weise wurdest du direkt angegriffen. Eileithyia wird es verstehen." Cassas Worte klangen überzeugend und abschließend. Ihre Stimme war jetzt energisch. „Du bleibst jetzt hier sitzen, ich gebe den anderen Bescheid. Dann komme ich zurück und werde dir Energie zuführen. So kannst du nicht in ein fremdes Dorf reiten." Calafia lehnte sich dankbar zurück. Sie schloss die Augen und hörte von weitem die klaren Anordnungen Cassas. Dann überließ sie sich dankbar Cassas Händen. Erst als sie wieder einigermaßen das Gefühl hatte, in ihrer Mitte zu ruhen, brachen sie auf. Cassa hatte dafür gesorgt, dass Erena sich um das fremde Mädchen aus dem Dorf kümmerte, sie tröstete und ihr heilende Energie zufließen ließ. das Mädchen war sehr blass, schien aber erstaunlich gefasst zu sein. Cassa und Calafia blickten einen Moment ratlos auf das Mädchen. Doch dann gab Calafia entschlossen das Zeichen zum Aufbruch. Cassa und Calafia ritten an der Spitze. Dahinter Erena, das Mädchen vor sich auf dem Pferd. Dann der Rest der Gruppe. Den Leichnam hatten sie nach kurzer Diskussion liegengelassen. Es wäre schwierig, als fremde Gruppe in ein Dorf einzureiten und einen Toten bei sich zu haben. Die fremden Pferde hatten sie vorausgehenlassen. So würde man im Dorf schon wissen, dass etwas nicht stimmte. Keine der Frauen und Kinder waren zu sehen, misstrauisch blickten ihnen die Männer von Threti entgegen. Allen voran stand ein hochgewachsener jüngerer Mann. Stolz und neugierig blickte er sie an. Angst schien er nicht zu haben vor dieser Gruppe berittener Frauen. Calafia konnte sich nicht erinnern, dass er schon einmal Gast bei ihnen gewesen war. Aber als Dienerin der Göttin sah sie die Männer so gut wie nie, und wenn, dann nur von weitem. Die beiden Gruppen begrüßten sich förmlich. Sie sah, dass einige ihrer Frauen einzelnen Männern einen heimlichen Wink gaben. Sie runzelte missbilligend die Stirn. Dann schilderte sie in kurzen knappen Worten was passiert war. Als sie geendet hatte herrschte tiefstes Schweigen. Zur Verwirrung der Frauen sahen alle missbilligend, fast schon strafend auf das Mädchen. Sie hatte sich in Erenas Arme gedrückt und den Blick gesenkt. Die Frauen schauten sich fragend an. Cassa versuchte Calafias Blick einzufangen, doch Calafias Augen sprühten vor Zorn. Ihre schwarze Stute fing an, unter ihr zu tänzeln. Ihre Stimme war schneidend und voller Verachtung als sie fragte: „Zu wem gehört das Kind? Gibt es niemanden, der sie tröstend in den Arm nehmen möchte?" Die Männer schürzten verächtlich die Lippen, einer machte sogar ein anzüglich schnalzendes Geräusch, was unterdrücktes Gelächter bei zwei anderen hervorrief. Rasende Wut packte Calafia und sie griff nach ihrer Waffe. Doch da trat der hochgewachsene Mann, offensichtlich der Wortführer des Dorfes, vor und hob besänftigend die Hände. „Mein Name ist Antonius. Und dies ist meine Schwester Antiope. Ich danke Dir aus ganzem Herzen für ihre Rettung. Ich danke Dir, kühne Amazone, dass Du meine Schwester gerettet hast." Calafia hatte bei dieser Anrede unwillig mit dem Kopf geschüttelt. Aber sie stand still, abwartend. „Bitte versteh, dass die Sitten dieses Dorfes anders sind. Ihr habt einen der unseren getötet. Gebt uns einen Moment Zeit zu entscheiden, was zu tun ist." Damit zogen sich die Männer zurück. Sie blieben in Sichtweite, doch so, dass die Frauen nicht verstehen konnten, was sie sagten. Calafia gab leise Anweisungen. Zwei der Frauen ritten hinüber zu den Koppeln und kamen mit den entlaufenden Pferden zurück. Sie zäumten sie schnell auf und stellten sich am Rand des Dorfes auf. Auf keinen Fall wollten die Frauen einen

Kampf riskieren. Falls sie die Flucht ergreifen mussten, wollten sie ihre Pferde mitnehmen. Es dauerte eine Weile und mehrmals hörten sie wütende Ausrufe der Männer. Antiope drückte sich in Erenas Arme. Aber ihre Blicke lagen bewundernd auf Calafia und ihrer Stute. Und wirklich, in der Abendsonne, sahen die beiden aus wie eine Statue der Göttin, unbeweglich, stark, muskulös, schön. Plötzlich sagte Antiope: „Wenn ich groß bin, will ich so stark sein wie du." Sie schien über ihren eigenen Mut erschrocken, aber Calafia erwachte aus ihrer Erstarrung und blickte zu ihr hinüber. Sie sah hinter dem verschreckten Mädchengesicht eine wilde Entschlossenheit. Wärme und ein fast unbekanntes Gefühl der Rührung durchzuckten sie. Doch bevor sie antworten konnte, kam Antonius zurück. „Ich danke Euch nochmals." Er schien es ehrlich zu meinen. „Siehst du, es war nicht ganz und gar Antiopes Schuld. Sie wurde von ihrer Mutter geschickt dem Hirten das Essen zu bringen. Daher bin ich froh, dass ihr sie ..." hier zögerte er „...gerächt habt. Darf ich deinen Namen erfahren? Damit ich mich später erkenntlich zeigen kann?" Calafia schnaubte verächtlich. Sie schleuderte ihm ihre Verachtung entgegen wie einen Pfeil. "Bemühe dich nicht. Ein Geschenk aus diesem Dorf ist eine Beleidigung für jede Tochter der Göttin." Er schien nicht beleidigt. Eher schien er verlegen. Er sah sich um, aber keiner der Männer war in Hörweite. „Ich möchte euch um etwas bitten." Er schluckte. Cassa dachte sich, dass er sicher nur das Befehlen gewöhnt war, weniger das Bitten. „Könntet ihr nicht Antiope mitnehmen?" Ein erstauntes Raunen ging durch die Frauen. Mitnehmen? „Seht ihr, es ist doch so: nach allem was passiert ist, hätte sie es sehr schwer hier im Dorf. Wenn die Frauen erst hören... Es wäre sehr schwer für mich, fast unmöglich, sie zu beschützen..." Die Frauen schwiegen fassungslos. Die Minuten dehnten sich endlos. Antonius schluckte mehrmals hörbar, sagte aber nichts mehr. Dann, schweigend, gab Calafia das Zeichen zum Aufbruch. Sie wendeten und ritten im Schritt den Hügel hinauf. Antiope hatte sich nicht gerührt. Tränen liefen ihr über das Gesicht. Sie blickte nicht zurück, niemand kam, um von ihr Abschied zu nehmen. „Kannst Du reiten?" fragte Calafia sie. Antiope schüttelte erschreckt den Kopf. Calafia lächelte: „Bald wirst Du es können." Dann drehte sie sich zu Cassa um und schaute sie fragend an. Cassa verstand sofort. Sie wendete ihre Stute und ritt zu Erena und Antiope hinüber. Wortlos übergab Erena die junge Frau in die Arme der Heilerin.

Es war spät als die Frauen in das heimatliche Dorf einritten. Zu spät als dass die Hüterinnen noch Dienst gehabt hätten. So mussten sie die Pferde selber versorgen bevor sie endlich in ihre Hütten einkehren konnten. Cassa nahm nach kurzer Diskussion Antiope mit zu sich. Sie fühlte einen starken Drang dieser jungen Frau zu helfen. Sie hielt einen Moment inne und wurde sich bewusst, dass sie eigentlich das Bedürfnis verspürte, der jungen Calafia zu helfen. Aber, so sagte sie sich, so kam es nun zumindest einer anderen jungen Frau zugute.

Am nächsten Tag hing ein erwartungsvoll gespanntes Schweigen über der abendlichen Versammlung. Es war allen klar, die alltäglichen Themen würden heute nicht besprochen werden. Die Pferde waren wieder da und offensichtlich war irgendetwas passiert. Die Frauen brannten vor Neugierde und den ganzen Tag waren wilde Theorien und Gerüchte über die unbekannte junge Frau herumgereicht worden. Es war lange Zeit sehr still. Die heutige Wortführerin Oenone schien etwas verunsichert, aber Eileithyia gab keinerlei Zeichen. Oenone spürte eine leichte Verärgerung gegenüber der Priesterin. „Immer wenn sie mal gebraucht wird," so dachte sie, „gibt sie keine Regung von sich". Oenone beschloss, die Frauen erst einmal in einer gemeinsamen Meditation zu sammeln. Und während sich langsam Ruhe über die Frauen senkte, wusste Calafia plötzlich, dass sich ihr Leben verändern würde an diesem Abend. Um ihre Unruhe zu übergehen, stand sie entschlossen auf, als die Meditation beendet war. Cassa schaute erstaunt, aber auch erleichtert. Sie hatte Calafia eigentlich angeboten, Bericht zu erstatten. Aber sie hätte kaum gewusst, wie sie dies hätte tun sollen, ohne entweder die Freundin zu verletzen oder einen Teil des Geschehens auszulassen. Jetzt berichtete Calafia mit kurzen knappen Worten das Geschehene. Sie ließ nichts aus und doch klangen aus ihrem Bericht keinerlei Emotionen. Cassa war hin- und hergerissen zwischen Bewunderung und Besorgnis. Sie bewunderte die kühle Stärke Calafias, aber gleichzeitig machte sie sich Sorgen, dass sich die Freundin wieder völlig von ihren Gefühlen abschnitt. Als Calafia geendet hatte, herrschte einen Moment Schweigen. Dann brach plötzlich Beifall los. Die Frauen umringten Calafia und feierten sie wie eine Heldin. Auch Antiope wurde umringt und die Frauen versuchten ihr vorsichtig ihre Unterstützung und ihr Mitgefühl entgegenzubringen. In dem allgemeinen Tumult achtete niemand mehr auf Oenone. Oder darauf, was gerade besprochen werden sollte. Alle waren erfüllt von dem großen Unrecht, jede fühlte mit und alle bewunderten Calafia für ihr entschlossenes Handeln. Plötzlich ging ein tiefes Seufzen durch das große Zelt. Es hörte sich an, als würde die große Göttin selbst seufzen, so erfüllte es den ganzen Raum. Obwohl überhaupt nicht zu hören war, von wo dieser tiefe Seufzer kam, wurden die Frauen sofort still und wandten sich alle dem Heiligtum zu. Eine tiefe Stille senkte sich über den Raum.

Eileithyia hatte sich von ihrem Stuhl erhoben. Ihr Blick war klar wie immer. Und doch hatte Cassa das Gefühl, einen Hauch von Schwermut darin zu entdecken. Das ängstigte sie. Sie hatte noch nie erlebt, dass Eileithyia nicht völlig in ihrer Mitte ruhte. Eileithyia nahm nun den großen Kristall in die Hand und schaute lange hinein. Die Frauen hielten den Atem an. Selbst Antiope, die nicht wissen konnte, was das alles bedeutete, blickte gebannt auf den Kristall. Als der Kristall sich zu drehen begann, erhob Eileithyia die Stimme:

„Calafia, die Göttin hebt den Eid von Dir."

Das Schweigen verdichtete sich zu bewegungsloser Schwere. Die Göttin hob den Eid von einer Priesterin? Das hieß, Calafia wurde von den Priesterinnen abberufen. Was nichts anderes als ein schwerer Tadel sein konnte. Calafia rasten die Gedanken durch den Kopf. Also wirklich. Sie hatte dieses junge Mädchen verteidigt, sie hatte ihr eigenes verletzliches Selbst verteidigt und nun sollte sie dafür verstoßen werden? Das war ungerecht. Zum ersten Mal in ihrem Leben lehnte sie sich auf gegen eine Entscheidung Eileithyias. Nicht nur war es ungerecht, sie aus den Reihen der Priesterinnen zu verstoßen. Vielmehr fühlte sie absolutes Unbehagen die geschützten Räume der Priesterinnen zu verlassen. Natürlich, auch wenn sie wieder im Dorf lebte, nie wurde eine der Frauen gezwungen, ihm Frühjahr mitzureiten, um sich einen Gast auszusuchen und einzuladen. Die Frauen konnten selbst entscheiden, ob sie im Frühjahr mit in eines der Dörfer gingen, um sich die Männer dort anzuschauen. Sie konnten auch selbst entscheiden, ob und wen sie für den Sommer einluden. Doch bevor Calafia mit diesen Gedanken zu Ende gekommen war, erreichte Eileithyias Stimme sie erneut:

„Als Gast der Priesterin Calafia soll Antonius, Bruder der Antiope, geladen werden."

Nun schnappten einige Frauen nach Luft. Das war unerhört. Das war zu Lebzeiten der Frauen noch nie vorgekommen. Damit wurde Calafia nicht verstoßen. Im Gegenteil, als Priesterin einen männlichen Gast einladen zu dürfen, galt als Auszeichnung. Es galt als Bestätigung, eine hohe spirituelle Reife erlangt zu haben, die auch durch den Kontakt zu Männern nicht gefährdet werden konnte. Allerdings, Calafia durfte nicht frei wählen. Die Göttin hatte einen Mann gewählt. Die älteren Frauen senkten flüsternd die Köpfe zusammen. Dass ausgerechnet Antonius gewählt worden war, konnte nur bedeuten, dass Calafia eine Chance erhalten sollte, ihr Schicksal zu wenden.

Calafia stand wie erstarrt. Antiope klammerte sich plötzlich schutzsuchend an sie. Antiope verstand nicht was vorging. Aber sie fühlte eine große Angst in sich aufsteigen. Calafia schüttelte Antiope ab und ging wie betäubt nach draußen. Immer noch ohne einen Gedanken fassen zu können, ging Calafia zu den Pferden. Sie pfiff ihrer Stute und ritt in die Nacht hinaus. Die kühle Luft tat ihr gut. Sie riss sich zusammen und unterdrückte ihren Impuls blindlings in die Nacht zu rasen. Ein so hohes Risiko einzugehen wäre ihrer Stute gegenüber unfair gewesen. Sie ritt die ganze Nacht. Unwillkürlich lenkte sie ihre Stute den heiligen Berg hinauf. Immer höher wand sich der Pfad. Schließlich wurde es so steil, dass sie abstieg. Sie ließ die Stute frei laufen und kletterte die letzten hundert Meter hinauf. Sie war Stunde um Stunde geritten und nun stand sie oben am Gipfel und schaute atemlos wie die ersten Sonnenstrahlen am Horizont aufflammten. Sie wandte sich gen Osten und öffnete ihre Arme und ihr Herz der Sonne. Und als die ersten Strahlen auf sie fielen, wurde etwas in ihr weit, sie konnte plötzlich tief durchatmen und Tränen liefen über ihr Gesicht. Ob ein Kind ihr helfen würde den Schmerz, die Taubheit, den unterdrückten Hass, die Schuldgefühle zu lösen? War das nicht unfair diesem Kind gegenüber? Calafia erschrak über sich selber. Es war nicht an ihr, an der Entscheidung der Göttin zu zweifeln. Und während sie sich so der aufgehenden Sonne öffnete, spürte sie deutlich, was sie am allermeisten beunruhigte: trotz aller Verachtung fühlte sie sich stark von Antonius angezogen. Sie schüttelte sich. Natürlich würde sie zu nichts gezwungen werden. Alles was von ihr erwartet wurde, war, dass sie eine gewisse Zeit mit Antonius verbrachte und sich Mühe gab, ihn kennen zu lernen. Calafia seufzte tief. Nun denn, dann konnte sie ebenso gut gleich damit beginnen. Sie kletterte den Abhang hinunter und pfiff ihrer Stute. Sie wandte sich nach Norden. Nach einiger Zeit gelangte sie an einen geeigneten Platz und schlug ihr Lager auf. Sie wusste, es war ihr eigentlich nicht erlaubt, auf eigene Faust nach Threti zu reiten. Aber bei dem Gedanken zuckte sie trotzig die Schultern. Sie wollte besagten Antonius nur von weitem beobachten. Dann hätte sie bis zum Frühjahr Zeit, um sich mit dem Gedanken anzufreunden. Calafia war sich dumpf bewusst, dass sie gerade einen Fehler machte. Sie war verwirrt, warum konnte sie nicht auf ihre innere Stimme hören? Warum hatte sie nicht zumindest Cassa um Rat gefragt? Sie verbrachte den Tag mit Meditation, versuchte wieder in ihre Mitte zu kommen. Aber so ganz wollte es ihr nicht gelingen und als sie abends einschlief, bat sie die Göttin um einen Traum. Doch am nächsten Tag wachte sie noch verwirrter und dumpfer auf, als sie eingeschlafen war. Sie wusste, sie sollte eigentlich umkehren. Trotzdem machte sie sich weiter auf den Weg nach Norden. Sie umritt Thretis in einem weiten Bogen, da sie damit rechnete, dass die Wachen das Dorf vor allem von Süden her bewachen würden. Sie hatte Recht. Im Norden des Dorfes war niemand zur Wache eingeteilt. Sie suchte sich einen Platz weit oberhalb und fing an, das Dorf zu beobachten. Dabei kamen ihr erneut Zweifel. Was wollte sie hier? Sehen konnte sie Antonius kaum und wenn, dann nur aus sehr großer Ferne. Sie sollte heimreiten, bevor sie entdeckt würde und noch ein Unglück geschah. Trotzdem blieb sie in ihrem Versteck und ihr Warten lohnte sich. Am zweiten Tag kam eine Gruppe den Weg unter ihr entlang und mitten unter ihnen war Antonius. Sie spürte verärgert wie ihr Herz klopfte. Sie lehnte sich vorwärts, um besser sehen zu können. Dabei löste sich ein Stein und rollte zu Tal, mehrmals gegen die Felsen springend, bevor er schließlich auf weichem Boden landete. Die Männer schauten hoch. Sie verharrte reglos und hoffte, dass sie von unten nicht zu sehen war. Und wirklich, nach kurzem Zögern gingen die Männer weiter. Calafia schürzte verächtlich die Lippen. Sie beobachtete, wie die Gruppe am Gegenhang bergan stieg und immer kleiner wurde. Sie verlor das Interesse. Sie würde noch ein Stündchen warten und dann den Heimweg antreten. Was wollte sie hier auch, sie vergeudete nur ihre Zeit. Sie gab sich für eine Weile mit halb geschlossenen Augen entspannt der Wärme der Sonne hin. Doch gerade als sie beschloss, zu ihrer Stute zu gehen, fühlte sie, dass sie beobachtet wurde. Calafia durchlief es siedend heiß. Wie hatte sie nur so achtlos sein können? Doch für Selbstkritik war jetzt keine Zeit. Sie ließ die Augen geschlossen, spannte aber alle ihre Muskeln an und konzentrierte sich. Verzweifelt versuchte sie zu fühlen, wo der Beobachter war. Ja, er war genau vor ihr. Dass hieß, Flucht war unmöglich, hinter ihr war nur die Felswand. Sie öffnete um Millimeter die Augen und fühlte die schemenhafte Gestalt mehr als dass sie unter den Bäumen sah. In dem Moment schnaubte ihre Stute. Und Calafia nutzte den Moment, sprang auf, wandte sich leicht nach links und war mit einem Satz hinter einem Baum. Sie packte ihre Waffe fest und machte sich auf einen Angriff bereit. Aber sie hörte nur ein Lachen und als sie vorsichtig hinüberschaute, sah sie Antonius, der sich von seinem Schrecken erholt hatte und nun fröhlich lachte. Calafia zögerte, dann, zu ihrem eigenen Erstaunen lachte sie mit und ging zögernd auf ihn zu, allerdings immer noch die Hand an ihrer Waffe. Antonius war unbewaffnet und….

Hier war wiederum die untere Hälfte der Seite abgerissen. Charlotte war todmüde, konnte aber nicht aufhören zu lesen. Sie lauschte einen Moment auf das dröhnende Brummen des Flugzeuges. Um sie herum schliefen die Passagiere oder schauten Filme an. Sie wendete sich wieder Calafias Geschichte zu. Offensichtlich fehlten einige Blätter, denn die Geschichte ging plötzlich an einer ganz anderen Stelle weiter, zu einer anderen Zeit in Calafias Leben.

Calafia strich sich seufzend die Haare zurück. Im Aufrichten fuhr sie sich über den schmerzenden Rücken, bevor sie den Lumpen auswusch und zum Trocknen über die kleine Ziegelsteinmauer in die Sonne hing. Wie war sie nur in diese Lage geraten? Versonnen schaute sie über die Ebene hinter dem Haus und verlor sich für einen Moment in der flirrenden Hitze. Vor ihrem inneren Auge sah sie schwitzende Pferde, fühlte die Bewegung unter sich und atmete den strengen Duft. Angestrengte, aber glückliche Frauen um sich herum, Pferdeleiber neben sich, ihre eigene treue Stute unter sich, hier und da streifte sie ein Arm einer ihrer Freundinnen. Aber dann wechselten die Bilder. Bilder von Kämpfen, von endloser Verfolgung, von harten Wintern, vom Verlust ihrer Pferde und von Krankheiten.

Wie so oft in den letzten Monaten kämpften in ihr die Bilder ihrer Sehnsucht nach einem freien Leben mit den schrecklichen Bildern des Krieges, der Verfolgung, der Aufgabe und der Versprengung ihres Volkes.

Calafia schüttelte sich entschlossen. Sie schrak leicht zusammen, als sie merkte, dass sie beobachtete wurde. Antonius stand im Schatten der Olivenbäume und schaute zu ihr hinüber. Sie spürte eine leichte Irritation, eigentlich schon Verärgerung, als sie sich abwandte, um die Wäsche zum Trocknen auszubreiten. Es entging ihr nicht, das Antonius einen sehr befriedigten Blick zu ihr hinüber gleiten ließ, bevor er zurück in den Garten ging. Sie würden sich heute Abend nach dem Dunkelwerden sehen. Er würde wie so oft zu ihr hinüberkommen. Erst gestern hatte sie sich gedacht, dass er sich in letzter Zeit kaum mehr bemühte, leise zu sein. Warum auch? Sie war offiziell Sklavin, damit war es sein offizielles Recht. Wie seltsam. Sie hatte gedacht, es sei unwichtig, was die anderen über sie dachten. Solange sie selber wusste, warum sie sich hier versteckte. Aber je länger andere in ihr die Sklavin sahen, desto mehr fühlte sie sich tatsächlich untergeben. Und – was genauso schlimm war – desto mehr fühlte Antonius sich offensichtlich überlegen. Es zuckte ihr durch den Kopf, dass das ein hoher Preis für Sicherheit war. Unwillkürlich schaute sie wieder über die flimmernde Ebene. Dieses Mal blieben die vertrauten Bilder aus. Doch umso mehr Sehnsucht spürte sie nach dem Duft dieser Weite. Was galt schon Sicherheit in dem ewigen Fluss des Lebens? Sie würde sie bereitwillig eintauschen, wenn die Zeit reif war.

Am nächsten Morgen erwachte Calafia aus einem tiefen, alptraumhaft bedrückenden Schlaf. Sie musste sich erst einen Moment besinnen, ob der vergangene Abend ein böser Traum oder Wirklichkeit war. Sie versuchte, sich zurechtzufinden und erhob sich langsam von ihrem Lager. Der Gedanke, dass ihr, Calafia, so etwas passieren konnte, dass sie das zugelassen hatte, verursachte ihr

Übelkeit. Sie rannte nach draußen, hinter die Büsche und übergab sich. Einen Moment blieb sie vornübergebeugt stehen. Ihr war klar, dass sie handeln musste, etwas verändern musste. Aber zuerst musste sie ihre Kräfte zentrieren und zurückgewinnen. Plötzlich wurde ihr bewusst, wie Antonius ihr über die letzten Monate Stück für Stück Kraft entzogen hatte. In dem Maße, in dem er stärker geworden war, hatte ihre Kraft nachgelassen. Früher hatte sie ihre Kraft erneuert, indem sie Kontakt zur Göttin aufnahm. Wann hatte sie sich zuletzt auf die Göttin besonnen? Das war Monate her. Seit sie in Antonius Haushalt lebte, hatte sie tagsüber keinen eigenen Raum, keinen ruhigen Platz mehr für sich. Und abends, allein in ihrem Zimmer, wusste sie nie, wann Antonius kam, und wann nicht. Meist lag sie abwartend im Dunkeln. Zu müde, noch irgendeine Initiative zu ergreifen. Calafia richtete sich entschlossen auf. Ohne weiter zu überlegen ging sie zu den Ställen. Beobachtend, mehr fühlend als schauend, ging sie die Stallgasse entlang. Die Pferde waren offensichtlich vor kurzem gefüttert worden. Niemand war in Sichtweite. Calafia ging mehrmals auf und ab. Dann wandte sie sich einer jungen Stute zu, die ihr aufmerksam entgegenschaute. Calafia knüpfte schnell und geschickte eine Art Halfter aus einem an der Stalltüre hängenden Strick. Sie führte die Stute hinaus und kurze Zeit später waren Reiterin und Pferd im Wald verschwunden. Kaum war sie außerhalb der Siedlung, ließ Calafia den provisorischen Zügel durchhängen und die Stute konnte den Weg selber finden. Nach anfänglichem Zögern schien die Stute Gefallen an dieser ungewohnten Freiheit zu finden und beruhigt durch Calafias leicht vorwärts treibende Schenkel fand sie zielstrebig ihren Weg. Eine Weile wurde der Wald immer dichter, der Pfad immer schmaler und schlängelte sich an einem kleinen Bachlauf entlang. Schließlich gabelte sich der Weg, ein Pfad führte weiter am Bach entlang, einer stieg den Berg hinauf. Die Stute wendete sich ohne zu zögern nach links und begann den Anstieg. Calafia atmete erleichtert auf. Die Göttin führte sie also, sie hatte sie nicht verlassen. Sie war immer noch da, allgegenwärtig, um ihr und ihrer Stute, den Weg zu weisen. Der Pfad wurde immer steiler und schließlich stieg Calafia ab und führte die Stute hinter sich her. Wenn die Göttin dem Pferd den Weg zeigte, so würde sie ihn auch ihr weisen. Calafia richtete die Konzentration nach innen, gerade so viel, dass sie noch genügend Aufmerksamkeit für den unebenen Pfad vor sich hatte. Sie schickte ihren Atem in langen tiefen Zügen zu ihrem Sonnengeflecht. Dort brauchte sie wieder Kraft. Sie visualisierte ein strahlend goldgelbes Licht und ließ sich von diesem Licht führen. Ein Lächeln huschte über ihre ernsten Züge als sie sich an ihre ersten Lichtversuche und ihre alte Lehrerin, Udea, erinnert. Sie merkte, wie ihre Atemzüge immer regelmäßiger und kräftiger wurden, trotz des steilen Anstiegs. Sie wusste nicht wie lange sie so bergauf stiegen, machte sich keine Gedanken über Zeit und schob konsequent jegliche Gedanken an ihre so genannten „Pflichten" in Antonius Haushalt fort. Was waren das schon für Pflichten. Im Grunde ging es darum, die Arbeiten so einzuteilen, dass sie den ganzen Tag über beschäftigt und unter Kontrolle war. Calafia konzentrierte sich darauf, mit jedem Schritt, jeder Berührung ihres Fußes mit dem Boden die Schwere und Beklemmung der letzten Monate aus sich herausfließen zu lassen. Wie sollte sie der Göttin begegnen, wenn sie im Bann von Antonius und seinem Haushalt stand?

Schließlich wurde der Weg so steil und steinig, dass Calafia die Stute zu einem Baum führte, und den Strick lose um einen Ast schlang. Sie achtete sorgfältig darauf, dass der Knoten sich lösen würde, falls die Stute fliehen musste. Dann kletterte sie weiter. Nicht lange und sie erreichte ein kleines Plateau. Auf dem steinigen Boden lagen im Kreis große, unbehauene Steine in der Form der Unbenennbaren. Bei diesem Anblick durchlief ein Schauer Calafias Körper und ein tiefes Gefühl der Dankbarkeit durchströmte sie. Die Göttin hatte sie zu einem ihrer Heiligtümer geführt. Tränen standen ihr in den Augen und sie setzte sich mit gekreuzten Beinen in die Mitte des Steinringes und wartete auf die Kontaktaufnahme der Göttin. Lange saß sie da. Die Zeit war aufgelöst, unbegrenzt, schwebend. Kraft floss durch die Steine, zentrierte sich im Mittelpunkt des Kreises und Calafia fühlte ein inneres Leuchten. Erst als dies Leuchten nachließ, öffnete sie vorsichtig die Augen. Vor ihr auf dem Stein saß ein Falke. Als er ihre Aufmerksamkeit spürte, flog er auf und Calafia bemerkte mit einem plötzlichen inneren Jubeln die Schönheit dieses Vogels, die elegante Schnelligkeit, das strahlende Blau des Himmels und die unendliche Weite des Horizontes. Ihre Augen folgten dem Falken und blieben an dem undurchdringlichen Bergwald im Osten hängen. Ja, dorthin würde sie die Frauen führen. Ihre Amazonenschwestern. Sie würde das Zeichen geben, dass die Zeit reif war. Dort im Osten würden sie Kraft sammeln und ein neues Leben beginnen oder untergehen. Ein Gefühl tiefer Weite und Freiheit durchströmte ihre Brust, ließ ihr Herz schneller schlagen. Sie fühlte die Kraft aus der Erde aufsteigen, durch ihre Füße, ihre Beine hinauf, sie ließ sie im Unterleib kreisen, dann hinauf zum Sonnengeflecht und bis zum Herzen. Als die Kraft der großen Mutter von ihrem Herzen hinaufstieg und die Verbindung zur göttlichen Kraft fand, war Calafia klar, dass sie nie mehr auch nur einen einzigen Befehl von Antonius, seiner Mutter, seiner Schwester oder irgendjemandem aus dieser Siedlung ausführen würde. Sie würde noch einmal zurückkehren um ihre Schwester zu holen, das Pferd zu kaufen und Antonius Lebewohl zu sagen. Er sollte später nicht die Ausrede haben, dass er sie aus Sorge gesucht und zurückgeholt hätte.

Mit Einbruch der Dunkelheit ritt Calafia in den Hof ein. Sie kam nicht dazu, die Stute in den Stall zurückzubringen. Schon am Eingang des Hofes fing Antonius sie ab. Er stellte sich ihr breitbeinig in den Weg und sah sie vorwurfsvoll an. Doch was sie gestern noch aus dem Konzept gebracht hätte, erschien ihr heute lächerlich. Sie lächelte kühl auf ihn hinunter: „Guten Abend, Antonius. Sei gegrüßt." Er schwieg noch immer. Sein vorwurfsvoll erzürnter Blick schwankte ganz kurz. Irritiert durch diese Kraft in ihr, an die er sich noch von früher erinnerte, fragte er sie freundlicher als beabsichtigt: „Wo bist du gewesen?" Calafia sah ihn ruhig an: „Nach deiner gestrigen Gewalttat, brauchte ich die Kraft der Göttin." Antonius wich automatisch zwei Schritte zurück und prallte fast mit seiner Mutter zusammen, die, vor Empörung unterschwellig zitternd, auf sie zugelaufen kam. Beide standen sie nun wie erstarrt. Calafia hatte gleich zwei Tabus gebrochen: sie hatte Antonius, den Herrn des Hauses, beschuldigt und das auch noch für eine Tat, die sein gutes Recht und einer Erwähnung unwürdig war. Und sie hatte die Unbenennbare genannt und damit die Vormacht der Götter in Frage gestellt. Später würde Calafia sagen, die Göttin sei noch immer in ihr gewesen, sodass Antonius und seine Mutter reglos zu ihr aufschauten. Auch als Calafia jetzt sprach, schauten die beiden sie nur stumm an. „Ich möchte mich von euch verabschieden und mich für Eure Gastfreundschaft bedanken. Ihr habt mir Schutz und Unterkunft gewährt, ich habe für euch gearbeitet. Wir schulden einander nichts." Antonius Mutter stand noch immer wie erstarrt. Doch Antonius schien plötzlich zu spüren, dass er nicht nur seine Macht verlor, sondern auch Calafia selbst. Er ging einen Schritt auf sie zu. Doch Calafia gebot ihm Halt. „Antonius, wenn du noch etwas für mich tun möchtest, so verkaufe mir diese Stute." Ein Ruck ging durch ihn hindurch. Das gab ihm wieder etwas Sicherheit. „Ich denke ihr seid ein Reitervolk!" schnaubte er verächtlich. „Und da suchst du dir diese Stute aus. Wenn du dir Xerxes genommen hättest, aber die.... Die kannst du von mir aus behalten." Calafia unterdrückte ein Lächeln. Sicher, Xerxes war kraftvoll, temperamentvoll, schnell. Und diese junge namenlose Stute war noch etwas schmächtig. Aber gut trainiert und entwickelt würde sie sicherer, zuverlässiger, gelehriger und in den Bergen auch wesentlich schneller sein als Xerxes. Und — ein Hengst ließ sich überall finden um ihre Stute zu decken und damit könnte sie schon ihre Zucht beginnen. Verächtlich lächelte sie über diese Unwissenheit der männlich dominierten Völker. Sie glaubten, dass Hengste die großen Vererber sein sollten. Es war doch seit Urzeiten begannt, dass die Stuten viel mehr an die Nachkommen weiter gaben. Sie nickte Antonius kühl zu. „Wenn das so ist, behalte ich sie gerne. Aber geschenkt möchte ich sie nicht. Hier." Und damit warf sie ihm Münzen vor die Füße. Sie ahmte damit seine gestrige Geste nach, mit der er ihr das Geld für den täglichen Einkauf hingeworfen hatte. Dann wendete sie entschlossen die Stute und ritt vom Hof. Und die Stute, obwohl sie bereits fast ihren Stall erreicht hatte, trug sie willig in die Dunkelheit hinein. Calafia war dankbar dafür. Sie würde nicht weit reiten, um diese Jahreszeit gab es überall genügend Futter und in der Dunkelheit würde niemand sie verfolgen.

Zwei Jahre später hatte Calafia dreißig Frauen um sich gesammelt. Sie hatten sich tief in die Bergregionen im Osten zurückgezogen. Das Leben war nicht einfach dort, vor allem im Winter darbten sie und die Pferde. Aber das schweißte die Gruppe auch zusammen. Calafia war die Führerin der Frauen und sie bemühte sich, die alten Strukturen wieder aufzubauen. Sie war zwar als Priesterin ausgebildet, aber das Heiligtum konnte sie nicht füllen. Oft sehnte sie sich nach Eileithyia, nach ihrer Präsenz, ihrer unausgesprochenen Weisheit und Kraft. So auch heute Abend. Die Versammlung war kurz gewesen, die heutige Wortführerin hatte zügig und strukturiert durch den Abend geleitet. Trotzdem war es Calafia aufgefallen, dass sie öfter um Bestätigung oder Antwort suchend zu ihr geblickt hatte. Calafia wies dann immer stumm auf das Heiligtum, wo sie Kräuter verbrannten und heilige Steine ausgelegt hatten. Aber alle spürten, das Heiligtum war leer. Und auch jetzt nach der Versammlung als Calafia alleine im Zelt blieb und meditierte spürte sie die Leere hinter sich. Keine wusste, was mit Eileithyia geschehen war, als das Dorf damals von den übermächtigen Reiterhorden aus dem Norden angegriffen und aufgerieben worden war. Bevor sie flohen, waren Calafia, Cassa und Marpessa zurückgeritten zum Heiligtum und hatten sich im Schutze der Dunkelheit hineingeschlichen, aber Eileithyia war fort gewesen. Und keine der Frauen, die Calafia seitdem getroffen hatte, wusste etwas über ihr Schicksal. Calafia schmerzte die Erinnerung an diese Nacht. Als sie sich aus dem Heiligtum wieder hinaus schlichen, waren sie entdeckt worden und es begann eine wilde Flucht. Cassas Pferd war gestrauchelt und sie war gestürzt. Calafia hatte ihr Pferd sofort aus wildem Galopp gestoppt, aber Cassa hatte schon gesehen, dass sie es nicht mehr schaffen konnte. Ihr Pferd stand etwas abseits, es war nicht klar, ob es verletzt war und selbst wenn es nicht verletzt war, blieb ihr keine Zeit sich aufzurappeln und wieder aufzusteigen. Sie befahl Calafia weiter zu reiten und hatte sich selber ihren Verfolgern entgegen geworfen, um sie solange aufzuhalten, bis Calafia und Marpessa wieder einen Vorsprung hatten. So war es die Regel, eine für alle. Eine opferte sich für den Rest der Gruppe. Aber Calafia wurde das Gefühl nicht los, Cassa im Stich gelassen zu haben. Obwohl ihr Verstand ihr sagte, dass es gar nicht möglich gewesen wäre, Cassa zu helfen, fühlte sie, dass sie selber sich hätte opfern sollen. Aber dann wären sie wohl beide untergegangen. Sie und Marpessa hatten in Antonios Dorf Unterschlupf gefunden. Eine Zeitlang hatte Calafia gehofft, sie und Marpessa würden wieder Zugang zueinander finden, aber die Dorfgemeinschaft hatte darauf geachtet, sie möglichst voneinander zu trennen. Und wenn Calafia es auch lange nicht hatte wahrnehmen wollen, so hatte sich Marpessa auch mehr und mehr in den patriarchalen Strukturen zurechtgefunden. Als Calafia vor zwei Jahren aufgebrochen war, um die Frauen wieder um sich zu sammeln, war Marpessa nicht mitgekommen. Calafia hatte es erst nicht glauben wollen, als ihr die Botschaft überbracht wurde, dass sie nicht im Wald warten sollte, dass Marpessa bei ihrer Familie bleiben würde. Sie war das hohe Risiko eingegangen und hatte sich nachts zu Marpessa geschlichen. Marpessa war abweisend, fast feindselig. Sie warf Calafia Undankbarkeit gegenüber ihrer Gastfamilie und Treulosigkeit gegenüber Antonio vor. Calafia war völlig fassungslos. War das ihre Schwester? Sie war so verstört, dass sie beinahe laut geworden wäre, was unweigerlich zu ihrer Entdeckung geführt hätte.

Aber im letzten Moment besann sie sich und rief stumm die Göttin an. Und während Marpessa sie feindselig anstarrte, murmelte sie lautlos das Gebet an die Göttin. Die Antwort kam sofort und ganz klar. Calafia gehorchte, drehte sich ohne ein weiteres Wort um, murmelte einen segnenden Gruß und verschwand in der Nacht. Heute nun, wo sie alleine im Versammlungszelt saß, das erst kürzlich fertig gestellt geworden war, fühlte sie sich unendlich einsam. Eileithyia war verschollen, Cassa war tot, Marpessa hatte nicht nur sie, sondern alle Frauen verlassen. Calafia gab sich einen Ruck. Für Selbstmitleid war keine Zeit und keine Energie übrig. Sie hatte dreißig gesunde und starke Frauen um sich herum und ihre Vorratskammern waren gefüllt, die Herde gedieh gut. Es war viel, sehr viel und sie fühlte tiefe Dankbarkeit. Aber sie musste die Leere füllen, die nicht nur in dem Heiligtum präsent war, sondern die auch nach ihr und, wie sie immer wieder bemerkte, nach den Frauen griff. Sie wusste, sie selber konnte diese Leere nicht füllen. Dazu war sie zu sehr Kriegerin und zu wenig Priesterin. Sie drehte sich zum Heiligtum, füllte neue Kräuter in die Räuchergefäße, und sagte der Wächterin der heutigen Nacht Bescheid, dass sie die Nacht über hier im Zelt meditieren würde. Die junge Frau nickte eifrig. Sie wusste, das bedeutete, dass Calafia nur im Notfall und dann nur in Form eines bestimmten Rituals gestört werden durfte, um sie nicht unnötig oder unvorbereitet aus tiefer Meditation zu reißen. Calafia setzte sich vor das Heiligtum und bat um tiefe Konzentration, um Ruhe, um Weisheit und um Rat. Stunde um Stunde saß sie da. Immer wieder versuchte sie, sich mit dem Geist der Eileithyia zu verbinden, aber jedes Mal erschien Cassa vor ihrem inneren Auge. Calafia fing an zu kämpfen. Sie wollte diese Nacht nicht mit ihren Schuldgefühlen ringen, sie wollte einen Rat, eine Unterstützung wie sie sich selber und den Frauen priesterlichen Rückhalt und Weisheit holen konnte. Wie sie die Leere des Heiligtums füllen konnte. Wieder versuchte sie die Bilder von Cassa loszulassen und beschwörte Eileithyias Bild. Immer wieder bat sie die Göttin um Rat. Und wieder kam das Bild von Cassa zurück. Eine hagere Cassa, ausgemergelt, gezeichnet durch tiefes Leid aber mit leuchtenden sprühenden Augen. Augen, die Calafia an Eileithyias Augen erinnerten. Calafia seufzte erleichtert, da war ja Eileithyias Geist, vielleicht in Cassas Gestalt, aber durch diese Augen sprach sie mit Eileithyias Geist. Nun entspannte sie sich etwas, wiegte sich leicht vor und zurück und bat wiederum um Weisung. Aber statt eines Rates sah sie einfach nur Cassas Gestalt, die ein wenig schleppend ging, aber eine fast ätherische Leichtigkeit hatte, deren Augen strahlten. Und Cassa ging auf das Heiligtum zu und ließ sich dort nieder, als gehörte sie dort hin. Erschöpft gab Calafia auf. Sie wusste nichts mit diesen Bildern anzufangen. Cassa war tot. Offensichtlich konnte sie nicht mehr mit der Göttin kommunizieren. Sie konzentrierte sich nun auf Ruhe und fand schließlich allumfassende Leere, in der es keine Fragen und Antworten mehr gab. Als die Trommeln sie am nächsten Morgen aus der Meditation riefen, fühlte sie sich innerlich gestärkt. Am Abend berichtete sie den Frauen von ihren Visionen. Zum ersten Mal formulierte sie, dass sie diese Leere im Heiligtum empfand, dass sie selbst diese Leere in sich spürte und dass sie sie auch in den Frauen um sich herum spürte. Elena stand plötzlich zögernd auf. Sie schluckte und schaute unsicher zu Calafia, offensichtlich nicht sicher, ob sie sprechen sollte. Calafia nickte ihr aufmunternd zu und war gleichzeitig irritiert, dass ihre alte Freundin Elena dieser Aufmunterung bedurfte. War sie selber so autoritär, dass die Frauen unsicher wurden? Oder hatte einfach die Zeit in den patriarchalen Strukturen ihre Spuren hinterlassen? Doch als Elena jetzt zu sprechen begann, wurden ihre Worte mit jedem Wort sicherer. „Wissen wir denn wirklich mit Bestimmtheit, dass Cassa tot ist? Vielleicht ist sie gar nicht tot. So wie du, Calafia, Cassa in deiner Vision letzte Nacht gesehen hast, war das doch ein Bild von einer Cassa, die heute leben könnte. Eine Cassa, die Leid erfahren hat, deren Körper durch das Leid gezeichnet wurde, aber die dieses Leid überwunden hat. Das weist uns doch daraufhin, dass Cassa lebt. Vielleicht wollte die Göttin uns durch deine Vision sagen, dass der

Platz im Heiligtum für Cassa bestimmt ist." Elenas Worten folgte tiefe Stille. Alle schauten auf Calafia, aber Calafia war einfach sprachlos. Wie hatte sie nur so blind sein können, so von Schuldgefühlen und Trauer vernebelt. Natürlich, die Göttin hatte ihr geantwortet! Vielleicht war Cassa schon auf dem Weg hierher, oder sie sollten Cassa suchen. Sie atmete tief durch, plötzlich flutete wilde Hoffnung in ihr hoch, überschwemmte sie mit Glücksgefühlen und aufsteigender Angst, sodass sie unvermittelt in Tränen ausbrach. Die Frauen schauten betroffen und erst als Calafia sich bei Elena bedankte, atmeten sie erleichtert auf. Auch das zeigte Calafia, wie dringend ein Gegengewicht zu ihr in der Gruppe gebraucht wurde. Sie bat die Frauen Vorschläge zu machen, ihre Ideen und Vorstellung zu schildern. Nun wurde klar, dass schon mehrere Frauen über das Thema nachgedacht hatten. Sie diskutierten lange und am Ende beschlossen sie, dass die Frauen, die Cassa gut gekannt hatten und ihr nahe standen von nun an rund um die Uhr am Heiligtum wachen würden. Es würden jeweils zwei Frauen zusammen wachen und dabei Cassa visualisieren, wie sie den Weg zu ihnen finden würde und sich im Heiligtum niederlassen würde, ganz so, wie Calafia es in ihrer Vision gesehen hatte. Zusätzlich würden immer wieder kleinere Trupps von Frauen die Berge und die umliegenden Dörfer absuchen, sobald und solange es die Arbeiten mit den Pferden und das Auffüllen der Wintervorräte zuließen. Diese Frauen würden versuchen zu erfahren, ob irgendjemand Cassa gesehen oder von ihrem Schicksal und Verbleib gehört hatte.

Die Tage und Wochen vergingen. Sie waren für die Frauen mit viel Arbeit verbunden, aber auch mit Freude und Dankbarkeit. Sie alle genossen die zurück gewonnene Freiheit. Die Anstrengungen des täglichen Lebens, Krankheit und Leid wurden gemeinsam getragen. Und während die Zeit verging, hielten sie stetig an ihrem Entschluss fest. Ständig wachten zwei Frauen am Heiligtum, meditierten und visualisierten Cassa. In regelmäßigen Abständen ritt ein kleiner

Suchtrupp los. Manchmal wurde Calafia von Zweifeln gepackt, aber es war klar, dass allein schon das Anrufen und Visualisieren und auch die Suche nach Cassa einen Unterschied machte. Durch die stete Meditation am Heiligtum, schien das Heiligtum plötzlich mit Energie gefüllt, es schien gar nicht mehr so leer, so verwaist. Und die regelmäßig ausschwärmenden Suchtrupps kamen mit viel Wissen über die weitere Umgebung zurück. Sie fanden neue Kräuterplätze, entfernter gelegene Weidegründe, zu denen sie mit den Pferden ziehen konnten, wenn das Futter knapp wurde. Und nicht zuletzt fingen sie an, ganz vorsichtig mit den umliegenden Dörfern Kontakt aufzunehmen, um zu erfahren, ob irgendjemand Cassa gesehen hatte. So wussten sie bald viel besser, welche Dörfer ihnen feindlich und welche neutral oder sogar freundlich gesinnt waren. Im Ganzen hatte also diese Suche nach Cassa schon viel Heilsames bewirkt, auch wenn sie Cassa nie finden würden oder es nicht schaffen könnten, sie herbei zu rufen. Wenn Calafia selber am Heiligtum wachte, konzentrierte sie sich mit allen ihr zur Verfügung stehenden Kräften auf das Bild von Cassa, wie sie es in ihrer Vision gesehen hatte. Sie rief sie, sie schilderte ihr den Weg, sie bat sie zu kommen.

Als der Herbst immer kühler wurde, gab Calafia die Weisung, dass die Suchtrupps nicht mehr ausreiten sollten, Kräfte und Ressourcen mussten nun für den Winter gespart werden. Aber die Wachen am Heiligtum sollten aufrechterhalten werden, notfalls über den ganzen Winter. Neue Frauen sollten angelernt und in Meditation und Visualisierung geschult werden. Sie beschlossen gemeinsam, dass der Winter dazu genutzt werden sollte, alles vorhandene Wissen, sei es über die Pferde, über die Jagd, über die Gegend, über die Vorratshaltung aber vor allem auch das Wissen der Priesterinnen und Heilerinnen auf möglichst viele Frauen verteilt werden sollte.

Eines Abends, als sie alle im Versammlungszelt saßen und am Vortag schon die ersten Schneeflocken gefallen waren, gab die Wächterin draußen ein Signal. Calafias Magen zogen sich vor Schreck und vor schmerzlicher Erinnerung zusammen, sie war mit einem Satz aufgesprungen und griff zur Waffe. Doch Elena legte ihr beruhigend eine Hand auf den Arm: „Schhhhh... es ist das Signal für eine einzelne Frau." Calafia setzte sich wieder und lehnte sich zurück. Ihr Herz raste. Sie drängte die Bilder von dem Abend, an dem Cassa umgekommen war entschieden zurück und versuchte sich zu konzentrieren. Eine einzelne Frau. Sollte sich eine Frau aus den Nachbardörfern ihnen anschließen wollen? Das wäre gefährlich für sie alle, ihr Heimatdorf würde das nicht einfach so hinnehmen. Es sei denn, sie wäre verstoßen worden. Es war still geworden im Versammlungszelt. Gespannt warteten die Frauen auf ein Zeichen von Calafia. Calafia stand auf. Wer immer da kam, es wäre gut, wachsam und bereit zu sein. Sie mussten nicht lange warten. Schon bald stand die Wächterin am Eingang des Versammlungszeltes, in ihren Augen eine einzige große Frage. Mit einer einladenden Geste lud sie die draußen stehende Person in das Zelt ein. Und die Frau, die nun eintrat, glich in jedem kleinen Detail der Frau, die Calafia in ihrer Vision gesehen hatte. Cassa. Da stand sie plötzlich und schaute mit ihren strahlenden Augen in die Runde. Bis sie Calafia entdeckte, die in der ersten spontanen Bewegung erstarrt war. Dann gingen die beiden Frauen aufeinander zu, langsam, Schritt für Schritt, als wüssten sie selber nicht, ob sie lebten oder tot waren, wachten oder träumten. Als sie einander gegenüberstanden, war Calafia so überwältigt, dass sie in die Knie ging und sich tief vor Cassa verbeugte. Daraufhin ging auch Cassa in die Knie und legte ihre Hände neben die Calafias. Schließlich fielen die beiden Frauen einander in die Arme und Calafia wurde so warm ums Herz, das ihr vor Glück die Tränen die Wangen hinunterliefen. Nun brachen die Frauen in Jubel aus und sie begleiteten Cassa zum Heiligtum. Cassa stieg ohne zu zögern die kleinen Stufen zum Heiligtum empor und ließ sich dort nieder. Als es still wurde, begann Cassa zu sprechen. Sie sprach von dem Leid, dass sie erfahren hatte, von Gewalt und Zerstörung. Sie sprach davon, wie die Menschen um sie herum ihre heilenden Fähigkeiten bemerkt hatten und sie dadurch achten lernten. Aber auch wie sich dadurch die einheimischen Heiler bedroht fühlten. Und schließlich berichtete sie, wie in den letzten Monaten immer wieder Bilder von Calafia, von alten Freundinnen, von dem Versammlungszelt und von Pferdeherden durch ihre Träume und durch ihre Visionen gezogen waren. Am Anfang hatte sie gedacht, es seien Erinnerungen an vergangene, glücklichere Zeiten. Aber dann irgendwann hatte sie bemerkt, dass die Calafia, die sie sah, älter war, als die, die sie aus der Vergangenheit kannte. Sie sah an Elena eine Narbe quer durch das Gesicht, welche früher nicht da gewesen war. Und die Pferde waren von anderer Statur, kleiner, kräftiger, wendiger, als die Pferde, die sie früher in der Steppe gehabt hatten. Und da hatte sie plötzlich begriffen, dass dies alles Realität war, dass Calafia irgendwo lebte, dass Elena an ihrer Seite war, dass es wieder eine Frauengemeinschaft gab, die mit Pferden lebte. Und dass dieses Versammlungszelt, welches sie so oft in ihren Träumen und Visionen gesehen hatte, das sie irritiert hatte, weil es nicht so aussah wie jenes, an das sie sich erinnerte, dass es dieses Zelt wirklich gab. Bei diesen Worten schaute sie von Ehrfurcht erfüllt im Raum umher. Und die Frauen folgten ihrem Blick, der jedes Detail des Raumes staunend abzutasten schien. Der Raum war nun von dem geschehenen Wunder erfüllt. Und als Cassa nun erzählte, dass sie sich auf den Weg gemacht hatte, auf die Suche nach diesem Ort, dass sie sich von ihren Träumen und Visionen hatte leiten lassen auf dieser Suche, da nickten die Frauen. Irgendwann war Cassa dann in Dörfer gekommen, wo sie gefragt wurde, ob sie zu den Pferdefrauen gehörte. Und so wusste sie, dass sie bald am Ziel sein würde.

Die folgenden Jahre waren glückliche Jahre für die Frauen. Es gab viel zu lernen, viel harte Arbeit. Auch immer wieder Leid, Krankheit und Tod. Aber durch Cassa war das Heiligtum wieder zum Leben erwacht und Calafia fühlte eine unendliche Erleichterung, dass sie diese Verantwortung nicht mehr tragen musste. Cassa hatte sofort damit begonnen, eine Schule für Priesterinnen und Heilerinnen zu starten. Und die Frauen hatten nun auch wieder Kontakt zu den Dörfern in der Umgebung. Die eine oder andere Frau schloss sich ihnen an und die Frauen begannen, im Sommer Männer einzuladen. Bald wurden die ersten Kinder geboren. Diese Kontakte zu den benachbarten Dörfern führten natürlich unweigerlich wieder zu Konflikten und eines Tages war es erneut soweit, dass ein bewaffneter Angriff abgewehrt werden musste. Die Frauen schlugen sich gut und hatten keine Schwierigkeiten, die Gruppe schlecht organisierter Angreifer in die Flucht zu schlagen. Am Abend war das Versammlungszelt von begeisterten, stolzen Erzählungen erfüllt und nur die älteren Frauen, unter ihnen Cassa, Calafia und Elena, waren voller Sorge und bedrückt. Sie wollten den Kriegerinnen ihren Stolz und Kampfgeist nicht nehmen, denn sie wussten, Stolz und Kampfgeist würden sie in Zukunft brauchen. Aber die Sorge vor dem, was kommen würde, hing schwer über ihnen. Calafia kämpfte nicht nur mit Sorge, sondern auch mit maßloser Wut, die in ihr hochkochte. Calafia war nicht bei dem Kampf dabei gewesen, da Cassa sie gebeten, ja fast gefordert hatte, dass sie im Lager blieb, um die zurückbleibenden Frauen zu organisieren und im Falle eines Falles die Flucht anzuführen. Aber Turkia, eine der besten Kriegerinnen, hatte ihr Bericht erstattet. Calafia hatte gespürt, dass sie etwas verschwieg und nach mehrmaligem Nachfragen, erzählte Turkia, dass der Anführer der feindlichen Gruppe sich nur halbherzig an den Kämpfen beteiligt hatte. Vielmehr schien er jemanden zu suchen. Als der Kampf entschieden war, hatte er sich noch einmal umgedreht, und geschrien: „Und falls ihr eine Calafia kennt, dann sagt dieser Hexe, dass ich sie finden werde. Ich werde solange keine Ruhe geben, bis ich sie gefunden habe." Calafia hatte sich eine genaue Beschreibung von dem Anführer geben lassen und es war klar, es war Antonio. So hatte er sie doch gefunden und sie wusste, es hatte keinen Zweck ihm ausweichen zu wollen. Damit würde sie nur die Frauen gefährden. Sie musste sich ihm stellen. Sie spürte, wie ihre Wut in

Hass umzuschlagen drohte. Warum konnte er sie nicht einfach in Ruhe ihr Leben leben lassen. Er hatte Frau, Kinder und Familie. Sie spürte Cassas bittenden Blick auf sich. Sie hob den Kopf, schaute sie an und sagte: „Ich muss es tun. Es gibt keine andere Möglichkeit." „Gut" entgegnete Cassa „dann komme ich mit dir." „Nein. Du musst hier bleiben. Du wirst hier gebraucht. Mich kann Turkia vertreten, solange ich fort bin. Ich werde wiederkommen. Aber für dich gibt es keinen Ersatz hier. Noch nicht. Es dauert mindestens noch 10 Jahre, bis die ersten Heilerinnen und Priesterinnen soweit sind." Cassa wusste, Calafia hatte Recht. Sie konnte nicht gehen. Sie musste bleiben. Aber musste denn Calafia gehen? Als könnte sie ihre Gedanken lesen, sagte Calafia nun: "Ich kann keine andere Frau schicken, das für mich zu tun. Es wäre nicht fair." Cassa nickte stumm. Sie wusste, es hätte mehr als eine Frau gegeben, die Calafia diesen Dienst mit Stolz und Freude erwiesen hätten. Aber Calafia hatte Recht, es wäre nicht richtig gewesen.

Calafia brach im Morgendämmern des nächsten Tages auf. Cassa begleitet sie bis zum Waldrand. Stumm umarmten sie sich. Cassa war voll banger Vorahnungen, während Calafia nun ihrer Wut und Rachelust Raum gab. Als Calafia mit ihrer Stute zwischen den Bäumen verschwand, schloss Cassa die Augen. Sie wollte nichts sehen, wollte keine Visionen, dessen was geschehen würde, sie würde sich darauf konzentrieren, Calafia heilende Energie zu schicken.

Calafia ritt schnell. Sie musste die Gruppe einholen, bevor sie wieder in ihr Heimatdorf zurückgekehrt waren. Dann musste sie Antonio irgendwie von der Gruppe fortlocken. Sie fand bald Spuren. Die Gruppe war sehr unachtsam und schien weit verstreut zu reiten. Sie waren langsam, offensichtlich hatten sie Verletzte bei sich. Am Vormittag des zweiten Tages hatte Calafia die Gruppe eingeholt. Und tatsächlich, Antonio ritt als letzter, weit hinter den anderen. Es schien, als warte er darauf, dass sie ihm folgte. Calafia spürte einen Stich. Kannte er sie so gut? Nun, sie kannte ihn auch. Sie gab ihrer

Stute ein Zeichen, sodass diese schnaubte. Gerade leise genug, dass die Männer sie nicht hören konnten. Aber Antonios Hengst reagierte sofort und drehte sich um.

Antonio reagierte zuerst verärgert, aber der Hengst stellte sich stur und starrte angestrengt in ihre Richtung. Nun machte Calafia eine auffällige Bewegung und kaum dass Antonio sie gesehen hatte, begann er sofort sie zu verfolgen. Wie Calafia voraus gesehen hatte, gab er keinem seiner Freunde Bescheid und diese merkten auch nicht, dass er umgedreht war, da sie eine gute Strecke vorausritten. Calafia simulierte eine Flucht, leise, so als wollte sie nicht auffallen. Antonio lachte höhnisch und gab seinem Hengst die Sporen. Der Abstand zwischen ihnen verringerte sich schnell. Als Calafia sicher war, dass sie außer Sicht und Hörweite von Antonios Freunden waren, wendete sie ihre Stute und hielt an. Antonio stand jetzt keine 20 Meter von ihr entfernt. Er fing an, sie zu verhöhnen und zu beschimpfen. Er erzählte ihr in obszönen Worten von Marpessa, die er zu sich genommen hatte, nachdem Calafia sie einfach im Stich gelassen habe. Calafia zwang sich, nicht hinzuhören. Sie konzentrierte sich und ihre Stute und ging dann unvermittelt zum Angriff über. Sie war schnell und erbarmungslos und der Kampf war kurz. Aber in einem letzten Aufbäumen rammte ihr Antonio sein Messer in die Seite und sie fühlte, wie tief in ihr etwas verletzt wurde. Als sie sicher wusste, dass er tot war, stieg sie sofort wieder auf ihre Stute und ritt so schnell sie konnte. Sie wusste, Antonios Männer würden ihn suchen und so verwischte sie sorgfältig alle ihre Spuren als sie das Tal verließ. Die Männer waren nicht geschult im Fährtenlesen, sie würden ihr nicht folgen können. Sie ritt anderthalb Tage ohne Pause und merkte, wie sie immer schwächer wurde. Sie hatte Blut verloren und das Atmen fiel ihr schwer. Aber schlimmer war die abgrundtiefe Verzweiflung, in die sie gefallen war, kaum dass der Kampf vorbei war. Ohne ihre zuverlässige Stute hätte sie nicht nach Hause gefunden. Als sie schließlich bei den Frauen ankam, glitt sie vom

Pferd und fiel sofort in eine tiefe Bewusstlosigkeit. Die nächste Zeit schwebte sie in einer grauen Dämmerung, sie spürte Cassas Anwesenheit, spürte wie sie sie zurückholen wollte. Aber sie hatte keine Kraft mehr. Es war, als hätte der Kampf sie alle Lebensenergie gekostet. Doch eines Nachts erreichte Cassa sie. Sie fühlte, wie Cassa um sie kämpfte, wie sie ihr sagte, sie dürfe so nicht sterben. Cassa mahnte sie, ihr Bewusstsein dem Licht zuzuwenden. Wenn sie sterben wolle, dürfe sie nicht in dieser grauen leeren Dämmerung verharren. Und so nahm Calafia alle ihre Kräfte zusammen und konzentrierte ihr Bewusstsein auf Cassa, konnte noch einmal Worte der Liebe und des Dankes sprechen, fühlte ihre heilenden, führenden Hände, bündelte zusammen mit Cassa das Licht und ließ sich zuerst von Cassa und dann von diesem Licht in die unendliche strahlende, lichte Weite des Universums gleiten.

Charlotte war tief bewegt, als sie zu Ende gelesen hatte. Es waren noch zwei Stunden bis sie in San Francisco landen würden. Sie war todmüde, aber sie hatte ein sicheres und entschlossenes Gefühl. Sie würde ihre Rede halten, sie würde versuchen zu überzeugen. Und dann würde sie wieder nach Hause fahren. Das war alles was sie tun konnte, alles was wohl von ihr verlangt wurde. Irgendwie hatte die Geschichte der Calafia ihr Überzeugung geschenkt. Obwohl oder gerade weil Charlotte tief erschüttert war, von dem Leben, dem Kampf und dem Sterben Calafias, fühlte sie eine große Sicherheit in sich aufsteigen. Alles was sie tun konnte, war zu versuchen, den Kampf der Frauen weiterzuführen. Der Kampf, der seit Jahrtausenden währte. Es gab Zeiten, da schien dieser Kampf zu erliegen, aber ganz erlöschen tat er nicht.

Sie kam am frühen Nachmittag in San Francisco an und wurde von zwei Frauen am Flughafen empfangen. Barb war sicher gut zehn Jahre älter als sie und hatte lange grau glänzende Haare. Barb empfing Charlotte mit großer Herzlichkeit. Sie hatte viel Erfahrung in der Arbeit mit traumatisierten Frauen aber auch mit der Arbeit zur Gewaltprävention. Neben ihrer eigenen therapeutischen Praxis leitete sie die Dependance der Association of Women Rights in San Francisco. Die zweite Frau war Debby. Debby hatte Charlottes Reise organisiert und war auch für Charlottes Betreuung und Unterkunft zuständig. Sie arbeitete ehrenamtlich für die Association und war hauptberuflich in einem Frauenbuchladen angestellt. Die beiden Frauen luden Charlotte zum Abendessen ein. Charlotte fiel beinahe um vor Müdigkeit, aber sie hielt tapfer durch bis zum frühen Abend, dann sank sie in ihr Bett und schlief tief und traumlos bis zum nächsten Morgen.

Als sie am späten Vormittag vorne auf dem Podium stand, war ihre anfängliche Nervosität schnell verflogen. Sie meinte kurz hinten im Auditorium wieder die alte Frau mit den leuchtenden Augen zu sehen. Oder war es das junge Mädchen? Ihr Herz klopfte, sie winkte, aber niemand winkte zurück. Schnell senkte sie den Kopf, atmete tief durch, konzentrierte sich und murmelte das Mantra der Göttin. Als es still im Saal wurde, begann sie zu sprechen. Nach ihrer Rede hatte sie das Gefühl, als hätte eine andere für sie gesprochen. Sie wusste gar nicht mehr, ob sie wirklich alles gesagt hatte, was zu sagen war. Aber offensichtlich hatte sie das, denn worüber die Frauen diskutierten, war genau das, was in ihren Vortragsnotizen stand. Und offensichtlich war ihre Rede ein großer Erfolg. Nicht nur während der Diskussion, noch während des ganzen Nachmittags und Abends und dem Workshop am nächsten Morgen wurde sie und ihre Argumente zitiert und ins Feld geführt. Sie war stolz und glücklich. Sie war im Rahmen eines Wochenendworkshops über Traumatisierung und Gewalt an Frauen eingeladen worden und sie war fasziniert von den anderen Rednerinnen, aber auch von den Diskussionsteilnehmerinnen. Sie fühlte sich zum ersten Mal in ihrem Leben wirklich mit diesem Thema verstanden, traf Frauen, die sich schon mindestens genauso viele Gedanken zu diesem Thema gemacht hatten wie sie oder sogar schon Jahrzehnte damit arbeiteten. Sie war überwältigt, dass alle diese Frauen ihr so viel Anerkennung entgegenbrachten, soviel wissendes Verständnis. Und gleichzeitig auch viel Toleranz und das Bemühen ihre andere Kultur und Empfindungen zu verstehen.

Den Abschluss des Workshops am Sonntagabend feierten sie alle zusammen mit einem Fest. Anfangs genoss Charlotte die ausgelassene Stimmung, das ungenierte Flirten und Werben unter den Lesben. Auch sie war beliebtes Ziel dieser Werbungen und schon bald merkte sie, wie schwer es ihr fiel, dabei locker und fröhlich zu bleiben. Ein so offenes aber auch deutliches Flirten unter Frauen war sie nicht gewohnt und so zog sie sich früh zurück, obwohl sie nicht wirklich müde war. Sie beschloss zu Fuß zu ihrer Unterkunft zurückzugehen und so schlenderte sie versunken durch die laue Sommernacht. Sie hatte sich den Stadtplan genau angeschaut und ging nun den direkten Weg zurück. Sie war in Gedanken versunken, als sie plötzlich auf der anderen Straßenseite zwei Gestalten auftauchen sah. Das schreckte sie auf und sie schaute sich plötzlich achtsam um. Wie hatte sie nur so dumm und unvorsichtig sein können. Sie war mitten in eines der ärmeren Viertel geraten. Innerhalb von wenigen hundert Metern, war sie aus dem sicheren, weißen Mittelklasseviertel in eine arme gemischtrassige Wohngegend geraten. Vor ihr war eine Brückenunterführung unter der ein Mann in einem Rollstuhl saß. Er hing eigentlich mehr in seinem Rollstuhl, als dass er darin saß. Er war völlig verdreckt, seine Kleidung ärmlich und zerrissen und bei genauerem Hinsehen war Charlotte nicht sicher, ob er überhaupt noch lebte. Die beiden Männer auf der anderen Straßenseite, schauten nun neugierig zu ihr hinüber und Charlotte merkte, wie Panik in ihr hochschlug. Sie blickte sich hektisch um, was die beiden Männer, zwei große, durchtrainierte Schwarze, auflachen ließ und sie dazu veranlasste, irgendeinen höhnischen Spruch hinüberzurufen, den Charlotte nicht verstand. Ihr

Herz klopfte wild und sie wusste, sie musste nun ruhig und überlegt handeln. Genau in diesem Moment kam ein Taxi um die Ecke. Charlotte winkte, aber es war besetzt. Sie hatte kurz Blickkontakt mit der Frau, die auf der Rückbank saß, eine sehr elegant und wohlhabend gekleidete, ältere schwarze Frau. Das Taxi verschwand um die nächste Ecke und die beiden Männer von der gegenüberliegenden Ecke wechselten auf ihre Straßenseite und versperrten ihr damit den Rückweg. Einen Moment überlegte Charlotte zu schreien, einfach um Hilfe zu rufen. Aber dieses Viertel vermittelte nicht den Eindruck, als würde sich irgendwer darum scheren, wenn eine weiße Frau aus der Mittelklasse hier um Hilfe schrie. Sie atmete tief durch und wechselte nun ihrerseits die Straßenseite. Daraufhin wechselte einer der Männer auch die Straßenseite. Nun war endgültig klar, dass die Männer die Absicht hatten, sie zu belästigen. Charlotte sah sich um, ob eines der Häuser vertrauenerweckend aussah, konnte sich aber nicht wirklich für eines davon entscheiden. In diesem Moment kam das Taxi zurück und hielt direkt neben ihr. Die Frau auf der Rückbank bedeutete ihr einzusteigen und Charlotte folgte dieser Anweisung ohne zu überlegen. Das Taxi gab daraufhin sofort Gas und Charlotte sah nur noch, wie die beiden Männer etwas hinter ihr herriefen. „What the hell were you doing there?" Die Frau, die Charlotte nun konfrontierte, war mehr ärgerlich als besorgt und vor allem schien sie ärgerlich auf Charlotte zu sein, nicht so sehr über die Männer. Charlotte schluckte. Sie murmelte eine Entschuldigung und dass sie sich wohl verirrt hatte im Viertel. Das machte die Frau noch ärgerlicher: „Was heißt hier verirrt. Wenn etwas passiert wäre, hätten die Cops wieder eine schöne Entschuldigung gehabt, das ganze Viertel aufzumischen. Und glaube bloß nicht, es hätte die wirklichen Schuldigen erwischt. Zeugen wird es hier nie geben und als Antwort darauf wären wieder zehn bis zwanzig unschuldige schwarze Männer hinter Gittern gelandet." Ihre Augen funkelten zornig. „Wenn die Bullen nicht gleich in ihrer Begeisterung irgendeinen von

ihnen tot geprügelt hätten, weil er einfach nur zur falschen Zeit am
falschen Ort war." Der letzte Satz klang sehr bitter. Plötzlich war alles
zu viel für Charlotte. Der Jetlag steckte ihr noch in den Knochen, die
Anstrengung der letzten Tage, und die eben erlebte Angst – sie brach
in Tränen aus. Gleichzeitig war ihr das peinlich, die Frau hatte ja
Recht, sie hatte sich wie eine blöde, dumme Touristin benommen. Sie
kämpfte um ihre Fassung, brachte aber kein weiteres Wort heraus.
Ihre Retterin schien nun etwas besänftigt: „Du bist nicht von hier."
Stellte sie fest und musterte Charlotte neugierig. „Du bist Europäerin.
Wie um alles in der Welt bist Du in diesem Viertel gelandet? In einem
der gefährlichsten der ganzen Stadt?" Charlotte senkte beschämt den
Kopf. Dann begann sie zu erzählen, erst stockend, dann immer
flüssiger. Sie wunderte sich selber. Ihr Gegenüber unterbrach sie nur
einmal, um sich kurz vorzustellen und um Charlotte zu fragen, ob sie
sie auf einen Kaffee einladen dürfe. Sie hieß Charlene und ihre
Freude über die Begegnung mit einer Fast-Namensvetterin war von
kindlicher Spontanität und schien all ihren Zorn wegzuspülen. Kurze
Zeit später saßen sie in einem kleinen Café. Charlotte hatte einen
beruhigenden Tee vor sich, während Charlene starken schwarzen
Kaffee gewählt hatte. Charlotte wunderte sich, wie offen sie erzählen
konnte, so als kenne sie diese Frau schon lange. Sie erzählte von
ihrem Vortrag, von dem Workshop, von den Diskussionen. Sogar von
der anschließenden Party und ihrem Unbehagen. Hier lächelte
Charlene und ergriff das Wort: „Weißt Du, nun muss ich eine
Europäerin treffen, um zu lernen, dass bei den Weißen auch nicht
alles Zuckerschlecken ist. Irgendwie habe ich das nie wahrgenommen
oder wollte es nie wahrnehmen, dass auch in den reichen,
verwöhnten, weißen Familien Missbrauch und Gewalt präsent sind."
Und dann erzählte sie von ihrem Viertel, wo zu 90% Schwarze
wohnten, wo jeder zweite junge Mann im Gefängnis saß oder schon
einmal eine Haftstrafe verbüßt hatte. Wo Polizisten Unschuldige auf
der Straße krankenhausreif schlugen, weil sie keine Lust hatten, die
eigentlichen Täter zu suchen. Wo Gewalt, Mord, Demütigungen auf

der Tagesordnung standen. Zum Schluss entschuldigte sie sich bei Charlotte für die unfreundliche Begrüßung, aber Charlotte winkte ab. „Ich habe mich wirklich unglaublich dumm verhalten. Und ich bin dir sehr dankbar, dass du zurückgekommen bist und mich geholt hast." Charlene schwieg einen Moment. Dann sagte sie nachdenklich: "Wenn ich ehrlich bin, ging es mir nicht darum, dich zu retten. Du warst für mich nur eine von diesen arroganten weißen Gören, die glauben, die Freiheit für sich gepachtet zu haben und sich alles erlauben zu können. Ich wollte in erster Linie eine nächtliche Razzia im Viertel und die Gewalttaten der Polizei, die damit einhergehen, verhindern. Ich muss sagen, dafür schäme ich mich jetzt selber, und ein wenig hast du mir die Augen für die andere Seite geöffnet. Seltsam, dass dafür eine Europäerin den weiten Weg nach downtown San Francisco machen musste." Jetzt lächelte sie und Charlotte fühlte plötzlich tiefe Bewunderung für diese elegante, wunderschöne Frau, die in einem der ärmsten Viertel der Stadt lebte, obwohl sie sicher auch woanders hätte wohnen können. Sie sprachen nun nicht mehr viel, es schien alles gesagt. Als sie aufbrachen, rief Charlene für Charlotte ein Taxi. „Nicht, dass du wieder schnurstracks in die Ghettos rennst", lachte sie. Sie hatten Telefonnummern getauscht und Charlene hatte ihr versichert, sie würde sie bald anrufen. Aber Charlotte wusste, dass würde nicht passieren. Mit einem kurzen heftigen Gefühl des Verlustes wurde ihr bewusst, dass sie sich wahrscheinlich nie mehr wiedersehen würden. Diese Abschiedsfloskeln waren einfach die amerikanische Art der Bestätigung, dass sie sich sehr mochten und dass es ein gutes Gespräch gewesen war.

# Sommer-sonnenwende

# 21. Juni

## ...Höhepunkt...

...Sonne, Feuer, Leidenschaft...

...Höhepunkt der Kraft, Höhepunkt der Macht...

...lange Tage, kurze Nächte...

...fließende Grenzen, scharfe Übergänge...

*Höhepunkt des Lichts, Höhepunkt der Kraft, Höhepunkt der Leidenschaft, Höhepunkt der Macht. Wir feiern den längsten Tag und die kürzeste Nacht. Es ist die Zeit der unbemerkten Wunder. Die Zeit, in der Wunder der Schönheit, der Heilung, der spirituellen Begegnung um uns herum im Rausch der Kraft, der Sonne, der Leidenschaft unbemerkt vorüberziehen. Die Natur auf dem Höhepunkt der Entfaltung.*

*Ich sitze im Wald an einer Eiche, ausgebrannt, leer, erschöpft vom Überdrehen durch zu viel Aktivität. Da landet neben mir ein Rotkehlchen, ganz nah seine großen Augen, seine zarte Zerbrechlichkeit. Und der glasklare, perlende Gesang hat eine Stärke, die mir sofortiges Vertrauen und Trost schenkt. Doch kaum bemerke ich das Wunder der Veränderung, denn in diesem Moment beginnt schon flötend und wehmütig der Pirol sein wunderschönes Lied und fordert meine Aufmerksamkeit.*

*Die Welt kommt auf dem Gipfel für den sekundenlangen Bruchteil einer Ewigkeit zum Stillstand. Oder hoffen wir Menschen nur auf diesen winzigen Moment des Aufschubs? Denn wir sind uns nur allzu bewusst, dass den Höhepunkt zu erreichen bedeutet, dass anschließend wieder bergab geht. Vielleicht wissen das alle Wesen um uns herum, aber nur uns bekümmert es. Mit Leidenschaft und Betriebsamkeit sperren wir uns dagegen, verdrängen, ignorieren. Und so birgt dieser Höhepunkt der Macht, der Liebe, der Kraft, der Leidenschaft auch gleichzeitig die Angst vor dem Bergab, dem Abstieg vom Gipfel.*

*Heute ist der Tag, an dem unsere Kraft, unser Schaffen, die Umsetzung unserer Visionen in voller Entfaltung sein kann. Und so fragen wir uns: Was brauchen wir, dass wir uns voll entfalten können? Was hindert uns, unsere Kraft und unsere Macht in ganzer Stärke zu leben? Was hält uns zurück, unsere Schönheit zu leben, voll und ganz zu erblühen? Was engt unser Herz ein, sodass es sich nicht in vollkommener Liebe öffnen kann? Was hindert uns, ganz im Moment zu leben, den Augenblick in Hingabe zu genießen? Im Grunde ist es wieder die Angst vor der Vergänglichkeit des Moments, die uns daran hindert. Diese Angst kann viele Gesichter haben: die Angst vor der*

*Beurteilung und der Meinung anderer, die Angst, nicht gut genug zu sein, die Angst vor Krankheit, Schmerzen und Leid.*

*Vorschlag zum Ritual: So viel Zeit wie es uns möglich ist, verbringen wir an diesem Tag in der Natur. Wir nehmen Verbindung mit der Natur auf, machen uns bewusst, dass wir Teil der Natur sind. Wir versuchen zu verstehen, dass jeder Augenblick des Lebens sowohl ein Höhepunkt ist, wie auch ein Abstieg vom Gipfel. Im selben Moment, in dem wir noch um den Aufstieg kämpfen, geht es auch schon bergab. Und wir sind noch nicht im Tal, da sehen wir schon wieder den nächsten Anstieg. Wir sammeln Symbole, die uns daran erinnern, was uns im Leben von der vollen Entfaltung zurückhält. Wir kommen abends am Feuer zusammen, bringen unsere Symbole mit und erzählen uns, was sie bedeuten. Falls wir die Möglichkeit dazu haben, binden wir einen großen Blumenkranz, in den wir unsere Symbole hineinweben. Dann feiern wir wie immer mit den mitgebrachten Speisen einen Festschmaus. Ein Sprung über das Feuer zu später Stunde symbolisiert unsere Überwindung der Angst, den fließenden Übergang von Aufstieg und Abstieg ohne Verharren.*

*Einordnung im Jahreskreis: Die Vision, die wir an Lichtmess in die Welt gesetzt, zum Frühjahrsanfang genährt und gepflegt, an Beltane durch die Vereinigung der männlichen und weiblichen Kraft gestärkt haben, sollte in der Zeit um Sommersonnenwende mit voller Kraft umgesetzt werden. Wir sind in der vollen Kraft unseres Wirkens, bevor wir zu Lammas wieder innehalten, um über die innere Ernte zu reflektieren und zu danken*

Am nächsten Morgen erwachte Charlotte früh, obwohl es spät gewesen war, bis sie endlich einschlafen konnte. Sie frühstückte nur kurz und nahm dann ein Taxi zum Seals Rock. Von dort wanderte sie die Steilküste entlang Richtung Norden. Sie war froh und beschwingt, genoss noch einmal den Erfolg ihres Vortrages und des Workshops. Die Küste war wild, grün, steilabfallend und unten toste der Pazifik. Tief sog sie die würzige Meeresluft ein. Doch dann kamen die Gedanken an die Party und sie hatte im Nachhinein das Gefühl, sich linkisch und unbeholfen in der für sie so ungewohnten Szene bewegt zu haben. Als ihre Gedanken dann zu ihrem abendlichen Spaziergang drifteten, wurde ihr vor Scham ganz heiß. Wie hatte sie nur so dumm sein können? Die nachträgliche Scham lähmte sie so, dass sie wie angewurzelt mitten auf dem Weg stehenblieb. Da fiel ihr Blick auf eine ihr völlig unbekannte Blume, deren Knospe sich weiß leuchtend im leichten Wind wiegte. Das holte sie wieder in die Wirklichkeit zurück, und seufzend beugte sie sich vor und legte die Hände vorsichtig um die Blüte. Sie stellte sich vor, wie aus der Erde heraus durch diese Blüte Energie in ihre Hände und von ihren Händen durch ihre Arme bis in ihr Herz strömte. Ihr Herz wurde warm, weitete sich, wurde wieder offen für die Schönheit der Landschaft und des Meeres um sie herum. Charlotte bog vom Weg ab, und setzte sich etwas geschützt hinter einen Busch mit Blick auf das Meer. Heute war Sommersonnenwende, der längste Tag, die kürzeste Nacht des Jahres. Sie wusste nicht, ob die Frauen feierten, sie hatte nicht danach gefragt. Aber, so fühlte sie, hier inmitten der Blütenpracht, bei strahlender Sonne, war es ein guter Platz um den längsten Tag des Jahres zu feiern. Heute wenn der Sommer gerade erst anfing, begannen die Tage wieder kürzer zu werden. Höhepunkt und Vergänglichkeit. Ein guter Tag, um ein zweites Mal und in Ruhe die Geschichte der Calafia zu lesen. Ihr Blick verlor sich eine Weile in der endlosen Weite des Ozeans. Dann griff sie nach ihrer Tasche und zog die alten vergilbten Blätter hervor. Dieses Mal las sie sie ganz langsam, aufmerksam, mitfühlend. Zwischendurch hielt sie immer wieder inne und blickte auf, um sich in der Weite des Ozeans zu verlieren. Wenn sie wieder ruhig und offen war, las sie weiter. Einmal unterbrach sie, um das mitgebrachte Picknick zu essen. Ein zweites Mal um ein halbes Stündchen zu schlafen. Sie wusste, hier war sie sicher. Hier war „Weiße-Mittelklasse-Zone" und sie sah auch mehrmals hinten auf dem Weg die Polizei patrouillieren. Es war ihr ein Rätsel, wie dieses System funktionierte. Innerhalb weniger hundert Meter wechselte die Szene von „weiß, wohlhabend, sicher" zu „farbig, arm, gefährlich". Und doch schien es so gut zu funktionieren, dass sie hier nichts von der Gefahr des gestrigen Abends spürte. Sie genoss den Tag und als sie die Geschichte ein zweites Mal ganz zu Ende gelesen hatte, wusste sie, dass sie die Sicherheit und das Vertrauen während und nach ihrem Vortrag aus dieser Geschichte gezogen hatte. Sie hatte den Kampf der Calafia wieder aufgenommen, dieses Mal mit Worten und ohne Gewalt, ohne zu töten. Vielleicht war das die einzig wirkliche Lösung, vielleicht war das der Weg.

Die nächsten Tage waren leicht und unbeschwert. Charlotte liebte das „weiße" San Francisco sofort, als wäre es ihre Heimatstadt. Sie folgte den Straßen, Wegen und Gassen bergauf, bergab, die Hügel hinauf und hinunter. Sie nahm einen Leihwagen und fuhr nach Norden zu den Redwoods, nach Süden die atemberaubend schönen Küsten entlang. Viel zu schnell verflog die Zeit und viel zu schnell saß sie wieder am Flughafen und wartete auf ihren Rückflug. Als sie dort saß und sich in der unpersönlichen Flughafenatmosphäre umschaute, durchströmte sie tiefe Dankbarkeit. Sie hatte einige wirklich außergewöhnliche Frauen kennengelernt und Freundinnen gewonnen. Sie wusste aus eigener Erfahrung wie schwierig es war, Freundinnen zu haben mit denen man sich wirklich auf tiefer Ebene über die Problematik des Missbrauchs austauschen konnte, ja mit denen sogar ein Gespräch über den eigenen Missbrauch möglich war. Darüber zu sprechen, ohne sich zurückgewiesen oder unverstanden zu fühlen, war wirklich eine ganz besonders wohltuende Erfahrung.

Mit Trauer und Resignation dachte Charlotte an die Freundinnen, die sie über diesem Thema verloren hatte. Damals, als sie ganz frisch auf ihren eigene Missbrauchsgeschichte gestoßen war, als sie sich innerlich wund und unsicher gefühlt hatte. Zu dieser Zeit brauchte sie ihre Freundinnen mehr denn je, aber die meisten ihrer Freundschaften waren diesem Thema nicht gewachsen gewesen. Eine Freundin erklärte ihr, sich missbraucht zu fühlen wäre heutzutage ja schon fast eine Modewelle. Wenn Frauen mit ihrem Leben nicht zufrieden seien, würden sie sich selber diese Unzufriedenheit mit einem angeblich stattgefundenen Missbrauch in ihrer Kindheit erklären. Eine andere Frau hatte ihr sehr taktvoll erklärt, wie leicht man sich solche Erinnerungen einbilden könnte und hatte ihr lang und ausführlich das Freud`sche Ödipus Konzept erklärt. Charlotte schüttelte es noch immer, wenn sie daran zurückdachte. Sie war damals so von Zweifeln an ihre eigenen Erinnerungen gebeutelt, dass sie nächtelang nicht schlafen konnte. Und nur ihre immer wiederkehrenden Rückenschmerzen, die sie bis zur totalen Lähmung quälten, hatten sie dazu gezwungen, den Missbrauch als Realität anzuerkennen. Damals war für sie die einzige Lösung gewesen, den Kontakt zu diesen Freundinnen abzubrechen. Und so war sie zu all ihrem Leid noch plötzlich sehr alleine, sehr einsam, und verloren. Einige wenige Freundinnen waren ihr geblieben, meist weil sie selbst schon auf das Thema gestoßen waren, bei sich selber, in ihrer Arbeit mit Frauen oder bei anderen Freundinnen. Und nun hatte Charlotte in San Francisco gleich ein ganzes Dutzend Frauen kennen gelernt, für die dieses Thema schon fast Normalität, oder zumindest zum alltäglichen geworden war. Sie seufzte, als sie daran dachte, wie geborgen sie sich unter diesen Frauen gefühlt hatte. Sie musste sich nicht rechtfertigen, manchmal musste sie nicht einmal erklären.

Die Rückkehr aus San Francisco wurde schwer für Charlotte. Als der Flieger in Zürich landete, fühlte sie sich wie zerschlagen. Sie wusste natürlich, dass niemand sie am Flughafen abholen würde, keiner sie erwartete. Ungeduldig wartete sie am Band, bis ihr Koffer kam. Obwohl sie keine Eile hatte, fühlte sie sich extrem gehetzt. Sie versuchte, ruhig zu atmen. Das Band war noch nicht einmal angelaufen, es hatte gar keinen Zweck auf die Öffnung zu starren, wo die Taschen und Koffer aus dem Untergrund auftauchen würden. Sie wendete sich ab, halbherzig griff sie in ihre Tasche und fühlte die Blätter der Calafia. Sie fühlten sich einfach nach Papier an, etwas mürbe, stumpf. Keine Magie war mehr darin, einfach eine Geschichte. Charlotte seufzte. Sich ändernde, wandelnde Wirklichkeiten. Das Hochgefühl, das Gefühl der Geborgenheit, des Erfolgs, des Eingebunden-Seins war vorbei. Sie fühlte sich allein, sinnlos. Am Montag würde sie wieder zur Arbeit gehen, was sollte sie dort? Charlotte atmete entschlossen tief durch. Nein, nicht jetzt. Und jetzt rollte auch endlich das Band an, sie konnte ihren Koffer holen, ging schnell durch den Zoll, verbot sich einen suchenden Blick, ob nicht doch irgendjemand auf sie wartete und ging eilig zu den Bahngleisen. Im Zug dann konnte sie endlich ein wenig schlafen, wenn auch unruhig.

Zu Hause war es eine Erleichterung in die vertraute Wohnung zurückzukommen. Charlotte zündete eine Kerze und ein Räucherstäbchen vor der Tara an und bat um Mitgefühl für sich, für alle kranken, alten, leidenden Wesen. Dann begrüßte sie ihre Blumen und gab ihnen Wasser. Cleo ließ sich erst einmal nicht blicken. Nachdem Charlotte ihre Taschen ausgepackt hatte, füllte sie die erste Waschmaschine. Obwohl sie bleierne Müdigkeit in den Knochen spürte und einen leichten Kopfschmerz, versagte sie sich zu schlafen. Sie wusste wie schwer es sein würde, den Jetlag zu überwinden, wenn sie jetzt nicht durchhielt. Sie zog ihre Stallklamotten an und fuhr zum Stall. Voyou stand auf der Koppel. Sie blieb einen Moment im Auto sitzen und beobachtete die Pferde. Voyou stand relativ ruhig. Aber man sah ihm an, dass es ihm schwer fiel, sich auszubalancieren. Zwischendurch musste er immer wieder sein Gewicht verlagern. Immer wieder musste er sich drehen, um eine neue Position finden. Ihr kamen die Tränen. Was war die richtige Entscheidung? Sie stieg aus und brachte ihm eine Banane, die er besonders liebte. Sie war hilflos. Was sollte sie tun? Ihn putzen? Den Stall sauber machen? Sie versuchte mit ihm Kontakt aufzunehmen und legte ihm die Hände auf. Sie bat die Göttin um Energie und Heilung. Sie spürte, wie sehr es an ihren Hände zog. Spürte wie es in seinem Rücken leicht knackte und hörte ihn seufzen. Er schien etwas Erleichterung gefunden zu haben. Sie streichelte ihn, Tränen rannen ihr wieder über das Gesicht. 28 Jahre alt… 24 Jahre davon war er bei ihr. Und nun litt er so. Vielleicht war sein Rücken so verbogen, weil sie in falsch geritten hatte. Weil sie mit ihm Hindernisse gesprungen war. Soviel hatten sie miteinander gekämpft, als sie beide noch jung waren. Damals gab es noch keine Osteopathen für Pferde. Und eine Verkrümmung im Rückgrat hatte er schon lange, schon sehr lange. Charlotte seufzte unter Tränen. „Verzeih mir Voyou, verzeih mir. Ich habe viel falsch gemacht." Sie dachte an die Zeit, als sie alleine, verzweifelt und depressiv war. Bevor sie angefangen hatte, in der Therapie den Missbrauch zu erkennen und aufzuarbeiten. Wie viel hatte Voyou da aufgefangen auf ihren täglichen Ritten. Wie oft war sie ungehalten, ungeduldig, jähzornig gewesen. Oder depressiv und unausgeglichen. Und Voyou hatte dies alles abgefangen und ertragen müssen. Heute würde sie sagen, dass dieses Pferd ihr wohl das Leben gerettet hatte. Damals, in der allerschwersten Zeit nach dem Studium, auf ihrer ersten Stelle, ohne wirkliche Freundinnen, in missbräuchlichen Männerbeziehungen lebend. Wer weiß, ob sie ohne das Pferd überlebt hätte. „Ich danke Dir Voyou, ich danke Dir. Sag mir, was ich für Dich tun kann." Aber Voyou schien nun das Interesse an ihr verloren zu haben. Die Kommunikation war beendet. Er humpelte ein Stück weiter und begann zu grasen.

Charlotte fühlte sich verloren in den nächsten Wochen, wusste nicht, was sie sollte im Leben. Sie hatte das Gefühl ihr Leben glitt an ihr vorbei. Sie fühlte, sie nutzte es nicht sinnvoll. Die Arbeit fiel ihr nach ihrer kurzen Auszeit in San Franzisco schwer. Mit Voyou ging es auf und ab, aber doch immer mehr bergab. Er litt ganz offensichtlich, zog den Bauch stark ein, was bei Pferden ein typisches Zeichen für starke Schmerzen ist. Charlotte holte ein-, zweimal den Tierarzt. Voyou bekam Schmerz- Kreislauf- und Cortison – Spritzen. Dann fing er an, weniger zu fressen. Und irgendwann fiel er das erste Mal hin und kam nicht wieder von alleine auf die Beine. Sie halfen ihm. Und eines Tages war dann für Charlotte klar, es war soweit. Sie hatte den Tierarzt Ludwig bestellt, um Voyou noch eine Schmerzspritze geben zu lassen. Aber schon als Ludwig das Gespräch begann, war klar, er wollte ihr zu verstehen geben, dass es sei nun soweit sei. Während Ludwig im Auto seine Spritzen vorbereitete, stand Charlotte neben Voyou. Traurigkeit und Schmerz und Hilflosigkeit und Angst überfluteten sie völlig unkontrolliert. Sie bat die Göttin um Hilfe, flüstert leise das Mantra. Voyou nahm ihr den Strick aus der Hand und biss spielerisch darauf herum. Es war als wollte er sagen, es sei alles gar nicht so tragisch. Charlotte bat erneut um Hilfe. Dann führte sie Voyou aus dem Paddock, auf das kleine Stückchen Gras nebenan. Die Stute Uno stand neben ihnen, sie schien vor sich hinzudösen. Die ersten zwei Spritzen sedierten Voyou. Er schwankte und drehte sich und kämpfte um auf den Beinen zu bleiben. Sein kranker, verbogener Rücken brachte ihn aus dem Gleichgewicht. Er taumelte und drehte sich, schwankte. Ludwig entschuldigte sich hilflos. So war es nicht geplant. Voyous Kopf sackte tiefer. Die Augen halb geschlossen. Er strahlte ein Gefühl zwischen Hinnehmen und Resignation aus, Charlotte konnte es nicht genau definieren. Sie war jetzt ruhig, stand wohl unter Schock. Sie flüsterte Voyou zu: „Gute Reise, ich wünsche Dir Freiheit. Freiheit von Leid, Freiheit von Angst. Freiheit von Schmerzen. Möge niemand Dich mehr in Boxen sperren. Mögest Du frei sein. Mögest Du glücklich sein. Mögest Du gut wiedergeboren werden." Nun kam die Kanüle und das doppelt dosierte Narkotikum. Voyou brach zusammen und schlug hart auf den gefrorenen Boden auf. Ludwig, der seinen Kopf hielt, fiel mit auf den Boden. Charlotte wandte sich schnell zu Voyous Kopf und streichelte den Hals, die

Backenknochen. Sie weinte jetzt und zwang sich, sich nicht dafür zu schämen. Sie hörte wie auch Ludwig sich schnäuzte. Konnte das sein? Vielleicht war er einfach nur erkältet, sie schaute nicht auf, richtete alle ihre Aufmerksamkeit auf Voyou. Sie liebkoste seinen Kopf, seinen Hals, seine Mähne, flüsterte ihm gute Worte, Mut und gute Wünsche zu. Ludwig holte sein Stethoskop, hörte das Herz ab und nickte: „Es ist alles gut." sagte er leise. Charlotte nickte. Kurz war sie irritiert, wieso alles gut sein sollte, wenn nun sein Herz nicht mehr schlug. Aber dann verstand sie. Sie konnte nur mühsam ihre Beherrschung bewahren. Tiefe Traurigkeit überwältigte sie. Ludwig sagte leise: „Er hatte es verdient." Charlotte verstand und nickte. „Ich hatte auch ein altes Pferd. Es ist sehr schwer, diese Entscheidung zu treffen." Wieder nickte Charlotte nur stumm. „Ich gehe dann." Sie gab ihm die Hand und bedankte sich. Sie blieb bei Voyou sitzen. Plötzlich spürte sie die Eiseskälte des hereinbrechenden Abends und sie drückte sich enger an den noch warmen Körper. „Nicht mehr lang" dachte sie, „nicht mehr lang wird er warm sein." Ludwig kam noch einmal zurück. Zweifelnd schaute er sie an: „Kann ich Sie denn einfach hier so allein lassen?" Charlotte atmete tief durch: „Ja, es ist sogar gut, wenn Sie mich etwas hier alleine sitzen lassen." Er nickte und ging. Nun ließ Charlotte los, Schluchzen schüttelte ihren Körper, sie beugte sich über den toten Voyou, schmiegte sich an den warmen Körper, liebkoste seine Ohren, seine Nüstern, seinen Bauch und Flanken. Legte seinen Schweif zurecht. Noch sah er sehr lebendig aus, nur an den geöffneten Lippen und den leicht hervorstehenden Zähnen sah man erste Zeichen des Todes. Man hatte den Eintritt des Todes gar nicht bemerkt. Das machten sicher die starken Sedierungsmittel. Lange saß Charlotte, versuchte Abschied zu nehmen von den letzten 24 Jahren mit ihm und wünschte ihm immer wieder eine gute Reise, eine gute Wiedergeburt in Freiheit.

Zu Hause in ihrer Wohnung zündete sie eine Kerze und Räucherstäbchen für Voyou an. Nun kamen die Zweifel. Hatte sie ein Recht gehabt, ihn töten zu lassen? Hatte sie zu schnell gehandelt?

Hatte sie ihn wegspritzen lassen, damit sie es nicht weiter mit ansehen musste? Zweifel, Trauer, Selbstvorwürfe, Schuldgefühle bissen sich in ihr fest. Sie nahm ein heißes Bad, konnte aber nicht entspannen. Immer wieder schüttelten sie Weinkrämpfe oder Tränen rannen ihre einfach still die Wangen hinunter. Gedanken an vergangene Ritte, an Erlebnisse mit Voyou, gute und schlechte gingen ihr durch den Kopf. Bilder von dem toten Pferd stiegen immer wieder vor ihrem inneren Auge auf. Von der Seite gesehen, hatte er ausgeschaut, als blicke er wach und interessiert in die Gegend, ein Ohr gespitzt und in der zunehmenden Dämmerung hatte das Auge gefunkelt, als sei er noch lebendig. Zum Glück kam nun Cleo, schmiegte sich an sie, rieb den Kopf an ihr. Im ersten Moment konnte Charlotte diese Nähe kaum ertragen. Gedanken schossen durch ihren Kopf. „Cleo, Cleo, Du vertraust mir, so wie auch Voyou mir vertraut hat. Aber würde ich nicht auch Dich…". Charlotte seufzte tief, versuchte alle Gedanken loszulassen. Cleo schien das alles wenig zu beindrucken. Sie räkelte sich tief zufrieden auf Charlottes Schoss. Charlotte nahm Cleo mit ins Schlafzimmer und bat sie, auf ihrem Bett zu schlafen. Cleo nahm das Angebot großmütig an. Trotzdem schlief Charlotte sehr schlecht. Trauer, Zweifel, Gedanken an das eigene Sterben, Angst vor der eigenen Vergänglichkeit mischten sich mit Vorwürfen Voyou getötet zu haben, mit der Trauer, nie wieder seine gespitzten Ohren zu sehen, sein weiches Fell zu fühlen, einfach im Stall anzukommen und ihn dort stehen zu sehen, all diese Gefühle vermischten sich. Morgens hatte sie das Gefühl, gar nicht geschlafen zu haben. Die Räucherspirale vor ihrem Fenster war ausgegangen, sie entzündete sie neu. In den folgenden Tagen versuchte Charlotte alle Gefühle zuzulassen. Ein Gedanke an Voyou reichte aus, die Tränen aufsteigen zu lassen. Eines Morgens hatte sie in der Meditation das Gefühl, einen Dialog mit Voyou zu führen. Er sagte ihr, er würde als Mensch wiedergeboren. Sie war ungläubig. Wie konnte er das wissen, jetzt schon wissen? Aber da war plötzlich ein Gefühl der Leichtigkeit, der Unbeschwertheit. Sie dachte noch: „Na, ob das dann besser wird? Hoffentlich schafft er es, in einem freien Land zur Welt zu kommen, sonst wird es mit der Freiheit, die er so ersehnt, wohl nicht viel." Nach der Meditation, wusste sie nicht so recht, was sie davon halten sollte, aber sie fühlte sich leichter. Auch wenn immer noch wieder Trauer in ihr hochstieg, was es nun eher eine wärmende, heilende Trauer.

Voyous Sterben blieb nicht die einzige Begegnung mit dem Tod, die Charlotte diesen Sommer erlebte. Eine ältere Arbeitskollegin, die seit Jahrzehnten gegen Brustkrebs gekämpft hatte, starb innerhalb weniger Wochen. Charlotte hatte erst zwei Wochen vor ihrem Tod erfahren, dass sie wieder an Krebs erkrankt war. Sie hatte sich über die Abwesenheit der Kollegin gewundert, hatte hartnäckig nachgefragt, bis man ihr sagte, sie sei im Krankhaus. Charlotte besuchte sie zwei, dreimal. Bei dem zweiten Besuch hatte Martha angefangen, über den Tod zu sprechen und Charlotte wusste, sie war bereit zu gehen. Sie legte ihr die Hände auf, versuchte ihre Schmerzen und die Angst zu lindern. Aber sie merkte auch, wie Martha, die sich seit Jahren mit ihrer Krankheit und der Möglichkeit zu sterben auseinandergesetzt hatte, Charlotte viel mehr geben konnte, als sie ihr. Martha hatte die Angst vor dem Sterben verloren, sie sprach leicht und liebevoll darüber. Sie hatte ein hartes, zähes, freudloses Leben gehabt und nun ging sie auf den Tod zu mit einer sicheren Gewissheit dort Wärme, Licht und Liebe zu finden. Charlotte merkte, wie Martha ihr vorlebte, die Angst vor dem Tod zu verlieren, wie sie ihr zeigte, dass es nichts gab, wovor sie Angst haben müsste. Als sie starb, war Charlotte tief berührt und sehr dankbar für das, was Martha ihr noch so kurz vor ihrem Sterben geschenkt hatte.

In den Wochen nach Marthas Tod fühlte Charlotte sich müde und antriebslos. Eines Abends beschloss sie früh ins Bett zu gehen. Vielleicht würde ausgiebiges Schlafen ihr helfen, wieder etwas Energie zu tanken. Während sie im Bad vor dem großen Spiegel ihre Zähne putzte, musste sie plötzlich an die offene Balkontüre denken. Na ja, beruhigte sie sich, ihre Wohnung war ja im dritten Stock. Sie zuckte ihrem eigenen Spiegelbild mit den Schultern zu und schloss müde die Augen, während sie sich systematisch die Zähne putzte. Als sie die Augen wieder öffnete und gedankenverloren in den Spiegel schaute, erstarrte sie plötzlich mitten in der Bewegung. Hinter ihr stand jemand. Wie aus dem Nichts. Ein Mann mit einem Messer in der Hand. Und einem schiefem Grinsen auf dem Gesicht. Immer wenn Charlotte später an diesen Moment zurückdachte, wunderte sie sich, dass sie keine Panik gefühlt hatte. Im Gegenteil, plötzlich wurde Charlotte ganz ruhig. Die Energielosigkeit, Verlorenheit, Unruhe und Unsicherheit der letzten Tage fiel von ihr ab. Das hier hatte sie schon einmal erlebt. Einen solchen Kampf. Und sie wusste, sie würde ihn gewinnen. Sie hatte ihn damals auch gewonnen, diesen Kampf, an den sie sich nicht mehr erinnern konnte, der irgendwo in mystisch verschwommener Vergangenheit lag. Aber gleichzeitig breitete sich tiefe Traurigkeit in ihr aus. Noch einmal. Noch einmal das ganze Leid. Vielleicht sollte dieses Mal lieber sie sterben? Um dem Ganzem, ihrer ganzen leidvollen gewalttätigen Geschichte ein Ende zu bereiten? Die Zeitungsausschnitte der letzten Wochen gingen ihr durch den Kopf. Geschundene, gequälte, gemordete Frauen. Sollte das die Lösung sein? Wenn sie hier und jetzt starb, wäre das die Lösung? Sie betrachtete ruhig den Eindringling. Eigentlich sah er gar nicht mal unsympathisch aus. Wäre da nicht das irre Flackern in den Augen gewesen. Durch ihren nachdenklichen Blick war er extrem verunsichert. Seine Augen fragten, warum sie keine Angst habe. Ja, warum? Charlotte war noch immer ganz ruhig. Sie spürte ihr Herz ruhig und fest schlagen. Waren das seine letzten Schläge? Martha erschien vor ihrem inneren Auge und schüttelte energisch den Kopf. „Nein," raunte sie. „ Es ist noch nicht Zeit." Charlotte spuckte die Zahncreme aus, stellte das Wasser an, spülte erst die Zahnbürste, dann ihren Mund gründlich aus. Im Spiegel sah sie, wie seine Augen sich weiteten. Sie hörte förmlich seine Gedanken. „Was macht sie da?" Charlotte drehte sich ganz langsam um. Sie lächelte: „Wir kennen uns." Er schnappte nach Luft.

Schüttelte den Kopf. „Doch," sagte sie, „damals, du möchtest dich nur nicht erinnern." Beide schwiegen nun, schweigend musterten sie sich. „Und wie lösen wir es dieses Mal? Bringe wieder ich dich um, oder lasse ich dich mich ermorden?" Er fing unmerklich an zu zittern. Sie spürte, dass ein Teil seiner selbst sich erinnerte. Tief unten, ohne dass es in sein Bewusstsein drang. Plötzlich sah sie seine Hände. Und diese Hände erinnerten sie an die Diskussion der letzten Wochen in der Presse. Dass er nur intellektuelle, gut verdienende, sogenannte „starke" Frauen anfiel. Und sie meinte ein-, zweimal einen Unterton in der Presse gehört zu haben: dass diese vermeintlich so starken Frauen wohl gar nicht so stark waren, sonst hätten sie sich ja wehren können. Sie blickte noch mal auf seine Hände und plötzlich überfiel sie die Erinnerung wie eine überwältigende Welle. Maßlose Wut stieg in ihr auf. Ihr ganzer Körper schrie nach Rache. Eine ihr in diesem Leben unbekannte Kraft ergriff von ihrem Körper Besitz. Ein Schrei bildete sich tief in ihrem Bauch, stieg in ihre Kehle empor und in dem Moment als er ihren Körper verließ und wie ein Geschoss dem Eindringling entgegenflog, trat sie fest und schnell gegen die Hand, die das Messer hielt. Seine Reaktion war erstaunlich schnell und er versuchte blitzartig mit der anderen Hand nach ihrem Fuß zu greifen. Doch während er sich dabei vorbeugte, knallte sie ihm links und rechts die Handkanten auf die Halsschlagader. Während er überrascht und nach Luft schnappend vornüber taumelte, zog sie mit der gleichen Bewegung seinen Kopf gegen ihr vorschnellendes Knie. Er brach zusammen. Sie trat noch einmal fest gegen seinen Kopf, nun lag er reglos. Ohne zu zögern nahm sie den Gürtel ihres Bademantels und band ihm Hände und Füße fest zusammen. Blut, überall Blut. Immer noch tobte die Wut in ihr. Ihr Blick fiel auf das Messer, ihre Hand griff danach. Einen Moment schwebte ihre Hand mit dem Messer über ihm. Sie zögerte. Blickte ihn an. Nun war er wehrlos. Entschlossen nahm sie das Messer und warf es über die Balkonbrüstung. „Göttin" flüsterte sie, „Hilf." Aber sie wusste ja, die Göttin hatte gerade geholfen. Was passierte da mit ihr? Woher konnte sie so kämpfen? Was um der Göttin willen, sollte sie nun mit diesem Mann machen?

Die ganze nächste Stunde kämpfte Charlotte mit sich, meditierte, schwankte zwischen Vernunft und Wut, Vernunft und Wut. Rachegefühle wechselten sich ab mit der Angst, er könne sich befreien. Aber seine Atemzüge wurden eher schwächer. Wenn sie nicht bald handelte, würde er vielleicht sterben. Gegen Mitternacht rief sie die Polizei an. Ihre Stimme klang mechanisch, sie hörte sich selbst wie ein Echo, als sie einen Streifenwagen bestellte und zu erklären versuchte was vorgefallen war. Der gesuchte Frauenmörder sei hier, nein es sei im Moment keine Gefahr. Er liege gefesselt bei ihr im Bad. Nein, es sei keine Gefahr. Ein ungläubiger Beamter fragte und fragte. Da verließen sie die Nerven: „Um Himmels willen, verdammt noch mal, kommen sie schnell!" Das nun verstand der Beamte am anderen Ende sofort. Nachdem er ihr eben noch erklärt hatte, dass es verboten sei, ja sogar sehr teuer, mit der Polizei Schabernack zu treiben, nahm er jetzt sehr professionell ihre Daten auf. Kurze Zeit später hörte Charlotte leise Geräusche auf dem Flur, dann klingelte es. Sie öffnete, draußen standen sechs uniformierte Polizisten und zielten mit Maschinengewehren auf sie. Einer sprang sofort vor und stellte sich vor sie. Die anderen verteilten sich blitzschnell in der Wohnung. Sekunden später waren alle im Bad versammelt. Charlotte lehnte sich gegen die kühle Wand im Flur. Sie hörte die Polizisten murmeln, telefonieren.

Wie aus weiter Ferne hörte sie kurze Zeit später das Martinshorn des Krankenwagens. Zwei Polizisten führten sie in die Küche und begannen damit, sie zu verhören. Sie waren deutlich befremdet, schauten Charlotte argwöhnisch an. Sie nahmen überall in der Wohnung Fingerabdrücke, auch ihre. Charlotte berichtete sehr genau, nur das „wann" ließ sie aus. Bei Fragen, wann das denn alles geschehen sei, sagte sie, sie könne sich nicht erinnern. Sie sei nachts ins Bad gegangen, irgendwann. Die Polizisten hatten entdeckt, dass ihr Bett unbenutzt war. Sie musste doch wissen, wann sie heimgekommen sei? Wann sie ins Bett gehen wollte? Die Beamten wurden zusehends misstrauischer, verwirrter. Der jüngere sogar fast feindselig. Er war zwischen Unglauben („was, eine Frau sollte alleine einen Triebtäter außer Gefecht gesetzt und fast totgeschlagen haben? Da muss doch irgendwo ein Mann dahinter stecken.") und Befremden bis hinzu Abscheu („was war das für eine Monsterfrau?") hin und her gerissen. Einige Fragen ließen erkennen, dass die Beamten Charlotte für seine Komplizin hielten, oder dies zumindest in Betracht zogen. Als die Polizei endlich nach Stunden ging, hatten sie Charlotte zur Auflage gemacht, die Stadt nicht zu verlassen. Wenigstens hatten die Beamten von der Spurensicherung das Bad weitgehend sauber gemacht. Charlotte zwang sich, es zu betreten. Trotz ihrer wahnsinnigen Müdigkeit begann sie, das Bad von oben bis unten zu schrubben. Dann holte sie ihre Kräuter und räucherte zuerst das Bad, dann den Weg zum Balkon, ihr Schlafzimmer, schließlich die ganze Wohnung. Zuletzt bezog sie ihr Bett neu, denn schließlich musste er ja durch dieses Zimmer gekommen sein. Erst dann legte sie sich hin. Sie fiel in einen unruhigen, wirren Schlaf. Kampfszenen, Kriegsszenen, Verfolgung und Folter verfolgten sie im Schlaf. Dann im Morgengrauen, irgendwo zwischen Traum und Halbschlaf kam die Erinnerung. Sie sah sich selbst als kleines Mädchen. Wie alt wohl? Vielleicht acht, neun, maximal zehn Jahre. Sie schlich durch einen dunklen Hotelgang, ihr Herz klopfte ängstlich und aufgeregt, in der feuchten Hand umklammerte sie ein kleines, selbstgebasteltes Gesteck aus Blumen von der Alm und Tannenzweigen. Ihre Mutter hatte ihr energisch verboten, noch einmal aus dem Bett zu steigen. Aber sie saß nun wieder unten mit dem Vater und der Tante und bestimmt würde sie nichts merken. Nun blieb sie vor einer Türe stehen, klopfte zaghaft. Es tat sich nichts. Lange stand sie dort, zu schüchtern, um noch einmal zu klopfen. Dann legte sie die Blumen vorsichtig vor die Türe. Als sie sich umwandte, um wieder zu gehen, öffnete sich die Türe. Hiller stand vor ihr und musterte sie mit strengem Blick. Plötzlich fühlte sich Charlotte sehr klein, sehr dumm.

Ihr wurde peinlich bewusst, dass sie schon ihren Schlafanzug trug. Schnell hob sie die Blumen auf, streckte sie ihm hin und wollte dann nichts wie weg. Aber Hiller nahm sie am Arm, zog sie in das Zimmer. Einen Moment dachte Charlotte, das sei vielleicht nicht gut. Aber dann überlegte sie es sich anders. Hiller war für sie fast wie ein Gott. Er war auch schon ziemlich alt. Ihre Eltern hatten immer wieder erzählt, dass er schon sehr viele Menschen geheilt habe. Zwei Frauen, die von den Ärzten als querschnittsgelähmt erklärt worden waren, habe er schon aus dem Rollstuhl geholt. Falls sie selbst jemals krank werden sollte, könnte Hiller sie gesund machen, wenn er wollte. Sie bewunderte ihn grenzenlos. Wenn sie groß war, wollte sie auch Heilerin werden und vielleicht würde er ihr alles beibringen, was sie lernen musste. Nun stand Charlotte erwartungsvoll in seinem Zimmer, sah sich schüchtern, aber auch neugierig um. Plötzlich spürte sie, wie er sie packte und aufs Bett setzte. Sie sah ihn erstaunt an. Er gab ihr eine heftige Ohrfeige und legte eine Hand um ihren Hals und drückte sie nach unten. Sie schlüpfte aus ihrem Körper und schwebte unter der Decke. Sie beobachtete den kleinen, völlig reglosen Körper dort auf dem Bett, wie erstarrt, zu keiner Bewegung mehr fähig. Sie sah, wie sich Hiller die Hose aufmachte und dann fluchte. Er hantierte herum, irgendetwas schien nicht zu funktionieren. Dann griff Hiller neben sich, erwischte eine knorrige Wurzel, die er wohl von einer der letzten Wanderungen mitgenommen hatte und fuhr damit zwischen die Beine des kleinen, immer noch starr daliegenden Körpers wobei er ein grausiges Lachen ausstieß. Obwohl Charlotte noch immer an der Decke schwebte, drang der Schmerz stechend und brennend siedend heiß zu ihr empor und katapultierte sie zurück in ihren Körper. Sie schrie gellend, plötzlich fühlte sie eine wahnsinnige Kraft in sich, sie trat mit voller Kraft zu. Hiller fuhr fluchend zurück, stolperte über seine heruntergerutschte Hose und fiel der Länge nach hin. Einen Moment starrte Charlotte auf diesen nun plötzlich sehr alt scheinenden Mann, der da nach Atem ringend auf dem Boden lag. Was hatte ihre Tante gesagt? Er sei ein Altnazi. Charlotte wusste nicht, was das war. Aber die Tante hatte auch gesagt, er sei in beiden Kriegen gewesen. Und über die Kriege hatten sie in der Schule gesprochen. Und das was eben passiert war, das musste damit zu tun haben, das wurde Charlotte schlagartig klar. Sie zog ihre Schlafanzughose, die halb zerrissen war, hoch, hielt sie mit einer Hand fest und rannte aus dem Zimmer. Die Tür stand immer noch halb offen. Auf dem Flur stand plötzlich ihr Vater. Als er sie sah, wich er taumelnd, mit Entsetzen im Blick zurück. Charlotte spürte sein Entsetzen und Panik ergriff sie. Sie rannte noch schneller in die andere Richtung, die Treppen hinunter, blindlings, ohne zu denken, ohne zu schauen. Raus aus dem Hotel, auf die Wiese, immer weiter, bis sie stolperte, hinschlug und sich hinter einem Busch zusammenkauerte. Dort saß sie am ganzen Körper zitternd und das Einzige, was sie wahrnahm, war das Läuten der Kuhglocken ganz in ihrer Nähe. Und dann auch den warmen, weichen Duft von Kühen. Irgendwann trat eine Kuh hinter dem Busch hervor und schnupperte ganz sachte an ihr. Streckte ihre Zunge vorsichtig hervor und rieb mit der rauen Zunge einmal über Charlottes nackten Arm. Das löste etwas in Charlotte und nun fing sie an, heftig zu weinen. Tiefes Schluchzen schüttelte ihren Körper. Und durch dieses Weinen fand sie wohl Hiller, denn plötzlich stand er vor ihr, fasste sie an der Hand und führte sie zurück zum Hotel. „Schhh…." sagte er, „da gibt es doch nichts zu weinen. Du bist doch selbst zu mir gekommen. Bist doch selber schuld." Er führte sie durch die Hintertüre, ihr Vater war nirgends zu sehen. „Psst,…" sagte Hiller, „jetzt ganz leise sein. Du willst doch nicht, dass deine Mutter dich sieht." Er brachte sie bis an ihre Zimmertüre. Ihre Schwester schlief schon. Charlotte schlich sich ins Bad und setzte sich in die Badewanne. Sie wusch sich mit eisig kaltem Wasser und ignorierte den brennenden Schmerz. Sie ließ einfach solange eiskaltes Wasser über ihren Unterleib und Beine laufen, bis sie nichts mehr spürte. Plötzlich stand ihre Mutter im Bad. „Charlotte, was tust du denn! Ich hatte doch gesagt, du sollst jetzt im Bett bleiben." Dann sah sie den

Schlafanzug auf dem Boden liegen und hob ihn auf. „Und was zum Teufel, hast du denn damit gemacht? Warst du etwa im Schlafanzug draußen?" Plötzlich sah sie Charlottes Tränen verschmiertes Gesicht, sah die Blutspuren an der Hose und stutzte. Kurz stieg Panik in ihr auf, doch dann zwang sie sich zur Ruhe. Es war ja schließlich nichts passiert. Charlotte saß ja unverletzt vor ihr in der Badewanne. „Ach Charlotte," sagte sie tröstend. „ist ja nichts Schlimmes passiert. Aber wenn du doch einmal im Bett bleiben und nicht immer solchen Unsinn machen würdest." Sie nahm ein großes Handtuch, wickelte Charlotte darin ein, rubbelte sie trocken und unterdrückte entschlossen ihre dunklen Ahnungen. Energisch schob sie alles von sich. „Ab jetzt, ins Bett. Und jetzt wird dort geblieben." Sie brachte Charlotte ins Bett, deckte sie zu und da sie immer noch mit den Zähnen klapperte, brachte sie ihr eine Wärmflasche. Charlotte hielt sich die Nacht über an der Wärmflasche und an dem Satz ihrer Mutter fest: „Es ist ja nichts Schlimmes passiert."

Gegen Mittag erwachte Charlotte und fühlte sich wie gerädert. Müde quälte sie sich hoch. Sie fühlte sich einsam, leer, ausgebrannt. Die plötzlich aufgebrochenen Erinnerungen an Hiller vermischten sich mit der Szene der letzten Nacht. Es schien mehr, als sie ertragen konnte und sie hatte das Gefühl, den Verstand zu verlieren. Welche von ihren Freundinnen konnte sie anrufen? Verzweifelt überlegte sie, welche ihrer Freundinnen wohl damit zurecht kommen würde. Dann entschied sie sich für Barb. Aber Barb war wahrscheinlich jetzt noch im Tiefschlaf. In San Franzisco war es noch mitten in der Nacht. Sie kochte sich Tee mit Hopfen, Passionsblume, Salbei zur Beruhigung und Stärkung der Nerven. Und irgendwann war es dann Nachmittag. Jetzt sollte es in San Francisco gegen acht Uhr morgens sein. Barb war sofort am Telefon. Am Anfang klang sie etwas verschlafen, aber sie hörte ganz ruhig zu. Charlotte hatte das Gefühl völlig wirr und unzusammenhängend zu erzählen. Ihr fehlten plötzlich die einfachsten englischen Wörter und Begriffe. Die Ereignisse der letzten Nacht, der Kampf mit dem Triebtäter vermischten sich mit den Erinnerungen an Hiller. Aber Barb verstand. Sie hat viel Erfahrung in der Arbeit mit Gewaltopfern. Ein- oder zweimal fragte sie ganz ruhig und sachlich nach. Nachdem sie alles gehört hatte, gratulierte sie Charlotte. Charlotte war völlig verblüfft, aber Barb sagte: „Ich weiß, du fühlst Dich furchtbar. Ich weiß, dir ist völlig elend. Aber du hast das einzig Richtige getan. Du bist in deiner Verteidigung über dich hinausgewachsen. Was du getan hast, wird Frauen zeigen, dass es möglich ist, sich zu verteidigen."

„Aber ich hätte ihn fast krepieren lassen, dort auf meinem Badezimmerteppich, als er schon völlig unschädlich war." „Du warst im Schock. Und trotzdem warst du unglaublich stark. Du hast ihn nicht umgebracht. Du warst körperlich unglaublich stark, in dem Du ihn zusammen geschlagen hast. Aber Deine stärkste Tat in dieser Nacht war, dass du ihn nicht umgebracht hast." „Aber die Polizisten haben mich wie eine Verbrecherin behandelt." „Es ist klar, dass die Polizisten so befremdet sind, fast mit Hass reagieren. Eine Frau, die sich verteidigen kann, löst bei Männern im Patriarchat unglaublich Angst aus. Das Beste wäre, du kämst hierher." „Ich habe sozusagen Stadtarrest." „Mmh." Überlegte Barb. Einen Moment war sie still. „Dann komme ich zu dir." Charlotte kamen die Tränen, plötzlich konnte sie weinen. „Würdest du das wirklich tun?" schluchzte sie. Statt einer Antwort gab Barb ihr genaue Handlungsanweisungen: Einkaufen, heiße Suppe mit viel Ingwer kochen, meditieren. Das Geschehene aufschreiben. Meditieren. Schlafen. Gut essen. Du brauchst Kraft, Charlotte. Und in den nächsten 48 Stunden mit niemand Fremdem sprechen. Schalte deinen Anrufbeantworter ein. Nimm nie ab. Auf gar keinen Fall mit der Presse sprechen. Lass nur wirklich gute Freundinnen rein. In 48 h bin ich da. Und dann wiederholte Barb noch einmal alles. Ruhig, sachlich, liebevoll. Sie wies Charlotte an, alle diese Handlungsanweisungen aufzuschreiben. „Und wenn immer du ins Schwimmen gerätst, wenn immer du nicht weiter weist, lies diese Anweisungen durch, solange, bis ich da bin." Und immer wieder lobte sie Charlotte. Zum Schluss fragte Barb, ob es irgendjemand in ihrer Nähe gab, zu dem sie Vertrauen hätte. Charlotte gab ihr die Telefonnummer von Edith. Als Charlotte auflegte, war sie ruhiger. Sie ging einkaufen. Als sie zurückkam, stand Edith vor der Tür. Charlotte wusste nicht, was Barb zu ihr gesagt hatte, aber Edith fragte nicht. Sie kümmerte sich einfach. Zusammen kochten sie Suppe und aßen gemeinsam. Edith bot an, bei ihr zu schlafen und Charlotte nahm dankbar an. Charlotte spürte, dass Edith wohl nicht wusste, was geschehen war. Aber ein wenig schien Edith intuitiv davor zurückzuschrecken. Sie wollte es lieber nicht wissen. Charlotte hatte schon immer das Gefühl, dass Edith auch eine Betroffene sei, sich aber für den Weg des nicht Wissens entschieden hatte. Charlotte konnte das akzeptieren. Sie wusste, wie hart der andere Weg war, es konnte auch schief gehen.

Charlotte schlief diese Nacht ruhiger, sie hörte Ediths Atemzüge neben sich, spürte die Wärme ihres Körpers. Am nächsten Tag kam nochmals die Polizei vorbei. Dieses Mal war eine Frau mit dabei. Offensichtlich eine Spezialistin für Opfer von sexueller Gewalt. Sie fragte sehr behutsam. Im Laufe des Gesprächs konnte sie ihr Erstaunen und ihren Unglauben nicht verbergen. Ihr Unglauben wurde zur Fassungslosigkeit, dann zur Unsicherheit. Schließlich entschied sie sich für Bewunderung. Ihr Kollege musterte sie verächtlich. Wütend schaute er zwischen Charlotte und seiner Kollegin hin und her. Man merkte, er musste sehr an sich halten, um das Gespräch ruhig zu Ende zu bringen.

Charlotte war nun etwas ruhiger. Die Gegenwart Ediths tat ihr gut. Auch wenn sie über das Vorgefallene nicht redeten, war es einfach gut, dass sie da war, ruhig, verlässlich, fürsorglich. Und Charlotte merkte, dass sich durch die Erinnerung an Hiller etwas gelöst hatte. Zwar fühlte sie eine abgrundtiefe Müdigkeit wie nach monatelanger Anstrengung. Aber weniger Angst, weniger Verzweiflung. Sie war überzeugt, dass in diesem einem Punkt die buddhistische Lehre und auch die Verhaltenstherapeutinnen nicht Recht hatten, wenn sie behaupteten, man müsse sich nicht erinnern. Es sei lediglich wichtig, das Leben auf das Positive, das Momentane zu konzentrieren. Es war sogar sehr wichtig, sich zu erinnern. Es war nötig, einmal den Mut aufzubringen, um so klar wie möglich zu erkennen. Diesem Monster, dieser Perversität entgegentreten. Wahrnehmen und annehmen, dass es ihr selber passiert war. Den Mut haben zu akzeptieren, dass es Realität war. Und dann konnte der Verstand endlich begreifen, dass die Wahrscheinlichkeit, dass es wieder passierte sehr gering ist. Dass es nicht auszuschließen ist, aber doch unwahrscheinlich war. Dass es Möglichkeiten gab, sich dagegen zu schützen. Einmal musste dieser Horror gefühlt werden, der Schmerz, die Trauer über den unwiederbringlichen Verlust der Kindheit. Und dann konnten die Bilder verblassen, dann konnte Heilung stattfinden, dann konnte langsam die unnennbare Angst weniger werden, die nebelhaft durch die Träume geisterte, die dem Bewussten und dem Unbewussten ständig geisterhaften, nebligen Horror vorspielte. Der Nebel der Angst musste sich lichten, dass konnte er nur, wenn frau den Mut aufbrachte und den Bildern entgegentrat, die Schmerzen, die Angst fühlte und diese als Vergangenheit akzeptierte.

Am nächsten Morgen war tatsächlich Barb da. Charlotte war erleichtert, ließ sich fallen in ihre schützende Betreuung. Barb riet ihr, nicht Urlaub zu nehmen, denn das würde später vor Gericht eventuell negativ ausgelegt, sondern sich krankschreiben zu lassen. Barb ließ sich von Edith die Zeitungsartikel bringen und übersetzen und erzählte Edith nun auch, was vorgefallen war. Edith brauchte eine ganze Weile, den Schock zu überwinden, doch Barbs professionelle Betreuung halfen auch ihr. Barb ging nun ganz behutsam, Stück für Stück die Meldungen mit Charlotte durch. Die erste Meldung war erstaunlich neutral: „Der Polizei sei es gelungen, den Serienmörder zu fassen….". Aber so leicht ließ sich die Presse nicht abspeisen. An dem Morgen, an dem Barb ankam, stand der erste Journalist vor der Tür. Barb hatte Erfahrung. Kühl, distanziert, entschlossen. Da der Journalist gezwungen war, mit ihr in Englisch zu kommunizieren, schaffte ihr schon die sprachliche Überlegenheit einen großen Vorteil. Als er mit einer schnellen Bewegung versuchte seinen Fuß in die Tür zu schieben und sich in die Wohnung zu schieben, schlug ihm Barb mit einer kurzen Bewegung gegen die Kamera. Um die Kamera zu retten, sprang der Journalist fluchend einen Schritt zurück und Barb konnte die Tür schließen. Nun, das wusste sie, würde er natürlich sehr negativ schreiben. Er war ohnehin von einem Schundblatt. Da gab es entweder die Stilisierung zum Superweib oder das Trashing zum Monstervamp. Barb beriet sich mit Edith. Dann kontaktierten sie die FAZ, den Züricher Tagesanzeiger und die Süddeutsche. Anschließend sprachen sie zu dritt ab, was genau sie sagen wollten. Charlotte entschied sich für die Wahrheit. Und sie übte es mit Edith und Barb. Das Gespräch würde in Englisch sein, damit Barb sie unterstützen konnte. Sie würden schriftlich vereinbaren, dass sie den Text gegenlesen konnten, bevor er gedruckt wurde. Kein Foto. Kein Honorar. Barb ging noch einmal Schritt für Schritt das Vorgefallene mit Charlotte durch. Ganz behutsam, Schritt für Schritt. Charlotte merkte, langsam wurde ihr leichter ums Herz. Barb hatte eine Anwältin organisiert, die innerhalb von 2 Stunden durchgesetzt hatte, dass Charlotte sich wieder frei bewegen durfte, auch international. Sie musste lediglich Aufenthaltsort und Adresse hinterlassen.

Einige Tage später flog Charlotte mit Barb zurück nach San Franzisco. Die ersten zwei Wochen würde sie bei Barb wohnen und danach, so hatte Christiane ihr versichert, wäre das kleine Häuschen frei. Plötzlich hatte sich alles gefügt. Sie musste nicht einmal kündigen, ihr Chef hatte sowieso im Moment wenig Arbeit für sie, wollte sie aber auch nicht gehen lassen. So hatte er ihr auf ein halbes Jahr unbezahlten Urlaub bewilligt. Cleo war willig zu Thomas umgezogen, und so erleichtert Charlotte auch war, dass das so unproblematisch zu sein schien, so wurde es ihr doch sehr schwer, sich von ihr zu verabschieden. Zu sehr war sie schon Teil ihres Lebens geworden. So oft hatte Charlotte sich durch Cleo getröstet gefühlt, hatte Wärme und Zuneigung bekommen und gefühlt.

Im Flugzeug schlief Charlotte die meiste Zeit. Zwischendurch genoss sie es, einfach neben Barb zu sitzen, ein paar Worte mit ihr zu reden, dann wieder vor sich hinzudösen.

# Lammas

## 2. August

### ....Schnitterin...innere Ernte...

**Kräuterweihfest**

...wir ernten Kräuter, Träume, Visionen und Heilung....

...wir schneiden Altes, Verbrauchtes, Überholtes...

...Zeit zur Einkehr, Zeit zur Ernte,

... Rückkehr...Innehalten...

*Wir halten innere Ernte. Haben die Visionen, die wir Lichtmess in die Welt gesetzt haben, Früchte getragen? Haben wir sie umsetzen können? Können wir ernten? Haben wir uns um unsere Samen gekümmert, oder haben wir sie verdorren lassen?*

*Dies ist das erste Erntefest. Wir schauen nach innen. Nach den feurig leidenschaftlichen, oder auch leichten, freudigen Festen des Sommers kommen, während wir noch den Sommer genießen, erste Gedanken an kürzer werdende Tage, kühle Nächte, Vergänglichkeit und dahin fließende Zeit.*

*Mitten in der Ernte sind wir mit dem Tod konfrontiert. Ernten ist töten, selbst wenn wir nur Pflanzen ernten, schneiden wir ins Leben. Übervolle, reife Getreidefelder stehen plötzlich leer und kahl und erinnern uns an Vergänglichkeit. Wenn wir unsere Kräutersträuße pflücken, kennt wohl jede(r) das Zögern, in die blühende Pracht zu schneiden. Dann fällt es uns schwer, den richtigen Zeitpunkt zu finden und wir lassen die Kräuter zu lange stehen, über den besten Erntezeitpunkt hinaus.*

*Es ist wichtig, dass wir uns diese Widersprüchlichkeit des Festes, dieser Jahreszeit bewusst machen: blühendes Leben wird geschnitten, mit jeder Ernte feiern wir die Vergänglichkeit. Wir müssen uns deutlich machen, dass dies der Kreislauf des Lebens ist. Jedes Lebewesen dieser Erde lebt von anderen Lebewesen. Das Prinzip von „Stirb und werde, ernte und lebe" müssen wir verinnerlichen und können wir wohl nur bewusst ertragen, wenn wir uns diesen spirituellen Kreislauf vergegenwärtigen.*

*Im Gegensatz zum nächsten Fest, dem Erntedank, ist Lammas nicht nur Dankesfest. Die Zeit der großen Kornmutter, der reifen Felder, der Fülle geht vorbei und die Schnitterin übernimmt die Macht. Plötzlich stehen wir vor leeren, kahlen Wiesen und Feldern. Aber genau jetzt füllen sich unsere Vorratskammern, unsere Scheunen, unsere Ställe und damit lassen wir die Dankbarkeit aufkommen, die dann sechs Wochen später an Erntedank ihren Höhepunkt findet. Und diese Dankbarkeit lässt uns das Wesen der Schnitterin verstehen, lässt uns verstehen, dass ohne Tod kein Leben, ohne Wachsen kein Ernten möglich ist.*

*Ritual zu Lammas: Während wir uns gedanklich auf Lammas vorbereiten, suchen wir uns ein Schneidewerkzeug. Eines, das gut in der Hand liegt, womit wir unsere Ernte halten können und womit wir schneiden können, was nicht mehr gebraucht wird. Ein guter Platz für Lammas ist ein Platz, wo wir beide Qualitäten spüren können: die Fülle des Waldes neben der abgeernteten Wiese, die noch voll blühende Wiese neben dem schon geernteten, kahlen Feld.*

*Wir gehen für uns alleine, wechseln zwischen Fülle und Leere, überlegen uns, was wir zuerst schneiden müssen, bevor wir Ernte halten. In Gedanken, oder symbolisch rituell schneiden wir ab, was wir nicht mehr brauchen, wovon wir uns trennen wollen. Wir verbrennen unseren alten Kräuterstrauß vom letzten Jahr gemeinsam am Feuer. Dann machen wir uns auf die Suche nach neuen, frischen Kräutern, achten auf Heilkräuter oder einfach auf Kräuter, Pflanzen, die uns ansprechen. Wir fragen diese Kräuter um Erlaubnis, ob wir sie ernten dürfen. Und während wir sie schneiden, erinnern wir uns, dass wir ernten, dass wir schneiden. Wir danken den Pflanzen für diese Ernte.*

*Wir kommen wieder zusammen und binden den Strauß für die nächste Zeit, wissend, dass die dunkle Zeit kommt, in der wir Kraft und Unterstützung brauchen. Indem wir vorsorgend den Strauß für die dunkle Zeit binden, können wir im Jetzt beruhigt noch die Fülle des Sommers genießen. Im Sinne dieser Fülle essen wir zum Abschluss gemeinsam*

Während Charlotte bei Barb wohnte, war sie dankbar für diese Möglichkeit und auch für die Zeit, die Barb ihr widmete. Sie hatten viele gute Gespräche und Charlotte spürte wie ihr langsam leichter ums Herz wurde. Barb erzählte viel aus ihrer eigenen Vergangenheit. Bevor sie die Arbeit mit traumatisierten Frauen begonnen hatte, hatte sie selbst erst einmal ihre eigenen Traumen verarbeiten müssen. Auch sie hatte als Kind Gewalt erfahren, sexuelle, physische und psychische Übergriffe. Beides sowohl durch den Vater wie den älteren Bruder. Der Vater lebte nicht mehr und was sie besonders schmerzte war, dass sie ihm vor seinem Tod nicht hatte verzeihen können. Sie glaubte nicht, dass es für ihn einen Unterschied machte, den er war bis zum Schluss fast dauerhaft alkoholisiert und ohne jegliches Verstehen. Auch mit ihrem Bruder war es noch immer schwierig, er wusste von ihrer Arbeit und hatte wohl Angst, dass sie ihn zur Rede stellen würde. So wich er ihr und seinen Erinnerungen aus und hatte jetzt mit seinen knapp sechzig Jahren Alzheimer entwickelt. Barb seufzte tief, als sie davon sprach. „Im Grunde," so sagte sie, „hat mir seine Krankheit geholfen, ihm zu verzeihen. Das Leid, das er jetzt erlebt, ist so grausam, was sollte ich ihm da noch zusätzlich etwas Schlechtes wünschen oder auf Rache und Gerechtigkeit sinnen." Charlotte sann viel darüber nach. Und irgendwie half es ihr, ihre eigene Geschichte besser zu tragen und zu verstehen.

Schon bald zog sie in Christiane und Wolfgangs kleines Häuschen. Sie fühlte sich von Anfang an dort wohl. Es war nur zwei Häuserblocks von Barbs Wohnung entfernt und auch zu Jeanne hatte sie es nicht weit. Nun hatte sie Zeit, Ruhe und doch die Nähe zu Freundinnen. Neben ihr wohnten Ruth und Will und bald luden die beiden sie ab und zu zum Essen ein. Charlotte war glücklich. Sie konnte endlich wieder schreiben. Hier und da wurde sie zu weiteren Vorträgen eingeladen und bekam sogar etwas Geld dafür. Und zwei-, dreimal die Woche wurde sie wegen Behandlungen angefragt. Alles in allem hatte sie genau das Leben, das sie sich immer gewünscht hatte. Zwischenzeitlich fühlte sie sich schon fast unbeschwert. Da kamen eines Nachts die Träume zurück.

Charlotte kämpfte gegen den Schlaf an, als sie Bilder von Hans sah, der ihr befahl ihm zu folgen. Panik erfasste sie. Sie wusste, das war jetzt das Ende. Sie hörte wieder die Stimme von Calafia: „Töte ihn nicht! Mache nicht den gleichen Fehler wie ich!" Sie wusste wenn sie jetzt mit Hans ging, würde er Sarah töten. Verzweifelt versuchte sie aufzuwachen, aber der Schlaf zog sie unerbittlich fort und ohne einen eigenen Willen folgte sie Hans. Sie gingen in die Heide, zwischen Dünen hindurch. Die Landschaft war wunderschön. Es roch nach würzigen Kräutern, nach sonnendurchflutetem Heidekraut, nach saurem Moor. Zu schön, um zu sterben. Sie wollte nicht sterben. Sie blieb mehrmals stehen, versuchte das Ende hinauszuzögern, aber Hans winkte sie jedes Mal gebieterisch weiter. Tief sog sie die würzige, heilsame Luft ein. Versuchte durch den Nebel ihrer Wahrnehmungen diese letzten Momente zu genießen. Da plötzlich hörte sie Rufe neben sich. Eine Familie, Frau, Mann und zwei Kinder winkten und riefen. Hans fluchte leise. Er stieß Sarah so abrupt hinter einen Baum, dass sie auf den Boden fiel. „Bleib wo Du bist, und rühre Dich nicht vom Fleck" zischte er. Er hatte nicht einmal mehr Zeit, ihr zu drohen. Schon war er weg und sie hörte weiter entfernt seine Stimme mit den Stimmen dieser Familie.

Sarah sah sich um. Sie stand alleine zwischen den Dünen. Mit einem plötzlichen Ruck wurde ihr bewusst, dass sie für einen kleinen Moment frei war. Frei, tief durch zu atmen. Frei, den Duft des Heidekrautes zu riechen. Frei, die schon fast drückende Sonne auf ihren Schultern zu spüren. Instinktiv wich sie von den Stimmen zurück. Seit ihrer Vision von Calafia hatte sie immer das Wichtigste in ihrem Rucksack dabei. Sie wusste, es war lebensgefährlich, wenn Hans es entdeckte. Doch heute hatte er angenommen, sie packe ein Picknick für ihn ein. Höhnisch hatte er gesagt, das würden sie nicht brauchen. Da hatte sie gewusst, was er vorhatte. Warum er sie dazu mit in die Heide nahm, das verstand sie nicht. Aber es war auch jetzt nicht wichtig zu verstehen, was in seinem kranken Hirn vor sich ging. Wichtig war nur, fortzukommen. Sie bewegte sich schnell. Sie wusste, wo sie hinwollte: in die Schweiz. Sie rannte und rannte und rannte. Ihre Lunge brannte, und erst als sie stundenlang gelaufen war, gönnte sie sich eine Pause. Sie musste nachdenken. Gefälschte Papiere hatte sie. Kurz dachte sie mit Dankbarkeit an Hans älteren Bruder Otto. Otto war von der Familie verachtet, als erfolglos, schwach, dumm. Er hatte sie nie eines Blickes gewürdigt, bis er ihr eines Tages diese Papiere zusteckte. Ohne ein Wort, danach hatte sie ihn nie wiedergesehen. Die Papiere würden sie mit ein bisschen Glück bis zur Grenze bringen. Über die offizielle Grenze kam sie mit der eintätowierten Nummer an ihrem Arm nicht, dass war ihr klar. Sie musste eine der wilden Grenzen in die Schweiz nehmen. Sie musste einen Bahnhof finden, um von hier weg und in die Nähe der Grenze zu kommen. Hans würde sie mit Hunden suchen. Die Gedanken rasten, ihre Füße liefen und liefen und liefen. Noch im Aufwachen hatte Charlotte das Rattern des Zuges im Ohr. Sie seufzte erleichtert, also hatte Sarah es geschafft, zumindest bis in den Zug, zumindest in Richtung Grenze. Sie hatte Landkarten gesehen, Karten auf denen die Grenze verzeichnet war, Karten in denen Wege und Pässe und Grenzübergänge markiert waren. Noch vor dem Frühstück setzte Charlotte sich hin und schrieb ihren Traum auf. Vielleicht würde doch noch alles ein gutes Ende nehmen?

Sie war sehr nachdenklich in den nächsten Tagen, aber nun auch zuversichtlich. Vielleicht würde Sarah es schaffen, vielleicht konnte sie, Charlotte ein günstiges Ende herbeiträumen? Sie fragte ihre Freundin Jeanne um Rat. Jeanne hatte sich viel mit Träumen beschäftigt, sie lebte sogar teilweise davon, indem sie für Frauen Träume deutete und interpretierte. Zum ersten Mal erzählte Charlotte von Sarah. Sie gab Jeanne zu lesen, was sie aufgeschrieben hatte. Und sie spürte, wie gut es ihr tat, mit einer Freundin darüber zu sprechen. Jeanne war ehrlich mit ihr. Sie gab offen zu, dass auch sie hier keine klare Interpretation hatte. Es schien ihr nicht so zu sein, dass Sarah einfach ein Teil von Charlottes Ich war. Das Einzige was auf jeden Fall gut sein würde, um Charlotte von diesen quälenden Träumen zu befreien, sei tiefe Arbeit mit dem Unterbewussten, mit den tiefen nicht bewussten Gefühlen. Jeanne und Charlotte saßen auf Jeannes Veranda, schlürften Cappuccino und blickten sinnend in den Garten. Charlotte bewunderte wieder einmal die wilde Blütenpracht in Jeannes Garten. Jetzt, Ende August war die Pracht gerade an dem Punkt, wo man den Zerfall der Blüten schon wahrnehmen konnte. Wo die Schönheit schon von ihrer Vergänglichkeit deutlich gezeichnet wurde. Und wo man bei der Betrachtung der Schönheit scharf und deutlich diesen Schmerz spürte, dass alles vergehen würde, nur für kurze Zeit hier war. Die Blumen, das schöne Wetter, letztendlich sie selbst, ihren gesunden Körper, ihr Glück, hier zu zweit zu sitzen. Charlotte seufzte tief: „So schön und bald vorbei". Jeanne nickte. Sie schien genau zu verstehen. Sie blickte einer Taube hinterher, die durch den Garten flog. Plötzlich drehte sie sich zu Charlotte um als habe sie eine Eingebung: „Bist Du schon mal mit Delphinen geschwommen?" Charlotte schüttelte misstrauisch den Kopf. Sie spürte ein plötzliches Flattern in der Magengegend und verschränkte abwehrend die Arme. Jeanne lachte. „So wie Du schaust, wäre das genau das Richtige für Dich! Komm, lass uns noch heute Nachmittag zur Dolphin School unten an der Bay gehen. Ein Freund von mir, Bob, arbeitet dort. Er kann uns alles zeigen und erklären." Charlotte war skeptisch. Auch ein bisschen missmutig. Der Tag hatte so ruhig und gemütlich begonnen. Sie verspürte absolut kein Bedürfnis nach Aktivität. Außerdem teilte sie die romantischen Vorstellungen über Delphine nicht. „Delphine, die intelligenteren Menschen." Das war mal wieder so ein amerikanischer Spiri- Quatsch. Sollte man doch besser die Tiere in ihrer natürlichen Umgebung lassen und das Geld für Schutzprogramme investieren. Aber Jeanne war total begeistert von ihrer Idee, telefonierte schon mit Bob und ignorierte Charlottes Abwehr konsequent. Und letztlich überwog dann doch die Neugier bei Charlotte und sie ging mit. Als sie mit Jeanne dort ankam, war sie gegen ihren Willen beeindruckt. Die großen Meerwasserschwimmbecken waren sauber und gepflegt und hatten einen offenen Zugang zum Pazifik. Dabei war jedes Becken über einen längeren Tunnel erreichbar, der als eine Art Schleuse diente. Für die zur Dolphin School gehörenden Tiere waren die Schleusen frei zugänglich. Jedes Tier hatte gelernt sich vor der Schleuse zu erkennen zu geben, indem es mit der Schnauze gegen ein sensorisches Feld drückte. Daraufhin wurde über Kamera und Bildanalyse das jeweilige Tier identifiziert und der Durchgang öffnete sich. Auf diese Weise wurde verhindert, dass fremde Tiere oder auch fremde Taucher in die

Becken eindringen konnten. Die Tiere schätzten offenbar den geschützten Raum der Becken, denn laut Trainer kamen sie oft zum Schlafen zurück in die Becken. Nachdem die Trainer das realisiert hatten, wurde ein Teil der Becken zur Ruhezone erklärt, wo niemand die Tiere stören durfte. Ziel der Schule war es, seelisch, körperlich oder geistig kranken oder behinderten Menschen das Schwimmen mit Delphinen zu ermöglichen und ihnen damit wieder Zugang zu ihrem Körper, ihren Gefühlen und ihren Emotionen zu ermöglichen. Die Tiere lernten also keine Kunststückchen oder Tricks. Sie waren einfach vertraut im Umgang mit Menschen und die meisten der Tiere sollten gar keine bestimmten Lektionen lernen. Es wurde ihnen einfach überlassen, mit den jeweiligen Menschen vertraut zu sein und zu schwimmen oder eben nicht. Allerdings gab es einige ausgewählte Tiere, die sogenannten HelferInnen. Sie hatten reihum „Dienst" und ihre Aufgabe war es im Notfall den Trainern zu helfen, Menschen wieder an den Beckenrand zu bringen. Charlotte staunte. Bob freute sich über ihr Staunen. Zu Charlottes noch größerem Staunen war er Deutscher. Wie kam ein Deutscher dazu, in der Bay Area Delphine zu trainieren? Und vor allem: wie kam ein Deutscher zu dem Namen „Bob"? Doch diese Fragen stellte sie natürlich nicht. Sie beobachtete ihn nur. Er war sichtlich stolz auf seine Trainingserfolge und auf „seine" Delphine und bot sogleich an, es ihr und Jeanne zu demonstrieren. Er stellte ihr Charlie vor, eine dreijährige Delphinkuh. Charlotte freute sich über die Namensvetterin. Sie war wirklich wunderhübsch. Zur Begrüßung richtete sie sich im Wasser auf, sodass sie bis zum Bauch aus der im Abendlicht glitzernden Wasseroberfläche herausragte. Dann tanzte sie stehend und dabei mit dem Kopf vor und zurückruckend rückwärts. Bob lachte: „Sie fordert Dich auf, mit ihr zu schwimmen." Charlotte machte vor Schreck einen Schritt rückwärts. „Na los doch, nur keine Scheu. Passieren kann nichts. Charlie und ich passen schon auf." Charlotte spürte panische Angst in sich aufsteigen. Tiefes Wasser war noch nie ihr Terrain gewesen. Und dann auch noch diese großen Fische. Tiere, verbesserte sie sich im Stillen. Es waren ja keine Fische. Sie spürte Bobs forschenden Blick und schüttelte stumm den Kopf. „Sorry. Tut mir leid. Aber das ist mir nicht geheuer." Dann gab sie sich einen Ruck. „Um ehrlich zu sein, ich habe panische Angst." Nun trat Jeanne vor und lenkte Bobs und Charlies Aufmerksamkeit auf sich. Sie würde so gerne einmal mit den Delphinen schwimmen gehen. Charlotte war dankbar und trat leise einen Schritt zurück. Sie wunderte sich über ihre Panik. Wunderte sich über ihr klopfendes Herz und die bodenlose Tiefe, die sie in sich spürte. Plötzlich war ihr wieder die kalte, taube Leere in ihrem Unterleib bewusst und einen Moment fühlte sie Tränen aufsteigen. Da spürte sie plötzlich Bobs Arm um ihre Schultern: „Hey, ist doch nicht so schlimm. Das geht vielen so vor dem ersten Delphin-Schwimmen. Du kommst einfach nochmal wieder und dann wird es schon klappen. Wir können es auch erst mal im flachen Wasser probieren, da fühlen sich viele am Anfang sicherer." Charlotte schluckte und lehnte sich einen Moment dankbar an. Sie wunderte sich über die vertraute Wärme, die sie von Bob spürte, obwohl sie ihn gar nicht kannte. Gemeinsam beobachteten sie, wie Jeanne, die sich inzwischen umgezogen hatte, nun vorsichtig ins Wasser stieg und sich langsam vom Beckenrand löste. Charlie war im Moment nicht zu sehen. Jeanne schwamm einen Moment ratlos vor sich hin, aber Charlie ließ sich eine ganze Weile nicht blicken. Plötzlich teilte sich das Wasser vor Jeanne und ein großer grauer Blitz schoss neben ihr durch die Luft, bevor er platschend und Jeanne mit Wasser überschüttend wieder im Wasser verschwand. Bob stürzte an den Beckenrand und pfiff gellend mit einer Trillerpfeife. Dann verwies er Charlie mit ausgestrecktem Arm des Beckens bevor er sich Jeanne zuwandte und sich tausendmal entschuldigte. Jeanne flüchtete sich an den Beckenrand und schaute ziemlich betreten. „Mensch, habe ich mich erschrocken. So habe ich mir das aber nicht vorgestellt." Charlotte musste gegen ihren Willen lachen. „Oh je, oh je, wenn das mir passiert wäre, ich glaube, ich wäre auf der Stelle vor Schreck ertrunken." Als Charlotte anfing zu lachen, schaute Jeanne zuerst gekränkt. Doch Charlotte wurde plötzlich von so heftigem Lachen geschüttelt, dass Jeanne schließlich mit einstimmte und plötzlich lachten beide wie verrückt, konnten gar nicht mehr aufhören zu lachen. „Tolle Erfahrung um seine Angst zu überwinden…, " keuchte Charlotte, „wenn du das überstehst, hast du nie wieder Angst im Wasser!" Bob war sichtlich verlegen. Er versuchte zu erklären, dass Charlie sich noch in der Ausbildung befand, allerdings schon so weit war, dass er eigentlich gedacht hatte… „Irgendwie muss sie sich wohl geärgert haben, dass Charlotte nicht ins Wasser kam sondern Jeanne." „Ach, jetzt bin ich wohl schuld?" Charlotte tat so, als sei sie beleidigt. Grinste dann aber, als Bob zu umfangreichen Erklärungen anhob. Doch dazu kam es nicht mehr, denn nun kam aus dem Schatten eine kleine, energische Frau: „Verdammt, Bob. Was zum Teufel glaubst du eigentlich da zu tun? Außerhalb der Zeiten, mit einem Tier das noch nicht fertig ausgebildet ist und −"   und bei diesen Worten musterte sie die beiden Frauen mit unverhohlener Abneigung „ − und mit zwei unangemeldeten Besucherinnen. Kannst du mir das mal erklären?" Die letzten Worte zischte sie fast. Bob zog die Schultern hoch und setzte zu einer Antwort an. „Ach hör doch auf mit deinen Ausreden! Am besten wir besprechen das morgen." Damit drehte sie sich auf dem Absatz um und rauschte davon. Charlotte schaute ihr sprachlos hinterher. Alle drei schwiegen. „Wer war das denn?" Bob zuckte die Achseln. „Meine Chefin. Pat." Nun grinste Jeanne. „Ach? Nur Chefin?" Bob schaute überrascht, dann abwehrend. Dann drehte er sich um, offensichtlich verärgert. Jeanne machte schnell einen Schritt auf ihn zu und legte ihm die Hand auf den Arm. „Entschuldige Bob. War nicht bös gemeint. Komm, nachdem du wegen uns soviel Ärger gehabt hast, lass uns doch was essen gehen. Wir laden Dich zur Entschädigung ein." Bob schaute zweifelnd in die Richtung in der Pat verschwunden war. „Hmm.." zögerte er. „Na los," schmeichelte Jeanne „bei uns beiden Dykes bist du sicher." Bob warf Charlotte einen schnellen, erstaunten, etwas ungläubigen Seitenblick zu, als wollte er fragen: „Du auch?" Charlotte war einen Moment verunsichert, warum Jeanne sie als Dyke ausgab, dann aber spielte sie mit und grinste breit. Zögernd nickte Bob, etwas glomm in seinen Augen auf. „Ich hole schnell meine Sachen und schließe die Anlage für den Abend." „Nur keine Eile." sagte Jeanne, „wir gehen schon mal zum Auto." Während sie zum Auto gingen, fragte Charlotte: „Warum hast Du das gesagt?" „Warum habe ich was gesagt?" stellte Jeanne sich dumm und grinste. Charlotte gab ihr einen Knuff mit dem Ellbogen. „Warum ich Dich als Lesbe ausgeben habe? Och, - so fühlt er sich sicher. Wer weiß, ob er sonst mitgegangen wäre, zwischen euch hat es doch gleich gefunkt. Und mit Pat läuft doch eh nichts mehr, das hat man doch gesehen." „Ach – und ich habe da wohl gar nichts..." „Und Du" unterbrach Jeanne sie, „und Du hättest ein kleines erotisches Abenteuer bitter nötig." Charlotte war so erstaunt, dass sie stumm stehenblieb und Jeanne mit großen Augen anschaute. In dem Moment kam Bob auf sie zu und Charlotte wandte sich schnell ab.

Sie gingen in eine Kneipe, etwas laut und lärmig, aber mit guter Musik und gutem Essen. Charlotte war der Lärm gerade recht, so fühlte sie sich etwas weniger beobachtet, hatte das Gefühl besser in die Umgebung eintauchen zu können. Bob flirtete ziemlich deutlich mit ihr und sie merkte zu ihrem Erstaunen, dass sie es genoss. Jeanne ließ sich nicht anmerken, dass sie irgendetwas mitbekam und Charlotte war ihr dankbar dafür. Sie fühlte sich erstaunlich wohl mit den beiden und als Bob unter dem Tisch vorsichtig sein Bein gegen ihres lehnte, lächelte sie. Vielleicht hatte Jeanne ja Recht. Viel zu lange war es schon her.

Es war spät als sie aufbrachen. Jeanne fuhr Charlotte nach Hause und enthielt sich jeglichen Kommentars. Als sie sich zum Abschied umarmten, drückte Jeanne Charlotte herzlich: "Schlaf gut, und träume wunderschöne Sachen...". Nun konnte sie sich eines Grinsens doch nicht enthalten. Charlotte grinste zurück. „Pfff..... ich habe keine Ahnung, wovon du sprichst." Jetzt lachten sie alle beide und als

Charlotte ins Haus ging, fühlte sie sich so leicht und unbeschwert wie schon lange nicht mehr. Sie sollte doch wohl nicht etwa verliebt sein? So schnell? Das wäre ja wohl eine Blitzaktion.

Am nächsten Abend traf Charlotte sich mit Francia. Francia war zäh und kämpfte sich durchs Leben. Charlotte bewunderte sie vor allem für ihre Art, mit Pferden umzugehen. Francia hatte von der Ausbildung der jungen Pferde ohne den entsprechenden Ausgleichssport manchmal heftigste Rückenschmerzen. Sie hatte von den Frauen von Charlottes heilenden Fähigkeiten gehört und Charlotte hatte ihr nun schon einige Male die Hände aufgelegt und versucht, durch gezielte Massage Blockierungen im Blasenmeridian aufzuheben. Und Francia hatte sie dann mit zu den Pferden genommen und hatte Charlotte eines der älteren Pferde, Dusty, anvertraut. Dusty war in den besten Jahren, doch gegenüber den jungen, noch in Ausbildung befindlichen Tieren wurde er oft vernachlässigt. Charlotte genoss es, ein so gut ausgebildetes, kerngesundes und voll in der Kraft stehendes Pferd reiten zu können.

Und so hatten Francia und sie schon einige schöne Ausritte gemeinsam unternommen. Offiziell dienten die Ausritte der Ausbildung der jungen, unerfahrenen Pferde, die sich durch die Begleitung eines älteren, ruhigeren Pferdes an die Ritte im Freien gewöhnen sollten, bevor sie verkauft wurden. Doch meistens hatten sie einfach unheimlich viel Freude miteinander. Nach dem Ausritt ging Charlotte öfters mit zu Francia und Daniel. Während Charlotte Francia behandelte, kochte Daniel und hinterher aßen sie gemeinsam. Doch heute war Francia nicht wegen ihrer Rückenschmerzen frustriert. Heute klagte sie über ihre leblose Beziehung zu Daniel. „Weißt Du, kannst Du nicht dafür mal ein wenig Hand auflegen?" witzelte sie. „Dass unser Sex mal ein wenig in Schwung kommt?" Charlotte grinste: „Wem denn, ihm oder Dir und vor allem: Wo soll ich denn die Hand auflegen?" Francia wurde rot und etwas verlegen. Charlotte wurde plötzlich bewusst, dass auch Francia sie wohl für eine Lesbe hielt. Charlotte schüttelte beruhigend den Kopf. „Was ist denn eigentlich das Problem?" Francia seufzte. „So genau weiß ich das auch nicht. Oft habe ich Lust auf Sex, aber dann reagiert er überhaupt nicht. Und wenn er will, dann tut er das mit einem direkten Griff an Möse oder Brust. Das ist offensichtlich für ihn das Vorspiel. Für mich ist das sofort mitten hinein. Und dann mache ich innerlich drei Schritte zurück und sofort dicht. Na und das war es dann auch meist. Oder zumindest wird es dann nicht gut, wenn es noch was wird." Charlotte nickte. „Ja das kenne ich, aus meiner früheren Beziehung zu Frank." Francia schaute erstaunt auf. Aber Charlotte erklärte nicht. „Ich weiß auch nicht, wie man das den Männer beibringen kann. Irgendwie steht es doch wohl in jedem blöden Magazin drin, aber offensichtlich schauen sie nur die Bilder an." Das Gespräch wandte sich dann wieder den Pferden zu und von dort aus den Delphinen. Charlotte erzählte von ihrem gestrigen Erlebnis an der Dolphin School. Francia lachte, fand es aber auch verantwortungslos. „Das wäre ja so, als wenn ich jemanden, der zur Hippotherapie will, auf ein junges Pferd setzte." schimpfte sie. „Na ja," protestierte Charlotte, „ich wollte ja nicht zur Therapie!" „Könntest Du aber brauchen." konterte Francia. Charlotte schaute sie erstaunt und etwas empört an. „Ja, nimm`s mir nicht übel. Aber da geht es doch um das Element Wasser. Die ganz tiefen Gefühle. Das tiefe Unbewusste. Und das würde Dir sehr gut tun. Das können Dir die Pferde nicht geben. Pferde sind für das innere Feuer, die Kraft in Dir." Charlotte lief ein Rieseln durch den Körper, wie immer wenn sie eine Wahrheit erkannt hatte, oder wie in diesem Fall, jemand etwas zutiefst Wahres sagte. Ja, das stimmte. Das sollte sie bei den Delphinen finden. Und deswegen sollte sie dort auch wieder hingehen. Sie seufzte unbewusst. Dass ausgerechnet Francia das so auf den Punkt brachte, hätte sie nie gedacht. Tiefe Dankbarkeit stieg plötzlich in ihr hoch. Sie hatte hier, in dem angeblich so oberflächlichen Amerika, so wertvolle Freundinnen gefunden.

Als sie später nach Hause fuhr und sich auf ihr gemütliches Häuschen freute, dachte sie noch einmal über Francias Problem mit Daniel nach. Und dann hatte sie eine Idee. Sie setzte sich sofort an ihren Laptop und schrieb mit wachsender Freude eine „Einweisung für Männer". Es war weit nach Mitternacht, als sie den Text an den Drucker schickte und sie ließ den Ausdruck einfach dort liegen. Sie würde sich etwas ausdenken, wie sie ihn Daniel zukommen lassen könnte. Auf irgendeine mysteriöse Weise, sodass er es auch entsprechend beachten würde. Zufrieden schlüpfte sie ins Bett und träumte von ihrem Text, von sanften Händen, von Erregung, von einem warmen Körper neben ihrem. Als sie am nächsten Morgen aufwachte, dachte sie an Jeannes Worte: „Du hättest es bitter nötig…". Zehn Jahre war es jetzt her, seit sie sich von Frank getrennt hatte und seit fünf Jahren war sie mit keinem Mann mehr im Bett gewesen. Und die letzten Erfahrungen waren auch wirklich nicht so toll gewesen. Charlotte seufzte, stand auf und frühstückte. Sie hatte heute mehrere Termine. Der leukämiekranke Junge, die Frau mit Migräne, die Diskussion mit den Frauen der Trauma-Gruppe. Das reichte eigentlich für einen Tag. Als sie an den kranken Jungen dachte, musste sie die aufkommenden Zweifel fortschicken, was sie sich da eigentlich einbilde zu tun. Sie hatte dem kleinen Tom nie gesagt, dass sie heilen könne. Sie hatte nur gesagt, sie würde versuchen seine Schmerzen etwas zu lindern. Und offensichtlich half sie irgendwie, denn er wollte sie immer wieder sehen und neulich hatte er darauf bestanden, dass sie mit ihm ins Krankenhaus ging. Was sie dann auch getan hatte. Aber sie erklärte der Mutter immer wieder, dass sie keine Wunderheilerin sei. Worauf die Mutter immer nur sagte: "Charlotte, hör sofort damit auf. Wenn wir nicht alle an ein Wunder glauben, dann bleibt uns gar nichts mehr." Charlotte hatte die aufkommenden Tränen hinuntergeschluckt und genickt. So vertraut waren die Zweifel, so bekannt. Und doch jeden Tag von neuem wieder so überzeugend. Ja, heute würde sie alle Zweifel wegschieben. Stattdessen setzte sie sich auf ihr Kissen, konzentrierte sich und bat die Göttin, das Universum, und den christlichen Gott von Toms Mutter um ein Wunder. Um das Wunder von Toms Heilung.

Plötzlich spürte Charlotte wie ihr Herz aufging, wie es sich in den Raum um sie herum weitete und warmes, lichtes Kribbeln ihren Körper durchrieselte. Wie sich ihr Körper füllte mit einem Gefühl der Schwerelosigkeit und der lichten Weite. Sie schickte alle diese Empfindungen zu Tom, stellte sich vor, wie sein kleiner blasser Körper damit angefüllt wurde und sich mit lebendiger Energie wieder belebte. Dann schloss sie die Meditation ab, sammelte ihre Sachen zusammen, die sie heute brauchen würde und fuhr los. Sie sah nicht mehr, dass, als sie auf die große Straße eingebogen war, ein alter rostiger Pickup die Einfahrt hinauffuhr und vor ihrem Haus parkte. Bob stieg aus dem Wagen. Er zögerte einen Moment, als traue er sich nicht recht. Aber dann gab er sich einen Ruck, ging entschlossen zur Tür und klingelte an der alten rostigen Kuhglocke, die rechts an einem geflochtenen Band hing. Gleichzeitig beugte er sich über das Türschild, um sicher zu gehen, dass er hier auch richtig war. Er nickte und trat erwartungsvoll und nervös einen Schritt zurück. Aber es passierte wieder nichts. Nach einer Weile zog er noch einmal an der Kuhglocke. Doch das Haus blieb still. Bob war erstaunt über das heftige Gefühl der Enttäuschung, das sich in ihm ausbreitete. Na gut, vielleicht war es besser so. Was machte er hier überhaupt. Er hatte sich von Pat noch nicht richtig getrennt und war schon auf neuen Pfaden unterwegs… Und außerdem war sie doch eh Lesbe. Er seufzte, plötzlich erschien ihm der Tag trotz des strahlend schönen Wetters grau und leblos. Er ging an dem kleinen Beet vorbei und betrachtete die liebevoll gepflegten Blumen und Kräuter. Er kannte sie alle nicht, aber er ging plötzlich in die Knie und steckte seine Nase hinein. Ja, dies war wie Charlotte. Voller Leben, Freude, Mitgefühl. Er sah plötzlich ihre lebhaften Augen vor sich, die verstehend und mitfühlend reagierten und wehmütige Sehnsucht nach Nähe überkam ihn. Und ohne dass er nachdachte, drehte er um und ging wieder zu der bunt bemalten Haustür des kleinen Holzhauses. Er drückte die Türklinke und die Tür gab sofort nach. Weil ihm der Gedanke kam, dass Nachbarn ihn sehen könnten, trat er schnell in den Flur und zog die Türe hinter sich zu. Sein Herz klopfte wild. Was machte er hier? Wie war er eigentlich auf die Idee gekommen, einfach in ein fremdes Haus zu gehen? Und warum ließ Charlotte es einfach offen? Im Flur war es dämmrig und er sah sich selber schemenhaft im großen Spiegel der Garderobe. Groß, sportlich, braungebrannt, nicht wirklich schön, kantiges knochiges Gesicht, braune, leicht rötliche Haare. Die Nase hatte ihm noch nie gefallen, obwohl eine seiner früheren Freundinnen sie immer als griechisch bezeichnet hatte. Er hatte nie wirklich verstanden, was sie damit eigentlich gemeint hatte, aber das war nun auch egal. Er drehte sich weg vom Spiegel, spürte wie sein Herz noch immer wild klopfte. Er war sehr versucht, einen Rundgang durch das Haus zu machen und wunderte sich selber über seine heftige Neugierde. Doch er drehte sich nun entschlossen wieder um, trat zur Haustüre hinaus und sah plötzlich einen Zettel auf den Stufen liegen. Während er sich noch wunderte, ihn vorhin übersehen zu haben, griff er auch schon danach. Wieder zögerte er. Als er den Titel sah, durchzuckte ihn noch heftigeres Schuldgefühl, aber stärker war die Neugier und er setzte sich auf die Stufen vor dem Haus und begann zu lesen.

**Eine Einweisung für Männer**

*Wenn du eine Frau erregen möchtest, die vielleicht gerade abgelenkt, müde, uninteressiert, prüde, schüchtern, mit Schuldgefühlen beladen ist oder was auch immer es noch an Gründen geben mag, auf jeden Fall eben nicht oder noch nicht sexuell erregt, dann vermeide vor allem Folgendes: Direktes Berühren aller primären oder sekundären Geschlechtsorgane, also vor allem Möse und Brüste, aber dazu kann in weiterem Sinne auch Po und Bauch zählen. Ansonsten riskierst Du einen sofortigen inneren und /oder auch äußeren Rückzug. Ein sehr guter Anfang dagegen ist immer Nacken und Schulterbereich. Das ist auch völlig unverfänglich, Nacken und Schultern kann man einfach freundschaftlich kraulen oder massieren, schließlich gibt es wohl kaum eine Frau, die dort keine Verspannung sitzen hat. Dabei wird mann dann sofort merken, ob frau sich ihm entgegenlehnt oder eher entzieht. Oder vielleicht mit einer gemurmelten Entschuldigung die Flucht ergreift. Falls sie sich entgegenlehnt, kann die Massage entlang der Wirbelsäule und Schulterblätter ausgedehnt werden. Nun kann auch gut der Vorschlag folgen, vielleicht die Jacke, Pullover etc. mal auszuziehen, damit mann besser an die verspannten Punkte gelangen kann und frau könnte sich doch in eine liegende Position begeben, weil dann natürlich die Massage viel effektiver ist. Entlang der Wirbelsäule kann mann sich dann nach unten tasten, aber wohlgemerkt: erst mal an der Wirbelsäule bleiben, noch vermeiden rechts und links „zufällig" mit den Fingern die Brüste zu streifen. Erst wenn frau sich deutlich und wohlig der Massage hingibt langsam weiter nach unten tasten und vorsichtig, fragend, tastend in Richtung Po beginnen zu massieren. Wenn das nicht auf Widerstand oder Rückzug stößt, kann der Vorschlag gemacht werden, doch die Hose etwas nach unten zu schieben um die Kreuzmuskulatur etwas ausführlicher massieren zu können. Letzteres kann dann leicht auf die Pomuskulatur ausgedehnt werden. Dann vielleicht nochmal ganz unverfänglich den Rücken wieder hinauf und nun seitlich wie zufällig die Brüste streifend streichelnd. Wenn das frau nicht zum Rückzug veranlasst, ist eigentlich alles harmonisch, nun können sich die Hände nach vorne tasten, an der Hüfte entlang zum Bauch, vorsichtig die Frau umdrehen, vielleicht die Hose ganz abstreifen, T-Shirt hochschieben... Alles Weitere sollte nun beidseitig eigentlich ganz von allein gehen... die Körper und Seelen haben da genug Phantasie um sich gegenseitige Freude zu schenken, wenn die Anfangshürde erst mal genommen ist.*

Hier endete der Text. Bob schaute ihn gedankenverloren an und spürte, dass er selber erregt war, obwohl in dem Text von eigentlichem Sex noch überhaupt nicht die Rede war. Wie ertappt musste er bei diesem Gedanken grinsen. Das war es wahrscheinlich. Für Frauen war dies das eigentliche Vorspiel. Alles was später kam, gehörte schon zum Sex. Petting, Küssen, war für die Frauen schon Sex und Männer verstanden nicht, warum sie sich über ein fehlendes Vorspiel beklagten. Als Bob im Tal unten ein Auto hörte, wurde ihm siedend heiß bewusst, wo er sich befand. Heftiges Schuldgefühl schoss in ihm hoch. Schnell legte er sorgfältig den Text wieder auf die Stufen. Zu seinem Entsetzen sah er Charlottes kleinen Renault das Tal heraufkommen. Er rannte die Treppe hinunter, sprang in seinen Wagen und fuhr den Feldweg hinter dem Haus entlang in den Wald. Einmal mehr war er sehr dankbar, dass er mit dem Pickup fast querfeldein fahren konnte, sonst wäre es jetzt ziemlich peinlich geworden. Er parkte den Pickup hinter den Bäumen und beobachtete wie Charlotte aus dem Auto stieg, ein paar Kräuter einsammelte und sorgfältig in einen Korb legte. Dann kramte sie in ihrem Korb und schien offensichtlich etwas zu suchen, aber nicht zu finden. Sie ging zum Auto, kam kurz darauf wieder zurück, ging zum Haus und fand dann den Zettel auf den Stufen. Offensichtlich war es das, was sie gesucht hatte, denn nun drehte sie sich eilig um, und ohne überhaupt ins Haus zu gehen, stieg sie wieder in ihren Renault und fuhr los. Bob wartete eine Weile und fuhr dann sehr nachdenklich zur Arbeit.

Charlotte kaufte sich eine Membership Card für die Dolphin School und ging nun regelmäßig, um die Tiere zu beobachten. Sie saß einfach nur am Beckenrand und schaute den Delphinen zu, wie sie so scheinbar mühelos und elegant durch das Wasser schnellten. Einige wenige Male kam ein Tier zu ihr heran und beobachtete sie neugierig. Sie verhielt sich ganz ruhig, reagierte nicht. Daraufhin verloren die Tiere schnell das Interesse und schwammen weiter. Oft ging sie auch auf die Mole, wo man hinaus auf den Pazifik schaute und mit etwas Glück die Delphine in den Wellen spielen sah. Einmal meinte sie, Charlie zu erkennen, war sich aber nicht sicher. Bei ihren ersten Besuchen war Bob nicht zu sehen und sie war einerseits erleichtert, andererseits enttäuscht. Dann, eines Abends, als sie auf der Mole stand und völlig versunken zwei Delphinen zusah, wie sie in den Wellen spielten, stand er plötzlich neben ihr. Sie hatte ihn nicht kommen sehen, trotzdem war sie nicht etwa erschrocken oder auch nur erstaunt. Eine ruhige Freude breitete sich in ihr aus. Sie lächelte ihn an: „Wunderschön, nicht war?" Es war das erste Mal, dass sie ihn auf Deutsch ansprach. Es war ganz unbewusst gekommen. Er nickte nur und gemeinsam standen sie eine lange Zeit schweigend und schauten diesem kraftvollen, eleganten Spiel zu. Die Abendsonne glitzerte auf dem Wasser und ging schließlich blutrot am Horizont unter. Wäre es nicht so schmerzhaft schön gewesen, hätte sie sagen müssen, es sei kitschig. Als sie den Gedanken aussprach, lachte er. Er hatte sie zwischendurch immer wieder von der Seite beobachtet und merkte wie seine Verwirrung wuchs. Wieso schrieb eine Lesbe solche Texte? Oder war sie nur deswegen Lesbe, weil die Männer sich eben nicht so verhielten, wie sie es gerne hätte? Aber eigentlich hatte er natürlich genug Frauenliteratur gelesen, um zu wissen, dass das ein politisch völlig unkorrekter Gedanke war. Frauen, so hatte frau ihm beigebracht, waren nicht deswegen lesbisch, weil sie noch nicht den richtigen Mann gefunden hatte und auch nicht deswegen, weil sie nur einfach richtig und einfühlsam behandelt werden mussten. Trotzdem, manchmal hatte er so seine Zweifel. So hatte ihm eine lesbische Freundin einmal, nachdem sie eine halbe Nacht zusammen durchgesoffen hatten, erzählt, dass sie manchmal sehr erregende Träume von Männern hätte. Dass sie allerdings sobald sie dann wieder richtig wach sei, sich nichts weniger vorstellen könne, als mit Männern ins Bett zu gehen. Auf jeden Fall, so beschloss Bob jetzt, wollte er sich nicht die Finger verbrennen und sich unglücklich in eine Lesbe verlieben. Wenn er sich's genau überlegte, war er auf diese Weise bei Pat gelandet. Bei Pat war klar und deutlich gewesen, dass sie wollte. Einfach, direkt, zufriedenstellend. Mit einem Ruck trat er einen Schritt zurück: „Ich muss noch die Becken kontrollieren und die Tiere füttern. Ich wünsch dir einen schönen Abend." Charlotte hatte den Stimmungsumschwung bemerkt und nickte ihm nun zu. Als er ging, sandte sie ihm heilende Energie hinterher. Sie wusste zwar nicht, mit was er sich herumquälte, aber dass er Mitgefühl und Wärme brauchte, das war klar. Und offensichtlich spürte er etwas, denn er drehte sich noch einmal um und sagte einfach nur: "Danke." Sie winkte zum Abschied, dann drehte sie sich wieder zum Meer. Die Delphine waren fort. Vielleicht holten sie sich ihr Futter. Sie schloss die Augen, ließ den kühlen Wind ihr Gesicht liebkosen und dankte der Göttin für all das Gute, das sie hier erlebte. Dann öffnete sie ihre Handflächen in Richtung Meer und sprach das Mantra der Göttin. Und indem sie über den Pazifik weit in die Ferne nach Westen schaute, bat sie die Göttinnen und Geister des Westens ihre Gefühle wieder zu beleben, die Taubheit in ihrem Unterleib endgültig zu heilen, ihr wieder Freude, Liebe, Mitgefühl zu schenken. Sie ließ den Blick immer und immer weiter gen Westen sich verlieren und bat um Reinigung, um Leben. Lange stand sie da, irgendwann wurde ihr kalt. Es war nun fast dunkel. Und obwohl es etwas gefährlich war bei schlechtem Licht über die Felsen zu klettern, wählte sie diesen Weg zum Parkplatz. Sie mochte jetzt niemandem begegnen. Zu erfüllt war sie von der Begegnung mit den Delphinen, dem Meer, mit Bob, der endlosen Weite, dem Sonnenuntergang. Ja, die Göttin war heute ganz nah gewesen.

Am nächsten Tag als Charlotte sinnend durch die Stadt fuhr, sah sie plötzlich Daniels Chevrolet vor dem Supermarkt stehen. Ihr fiel wieder die Einweisung ein, die nun seit Tagen in ihrem Auto lag, fertig verpackt in einem geheimnisvoll aussehenden Umschlag. Zögernd blieb sie neben dem Chevrolet stehen. Da sah sie, dass das Auto nicht abgeschlossen war. Ohne weiter zu überlegen, stieg sie aus, ging zu Daniels Wagen, öffnete die Tür, legte den Brief hinein, überprüfte ob der Schlüssel auch nicht steckte, betätigte die Zentralverriegelung und schloss die Tür. Sie sah sich schnell um, aber offensichtlich hatte sie keiner gesehen, oder zumindest hatte sich keiner darum gekümmert. Nun stieg sie schnell wieder ein und fuhr bis zur nächsten Ecke. Dort stieg sie wieder aus und konnte gerade noch beobachten, wie Daniel ohne zu zögern das Auto aufschloss. Er schien sich nicht zu wundern, dass es abgeschlossen war, also hatte er einfach vergessen, es abzuschließen. Nun bückte er sich und hob den auf dem Sitz liegenden Umschlag auf. Er schien sichtlich verwundert. Drehte sich mehrmals um, ob ihn jemand beobachtete und schien zu überlegen, ob er den Umschlag einfach wegwerfen sollte. Doch dann überwog die Neugier, er setzte sich ins Auto und zog die Türe zu. Charlotte konnte ihn nun nicht mehr sehen, aber er saß dort bestimmt eine halbe Stunde, bevor er schließlich den Chevrolet startete und losfuhr.

Zwei Tage später ging sie mit Francia zum Reiten. Francia war freudig guter Laune und sprühte nur so vor Lebensenergie. Charlotte wurde fast schon neidisch, während das Pferd unter Francia von der Begeisterung angesteckt wurde und mehrmals alle vier Beine gleichzeitig in die Luft warf. Francia lachte darüber nur: „Ich glaube, ich und mein Pferd müssen uns mal austoben. Machst du mit?" „Klar, doch" nickte Charlotte, „soll ich voraus?" „Ja, aber gib ruhig ordentlich Tempo, damit mein Kleiner hier mal etwas Luft ablassen kann." Charlotte trabte an. Vor ihr lag ein fast endlos lang erscheinender Grasweg, der sich sanft bergan schlängelte. Ein Traum für jeden Ausritt. Auf ein Zeichen Francias galoppierte sie an. Wieder einmal genoss sie die geschmeidigen, flüssigen Bewegungen Dustys. Ein kleiner Druck und ein wenig mehr Spielraum in den Zügeln und nun flog er nur so dahin. Der Wind brauste ihr ums Gesicht, sie hörte das Geräusch der Hufe auf dem leicht feuchten Grasboden, die weiten, weichen, fließenden Bewegungen und die Geschwindigkeit waren wie ein Rausch. Sie wusste, nur mit einem so zuverlässigen und erfahrenen Pferd, durfte sie sich so hingeben. Sie schaute über die Schulter zurück, ob bei Francia und Coolman alles in Ordnung war, aber Francia gab ihr ein anfeuerndes Zeichen und nun kam Coolman von hinten mit noch höherem Tempo. Dusty zog mit und eine Weile flogen die Pferde nebeneinander dahin, bis Francia Zeichen gab, langsam zurückfiel und Charlotte nun langsam, ganz sanft das Tempo immer weiter drosselte, bis sie schließlich in einen ruhigen Trab fielen und dann zum Schritt kamen. Als die freudige Erregung des schnellen Ritts abflaute, überfiel Charlotte plötzlich die Erinnerung an Voyou. Mit jähem heißem Schuldgefühl musste sie sich eingestehen, dass es mit Voyou nie so harmonisch gewesen war. Wie hatten sie gekämpft, wie oft hatte sie ihn dabei auch bekämpft. Sie selbst war in seinen jungen Jahren so unausgeglichen und unglücklich gewesen, dass sie mit ihrer Ungeduld, Depression, Verzweiflung viele Fehler in seiner Ausbildung gemacht hatte. Und später waren sie beide dann schon so eingespielt, vielleicht auch eingefahren gewesen. Bei diesen Kämpfen miteinander hatte sie ihm wohl oft wehgetan, mit Gebiss, Sporen, Gerte. Tränen stiegen ihr in die Augen und Francia, deren Augen noch vor Begeisterung sprühten, wandte sich ihr erschrocken zu. „Was ist denn, irgendetwas nicht in Ordnung?" „Es ist nur, ich musste gerade an Voyou denken." „Oh je, das tut mir so leid." Ein Augenblick schwieg Francia. „Aber weißt Du, vielleicht ist er gerade mit uns dahin geflogen. Befreit von allen seinen Schmerzen, befreit von seinem krummen Rücken, und sogar befreit von Sattel und Trense und uns." Charlotte blickte unwillkürlich zurück, den langen Grasweg hinunter und durch ihren Tränenschleier hindurch glaubte sie plötzlich Voyou dort schweben zu sehen, feuerrot in der Sonne glänzend, tänzelnd, freudig, unbeschwert. Sie lächelte wehmütig: „Und trotzdem tut es weh zu wissen, so viele Fehler gemacht zu haben. Er hätte ein so viel schöneres Leben haben können, wenn ich ihn besser ausgebildet hätte." Francia nickte verstehend: „Ich weiß, was Du meinst. Meinetwegen sind sogar schon Pferde gestorben. Weißt Du, wenn ich hier mal die Nerven verliere, oder wenn ich ein Pferd zu streng oder zu wenig streng ausbilde." Einen Moment schwieg sie wieder, während die Pferde unter ihnen ruhig nebeneinander her gingen. „Einmal habe ich von einem Pferd erfahren, das mit seinem Reiter über einen festen Zaun gesprungen war, obwohl der Absprung überhaupt nicht passte. Dieses Pferd hatte am Anfang seiner Ausbildung bei mir oft die Sprünge verweigert und ich hatte ihm das mit großer Strenge ausgetrieben. Nun war es dann gesprungen, obwohl die Entfernung überhaupt nicht hinkam und es hat sich zu Tode gestürzt." Sie kamen in den Wald und kühle Stille umfing sie. Nach einer Weile sagte Charlotte: „So schwer es auch ist, man muss irgendwie die Vergangenheit loslassen. Vor allem diese quälenden Schuldgefühle der Vergangenheit." Francia nickte: „Wir können nicht mehr, als im jetzigen Moment unser Bestes geben. Und das Beste ist das, was wir eben gerade jetzt geben können, so fehlerhaft es auch sein mag. Wenn wir das versuchen, vielleicht wird es dann besser irgendwann mit den Schuldgefühlen." „Ja aber nur, wenn wir uns dann auch zugestehen, dass es das Beste war, was uns in diesem Augenblicke möglich war." Francia lachte: „Na, da haben wir uns ja was vorgenommen!"

Als sie am Stall ankamen und die Pferde versorgt hatten, setzten sie sich noch unter den alten Ahorn und tranken einen kalten Orangensaft. „Und" fragte Charlotte neugierig, „wie läuft es mit Daniel?" Francia fing an begeistert zu kichern. „Super! Hast du ihm vielleicht heimlich die Hand aufgelegt?" Charlotte schüttelte lächelnd den Kopf. „Nein, natürlich nicht!"

Charlotte ging jetzt regelmäßig zur Dolphin School. Es hatte für sie etwas Meditatives dort zu sitzen, die Sonne auf dem Wasser glitzern zu sehen, oder aber auch die so häufigen feucht kühlen Nebelschwaden, die vom Pazifik her hereindrängten, zu beobachten. Es waren immer Tiere in den Becken und bald lernte sie, die Unterschiede zwischen ihnen zu erkennen. Da gab es temperamentvolle, unruhige, oft sehr verspielte Tiere, oder auch solche, die mehr seelenvoll, fast wie genießend ihre Runden durch das Wasser drehten. An einem Nachmittag dachte sie daran, dass sie als Kind sich immer eingebildet hatte, mit Tieren sprechen zu können. Nun, ein Versuch war es ja auf jeden Fall wert. Sie konzentrierte sich ein paar Minuten auf ihren Atem, dann richtete sie all ihre Achtsamkeit auf einen Delphin, der ihrer Meinung nach Bruno hieß. Sie schaute ihn einen Moment lang an und sandte ihm dann einen freundlichen Gruß. Er drehte daraufhin sofort um und kam auf sie zu geschwommen. Charlotte spürte ihr Herz klopfen. Sie fragte ihn, ob er tatsächlich Bruno sei. Sie bekam ganz klar ein bejahendes Gefühl. Jetzt wusste sie nicht so recht weiter. Durch ihre Verwirrung ließ ihre Konzentration nach und sofort drehte Bruno ab und verschwand im hinteren Teil des Beckens. Allerdings kam er kurze Zeit später noch einmal wie zufällig sehr nah bei ihr am Beckenrand vorbei. Ohne zu überlegen schossen die Gedanken aus Charlotte heraus. Sie visualisierte das Bild von Charlie und wie Charlie sie am ersten Tag begrüßt hatte. „Kennst Du Charlie? Kannst Du sie fragen, ob sie herkommt?" Bruno drehte prompt ab und kurze Zeit später kam er mit einem zweiten Delphin zurück. Charlotte war sich nicht sicher, ob das Charlie war, aber sie beschloss jetzt einfach dem, was da gerade passierte, zu vertrauen. Und tatsächlich richtete sich dieser zweite Delphin wieder im Wasser auf und wich tanzend vom Beckenrand zurück. Charlotte hatte plötzlich Bilder im Kopf, wie sie mit den beiden Delphinen schwamm. Panik erfasste sie. „Aber ich habe Angst, große Angst." sandte sie zu den beiden Tieren. „Keine Haie, es gibt hier keine Haie," ging ihr daraufhin durch den Kopf. Und noch mal: „Die Becken sind geschlossen. Keine Haie." Charlotte dachte nach. Die einzige natürliche Gefahr für Delphine waren Haie. Wenn sie also Angst verspürte, sandten die Delphine ihr Bilder, dass es keine Haie in dem Becken gab, dass es also nichts gäbe, vor dem sie Angst haben müsste. Sie atmete tief ein. Dann zog sie kurz entschlossen ihre Schuhe und die Jeans aus. Sie hatte heute einen Tanga an, der fast wie eine Badehose aussah, das würde also gehen. Das T-Shirt ließ sie an, nicht dass sie hier im prüden Amerika einen Skandal auslöste. Dann setzte sie sich an den Beckenrand, warf einen vorsichtigen Blick in die Runde und als niemand zu sehen war, lies sie sich vorsichtig in das Wasser hineingleiten. Was nun kam, war so unglaublich, dass sie es später niemandem erzählen konnte. Die Tiere waren neben, unter und über ihr. Ohne dass sie sie berührten, spürte sie eine Nähe und Verbundenheit, dass sie das Gefühl hatte, genauso schnell, wendig, kraftvoll und elegant zu sein, wie diese Tiere. Sie hatte das Gefühl, zu schwimmen wie ein Delphin, mühelos, leicht, unbeschwert. Sie glitt durch das Wasser und war plötzlich schon mitten im Becken. Hier und da streckte sie vorsichtig eine Hand aus und streifte eine kühle, glatte, samtene Haut. Sie bemühte sich, liebevolle, heilende Energie zu schicken und daraufhin kamen Charlie und Bruno noch näher und eine Weile lagen sie alle drei dicht zusammen im Wasser. Charlotte hatte eine Hand auf Bruno, die andere auf Charlie und kribbelnd floss warme lichte Energie durch sie hindurch. Sie fühlte ein so überwältigendes Gefühl von Liebe und Dankbarkeit, das ihr ganzer Körper davon erfüllt wurde und schließlich auch die taube Stelle in ihrem Unterleib erreichte und in warmes Nichts auflöste. Sie öffnete ihr Kronenchakra und bat um göttliche, heilende Energie und führte sie den Tieren zu. Und während sie dies tat, spürte sie plötzlich den energetischen Unterschied zwischen Charlie und Bruno. Bruno war offensichtlich nicht richtig gesund. Es fühlte sich an, als hätte er einen Infekt, eher wie eine leichte Schwäche im ganzen Körper, als eine Verletzung oder Blockade an einer bestimmten Stelle. Nun nahm Charlotte ihre zweite Hand dazu und legte sie Bruno auf den Rücken und sandte ihm liebevoll heilende Energie. Dabei spürte sie, wie Charlie sie von hinten im Rücken stützte, oder vielleicht sogar den Energiefluss unterstütze. Lange standen die drei so im Wasser, bis Charlotte irgendwann merkte, dass ihr kalt wurde. Sie verabschiedete sich und schwamm wieder zum Beckenrand. Charlie begleitete sie dabei und schien sie zu necken und herauszufordern, sodass Charlotte vom schnellen Schwimmen und Tauchen mit Charlie wieder warm und außer Atem war, als sie den Beckenrand erreichte. Dort wollte sie sich bedanken, aber Charlie war so plötzlich verschwunden, dass sie gar nicht mehr dazu kam.

Als Charlotte schließlich schweratmend am Beckenrand saß, war sie aufgeregt. Mit plötzlich jubelnder Freude wurde ihr bewusst, dass sie zum ersten Mal seit ihrer Kindheit wieder mit Tieren kommuniziert hatte. Und dass das wahrscheinlich bedeutete, dass sie einen großen Schritt in ihrer Heilung getan hatte. Das sie innerlich nicht mehr ganz so wund, zerrissen und taub war. Tränen füllten ihre Augen, Tränen des vergangenen Schmerzes und des Leides, die gleichzeitig Tränen der Dankbarkeit, des Glücks und der Heilung waren. Die Dolphin School lag immer noch einsam und verlassen da an diesem

Nachmittag und Charlotte war froh, dass niemand sie gesehen hatte. Nass wie sie war, zog sie Jeans und Schuhe an und flüchtete sich nach Hause. Zu ihrer eigenen Verwunderung sehnte sie sich nach ihrem Bett und als sie unter die Bettdecke schlüpfte, lösten sich lange zurückgehaltene Tränen. Sie weinte und weinte und diese Tränen spülten fort, lösten und befreiten, bis sie schließlich erschöpft einschlief.

Am nächsten Tag fuhr sie gleich wieder zur Dolphin School. Pat war dort. Charlotte ging zögernd auf sie zu. „Hi Pat. Darf ich dich kurz stören?" Pat drehte sich um und ihr Gesichtsausdruck ließ nicht erkennen, was sie dachte. „Ich habe in letzter Zeit sehr oft hier gesessen und die Tiere beobachtet." Pat nickte, offensichtlich hatte sie das bemerkt und jetzt war auch ein wenig Anerkennung oder zumindest Zustimmung in ihrem Blick. Sie schien mit ihrer Abneigung gegen Charlotte zu kämpfen. „Auf jeden Fall," fügte Charlotte schnell hinzu, „habe ich das Gefühl, dass Bruno nicht ganz gesund ist." Pat schaute sie einen Moment erstaunt an. Dann blickte sie sinnend über die Becken. Nach einem langen Moment sagte sie: „Jeanne hat mir erzählt, dass du eine Heilerin bist." Nun war es an Charlotte, erstaunt zu sein. Beide schwiegen eine Weile. „Mir ist schon vor Wochen aufgefallen, dass Bruno nicht ganz fit ist. Wir hatten auch schon den Tierarzt da, aber er konnte nichts feststellen. Es wäre eine großer Verlust für die School, wenn wir Bruno verlieren würden." Dann, nach einer Weile fügte sie sehr leise hinzu: "Nicht nur für die School. Ich habe ihn selber ausgebildet." Plötzlich sah Pat sehr verloren, sehr einsam aus. Doch das dauerte nur einen kurzen Moment. Dann gab sie sich einen Ruck und sagte abrupt: „Wenn du etwas für ihn tun kannst, würden wir dir das natürlich bezahlen." Damit drehte sie sich um, und marschierte davon. Charlotte stand da und fühlte plötzlich leichte Verärgerung. Die hatte vielleicht Nerven! Aber dann dachte sie daran, wie einsam Pat ausgesehen hatte und vor allem dachte sie an Bruno. Sofort strömte Wärme durch sie hindurch. Sie lächelte und während sie sich umzog, konzentrierte sie sich auf Bruno. Als sie dann an den Beckenrand des großen Beckens trat, war er schon da. Als sie vorsichtig ins Wasser stieg, sah sie aus dem Augenwinkel, dass Pat wieder da war und sie beobachtete. Auch gut, dann war es zumindest von höchster Ebene genehmigt, was sie tat. Sie schwamm zu der kleinen Schwimminsel in der Mitte des Beckens. Dort setzte sie sich in eine der Schaukeln, die im Wasser hingen. Sie waren für behinderte Menschen gedacht, die sich nicht selber über Wasser halten konnten. Bruno kam sofort heran und sie konzentrierte sich darauf, ihr Kronenchakra zu öffnen, göttliche Energie hineinzulassen und durch ihren Körper in ihre Hände und dann in Brunos Körper fließen zu lassen. Bruno stand still im Wasser. Ihre Hände bewegten sich wie von selbst. Sie hatte keine Ahnung, wo das Herz, die Nieren, der Solarplexus bei diesen Tieren war. Nun, umso besser, sie würde einfach ihren Händen und ihrer Intuition die Führung überlassen. Es dauert gar nicht lange, da war es vorbei. Bruno gab durch eine ganz kleine Regung des Körpers zu verstehen, dass es nun gut war. Charlotte strich ihm zum Abschied über den Kopf, dann war er schon verschwunden. Sie konzentrierte sich nun auf Charlie, aber obwohl sie eine ganze Weile wartete, geschah nichts. Irgendwann hatte sie dann ein Bild im Kopf, wie Charlie weit, weit draußen im Meer einem Schwarm Fische jagte. Sie hatte Wichtigeres zu tun. Charlotte lächelte und sandte ein Bild der erfolgreichen Jagd zurück. Dann schwamm sie zum Beckenrand. Auf dem Weg dorthin holte ein Delphinpärchen sie ein und forderte sie zum Spielen auf. Mit diesem Paar fühlte Charlotte sich allerdings plump und ungeschickt im Wasser und die Delphine verloren schnell das Interesse. Charlotte seufzte und kletterte aus dem Wasser. So schnell ging das. So schnell waren berauschende Glücksgefühle auch wieder vorbei und der Alltag konfrontierte einen mit den Gefühlen der eigenen Unzulänglichkeit. Aber die Erinnerungen waren da und ihr Unterleib fühlte sich warm und licht an und das nahm sie mit. Pat war wieder verschwunden und Charlotte suchte sie nicht. Sie fuhr zu Barb und da sie gerade Zeit hatte, setzten sie sich auf Barbs Terrasse und tranken

Kaffee. Charlotte erzählte von den Delphinen und Barbs Augen leuchteten vor Freude. Sie hatte mit Tieren nicht so viel zu tun, alles was grösser war als eine Katze, war ihr nicht geheuer. Aber nun hatte es sie gepackt und sie fragte Charlotte, ob sie einmal mitkommen dürfte zu den Delphinen. Charlotte freute sich darüber und sie verabredeten sich für die kommende Woche.

Am Samstagabend stand Bob vor der Tür. Er wirkte sehr zögerlich, etwas verlegen. Auch Charlotte war sich plötzlich ihrer Unsicherheit bewusst. Bob holte einen Blumenstrauß hinter seinem Rücken hervor und hielt ihn ihr hin: „Ich wollte mich bedanken. Bruno geht es viel besser." Charlotte freute sich. „Woher weißt du…?" „Pat hat es mir erzählt." Bei der Erwähnung von Pat, standen beide wieder etwas unbeholfen da. Dann gab sich Charlotte einen Ruck. „Komm doch herein. Ich bin gerade beim Abendessen. Magst du auch etwas?" Bob hatte großen Hunger, er hatte Charlotte eigentlich zum Essen einladen wollen. Nun zögerte er… konnte er sich so einfach selbst einladen? Aber wie er so im Flur stand und in die gemütliche Küche schaute, wo auf dem Tisch Kerzen brannten und ein Tee auf dem Stövchen stand, gab es nichts, was er lieber wollte, als einfach zu bleiben. Charlotte erriet wohl seine Gedanken, denn nachdem sie den Blumenstrauß bewundert und in eine Vase auf den Tisch gestellt hatte, packte sie Bob bei den Schultern, schob ihn in Richtung Tisch und holte dann einen zweiten Teller und Besteck. Es gab Gemüsepfanne mit frischen Kräutern und Kartoffeln und es schmeckte köstlich. Zuerst waren sie beide recht schweigsam. Dann fragte Bob nach Bruno, wie sie ihn geheilt hatte. Und vor allem wie es dazu gekommen sei. Und plötzlich konnte Charlotte erzählen, wie sie die Delphine beobachtet hatte, wie sie versucht hatte mit ihnen zu kommunizieren, wie Bruno sofort reagiert hatte und wie wunderschön und tief berührend das Erlebnis mit Charlie und Bruno gewesen war. Bob hörte ganz still und sehr aufmerksam zu. Als sie nun verstummt war und ihn anschaute, fragte er: „Konntest Du schon immer mit Tieren sprechen?" „Nein, ich… das heißt ja." Charlotte zögerte, plötzlich wurde ihr siedend heiß. „Das heißt", sagte sie entschlossen, „ich konnte es als Kind, und nun war es das erste Mal, dass ich es wieder konnte." Bob wusste, er sollte das jetzt vielleicht nicht fragen, aber konnte sich einfach nicht zurückhalten: „Und warum konntest Du es die ganze Zeit über nicht?" Im selben Moment wusste Bob, er war zu weit gegangen. Er wusste zwar nicht warum, oder was passiert war, aber er spürte, dass etwas absolut nicht stimmte. Charlotte hatte den Stuhl in einer heftigen Reaktion zurückgeschoben, die Arme instinktiv defensiv vor der Brust gekreuzt und versuchte, die aufsteigende Panik zu beruhigen. Bob schaute sie völlig erstaunt an, dann schien er zu begreifen. Er wusste natürlich nicht, was passiert war, aber irgendwie verstand er. Er beugte sich ganz vorsichtig und langsam vor und legte Charlotte die Hand auf den Arm: „Entschuldige, ich wollte dich nicht bedrängen. Ich war einfach nur so fasziniert und neugierig. Ich hätte auch immer so gerne mit den Delphinen kommuniziert. Und nun ....". Seine Worte holten Charlotte zurück. Sie atmete tief aus. Dann sagte sie leise: „Ich hatte ein sehr schlimmes Erlebnis. Danach konnte ich es nicht mehr." Bob nickte stumm. Eine Weile schwiegen beide, tranken ihren Tee. Nach einer Weile sagte Bob: „Wie schön, dass du es jetzt wieder kannst." Charlottes Augen leuchteten auf. „Vielleicht haben die Delphine, etwas in dir geheilt." Charlotte nickte. Sie entspannte sich etwas und versuchte ihre verspannten Schultern zu lockern. Zuerst bewegte sie sie nur etwas auf und ab, vor und zurück. Als das nichts half, griff sie mit der rechten Hand an die linke Schulter und bohrte ihre Finger in die schmerzenden Schultern. Bob schaute sie einen Moment sprachlos an. Seine Gedanken rasten los. Noch zögerte er, konnte er es wirklich wagen? Dann stand er auf, trat hinter sie und sagte so ruhig wie möglich: „Ich glaube, das geht viel besser, wenn ich das mache." Charlotte war verblüfft, hielt in der Bewegung inne aber zog ihre Hand noch nicht zurück. Erst als Bob nun ganz sachte seine Hände auf ihre Schulter legte und dabei ihre Hand zur Seite schob, ließ sie die Hände in ihren Schoss sinken. Stille senkte sich über die

Küche, als Bob nun anfing, vorsichtig ihre Schultern zu massieren. Seine Gedanken kreisten fieberhaft, flatterhaft, verzweifelt versuchte er sich an die „Anweisung" zu erinnern. Doch dann zwang er sich, ruhig zu atmen und konzentrierte sich auf sein Gefühl in den Händen. Eine Weile massierte er ihre Schultern. Nach einer Weile spürte er, wie Charlotte sich unter seinen Händen entspannte. Er schob ihren Pullover jeweils hin und her um nicht die Naht zwischen die Finger zu bekommen. Dabei versuchte er herauszubekommen, ob sie wohl ein T-Shirt unter dem Pulli hatte. Dann könnte er sie wohl bitten, den Pulli auszuziehen. Er seufzte innerlich. Woher sollte er nun wissen, wann der richtige Zeitpunkt gekommen war? Charlotte saß einfach ganz ruhig und immer entspannter und schien die Massage zu genießen. Schließlich fragte er einfach: „Hast Du ein T-Shirt unter? Ich käme besser an die Knoten in Deinen Schultern, wenn Du den Pullover ausziehen würdest." Charlotte schüttelte den Kopf. Kein T-Shirt. Sie zögerte. Überlegte. Was ging hier vor? Warum fühlte sie sich so vertraut mit Bob? Sie kannte ihn doch kaum. Dann, kurz entschlossen, zog sie den Pullover über den Kopf. Sie trug einen Bustier und jetzt schob sie die Träger seitlich über die Schultern. Bob hielt den Atem an, aber nein, ganz zog sie den Bustier nicht aus. Er wusste nicht, ob er erleichtert oder enttäuscht war. Plötzlich fühlte er sich ziemlich wackelig auf den Beinen. Aber er legte ihr wieder die Hände auf die Schultern und massierte nun langsam ein Stück die Wirbelsäule hinunter. Und wieder hinauf zu den Schultern. Inzwischen wurde ihre Haut an den Schultern schon etwas rot. Er nahm seinen Mut zusammen, und sagte so ruhig und beiläufig wie möglich: „Weißt du, wenn du etwas Massageöl hier hättest, deine Haut wird schon ganz rot. Und eigentlich wäre es auch besser, du legtest dich hin, dann könnte ich dir gleich die verspannten Muskeln entlang der Wirbelsäule mitmassieren." Charlotte nickte. Sie stand auf, schob die Bustier Träger wieder hoch und verschwand im Bad. Sie hatte das Gefühl, sich wie im Traum zu bewegen. Bob stand derweil einen Moment etwas hilflos in der Küche. Als Charlotte wiederkam, hatte sie eine Flasche Rosenöl in der Hand und hielt es ihm entgegen. Als sie so vor ihm stand, sah er in ihren Augen eine große Frage. Er biss sich auf die Lippen. Wonach fragte sie? Nach Pat? Oder woher er diese Spielregeln kannte? Er nahm das Öl und berührte dabei ganz bewusst nicht ihre Hände. Er tat einfach so, als wäre alles ganz selbstverständlich, dass er hier in ihrer Küche stand und sie massieren wollte. „Wo?" fragte er, „Wohnzimmer? Schlafzimmer?". Er hoffte das wirkte nicht dreist sondern unbekümmert. Es hatte zumindest die gewünschte Wirkung, denn Charlotte ging voraus ins Wohnzimmer, zog einen an der Wand zusammengefalteten Futon auseinander, legte eine leise Entspannungsmusik auf und dann, nach einem nochmaligen fragenden Blick, den er unbekümmert entgegnete, legte sie sich bäuchlings auf den Futon. Er holte sich ein Meditationskissen, das in der Ecke des Zimmers vor einem kleinen Altar lag und setzte sich neben sie. Dann schob er wie selbstverständlich die Träger ihres Bustiers über ihre Schultern und schob den ganzen Bustier in einer weichen Bewegung nach unten. Er hörte, wie sie kurz den Atem anhielt, dann aber ruhig weiter atmete. Er begann nun in ruhig fließenden Bewegungen ihre Schultern und Rücken einzuölen und zu massieren. Und nun merkte er, dass die „Anweisung" wirklich Sinn machte. Es ging alles wie von selbst. Er musste nun nicht mehr überlegen, musste auch nicht mehr überzeugen. Er massierte den Rücken hinunter. An der Hüfte angekommen, schob er ihre Hose etwas hinunter, dann noch einmal den Rücken wieder hinauf. Dieses Mal massierte er abwärts die Seiten mit, achtete aber genauestens darauf, nicht ihre Brüste zu berühren. Ihre Hose war weit genug, dass er sie ein ganzes Stück über den Po zurückschieben konnte. Nun begann er sanft aber immer drängender die Pomuskulatur zu massieren. Er wusste, nun war die Grenze längst überschritten und es knisterte deutlich spürbar. Er spürte seine Erregung und es war für ihn nun keine Frage, dass auch sie erregt war. Er massierte nun zuerst drängend den Rücken wieder hinauf und dann ganz vorsichtig und zärtlich über die Seiten und mit den Fingern sanft die Brüste seitlich umkreisend wieder hinunter zur Hüfte. Er hörte sie nun schneller atmen und da drehte er sie ganz vorsichtig um. Sie schaute ihn an, ganz kurz stand wieder diese Frage in ihren Augen. Doch dann lächelte sie und als er begann sie auch vorn mit Öl einzureiben und ihre Brustmuskulatur zu massieren, schloss sie wieder die Augen. Er liebkoste nun ihre Brüste, um schließlich mit einer Hand nach unten zu tasten und ihre Hose zu öffnen. Jetzt half sie ihm, indem sie zuerst sich, dann ihn auszog. Und dann lagen sie Körper an Körper, einen Moment ganz still und beiden fühlten, sie würden verschmelzen, bis plötzlich ein Sturm in ihnen ausbrach und sie übereinander herfielen. Charlotte hatte kurz das Bild der im Wasser tanzenden Delphine vor sich, dann das Gefühl in wildem Galopp dahin zu rasen, bis dann jegliche Bilder erlöschten und sie in einem wilden, mitreißenden Strudel versanken. Als dann irgendwann die Wellen über ihr zusammenschlugen und sie schließlich ruhig da lag, schmiegte sie sich an Bob und war erstaunt über das vertraute Gefühl. Nun schaute er sie fragend an und als sie glücklich lächelte, zog er sie noch ein Stück näher und so lagen sie eine lange Weile, bis ihnen schließlich kalt wurde. „Kannst Du bleiben?" fragte Charlotte. Sie flüsterte fast, so als hätte sie Angst den Zauber zu durchbrechen. Er schaute auf: „Darf ich?" Sie nickte, nahm ihn an der Hand, zeigte ihm das Bad, und nachdem sie in der Küche kurz ein paar Sachen weggeräumt hatte, lud sie ihn zu sich ins Schlafzimmer ein. Gemeinsam kuschelten sie sich unter die Decke und bevor sie einschlief, flüsterte sie ihm noch zu: „Es war wunderschön. So schön war es noch nie." Die Worte versetzten ihm einen Stich. Und während sie nun schon fast eingeschlafen war, kämpfte er mit seinen Schuldgefühlen. Er fühlte sich, als hätte er sie hintergangen und mit unlauteren Methoden verführt. Und diese Gedanken machten ihn zutiefst unglücklich. Ja, er wollte so gerne ihr Prinz sein. Sie schien ihm so kostbar, ihre Nähe war für ihn so wohltuend, dass der Gedanke, sie könne sich von ihm hintergangen fühlen, ihn ganz hilflos machte. Plötzlich dachte er: „Ja, so ist das mit dem Karma. Kleines Karma. Du kannst nichts folgenlos tun." Er war in ihr Haus gegangen, hatte unerlaubterweise diesen Text gelesen und nun konnte er diese wunderbare Nacht mit ihr nicht einfach genießen, sondern fühlte sich schuldig und schlecht, war nach diesem wunderschönen Erlebnis mit ihr unglücklich. Er seufzte. „Und wenn du feststellst, dass du einen Fehler gemacht hast, ergreife sofort Maßnahmen, ihn wieder gut zu machen." Das waren die Worte des Dalai Lama, die ihm da durch den Kopf gingen. „Nun," dachte er, „morgen beim Aufstehen zu beichten, dass er ihren Text gelesen hatte, als er ohne ihr Wissen in ihrem Haus war, wäre wohl wenig hilfreich, denn das würde in dem Sinne nichts wieder gut machen, sondern für sie einiges zerstören." Nein, er würde sie einfach so oft wie möglich massieren. Sozusagen auf diese Weise sein schlechtes Karma abarbeiten. Bei diesem Gedanken stahl sich ein glückliches Grinsen auf sein Gesicht und als er nun die Augen schloss, seine Arme eng um Charlotte schlang und tief ihren Duft einatmete, blitzte einen Moment lang das verschmitzt lachende Gesicht des Dalai Lama vor seinen Augen auf. Erleichtert fühlte er, wie seine Schuldgefühle sich nun endgültig auflösten und er glitt in einen köstlichen, warmen, weichen Schlaf.

Auch am nächsten Morgen war Charlotte verwundert wie vertraut Bob ihr war. Beim Aufstehen und Anziehen gab es keine unbehaglichen Momente und während er im Bad war, machte sie das Frühstück. Als er dann in die Küche kam, stand er einen Moment sprachlos vor dem gedeckten Frühstückstisch. Gekochte Eier im Eierbecher, duftender Tee, zwei Kerzen auf dem Tisch, Käse, Marmelade, frisches Vollkornbrot. Plötzlich standen ihm Tränen in den Augen. Charlotte, die ihn fragen wollte, ob er Kaffee wolle, hielt inne. „Alles in Ordnung?" frage sie vorsichtig. Bob schluckte. „Du hast ja sogar Eierbecher!" Charlotte lächelte. „Nun eigentlich sind es keine wirklich echten Eierbecher. die habe ich hier nicht gefunden. Es sind Schnapsgläser." „Und ein richtig gedeckter Frühstückstisch." Einen Moment war es still in der Küche. Charlotte rätselte, was wohl in ihm vorging. „Weißt du, ich glaube, ich habe einfach Heimweh nach Deutschland. Ich habe schon seit sechs Jahren keinen wirklich gedeckten Frühstückstisch mit gekochten Eiern gesehen." „Na, dann setze dich doch hin und genieße." Während sie aßen war Bob zuerst sehr still und nachdenklich. Dann fing er an zu erzählen. Dass er in letzter Zeit immer mehr Heimweh gehabt hätte, dass ihm diese albernen Nationalitätsbekundungen sonst ganz vernünftiger Amerikaner seit dem 11. September fürchterlich auf die Nerven gingen, dass nun selbst in ihrer gemeinsamen Wohnung vom Balkon eine Flagge wehte (wer die wohl aufgehängt hatte, sagte er nicht), dass wenn die Delphine nicht wären, er schon vor einem Jahr nach Deutschland zurück gegangen wäre. Charlotte schwieg. Über Pat hatte er nichts gesagt und sie traute sich nicht zu fragen. Sie schob die Gedanken an Pat energisch zurück und ließ noch einmal das Glück der letzten Nacht in sich aufsteigen. Sie musste plötzlich an ihre erste Begegnung denken: „Wie kommst du eigentlich zu dem so undeutschen Namen Bob?" „Na, eigentlich heiße ich natürlich Robert. Aber hier wird das sofort zu Bob." Bei dem Namen zuckte Charlotte zusammen und schaute ihn befremdet an. Bob reagierte irritiert: „Findest du den Namen so schrecklich?" Charlotte schüttelte stumm den Kopf, verschränkte abwehrend die Arme vor der Brust und rückte automatisch mit dem Stuhl zurück. Bob war nun sichtlich verletzt. „Es ist halt ein ganz normaler Name, kann ich ja auch nichts dafür." Charlotte schloss einen Moment die Augen, konzentrierte sich und versuchte, sich mit der Göttin zu verbinden. Sie atmete bewusst drei Atemzüge und fühlte dann, wie sie wieder ruhiger wurde. „Entschuldige. Natürlich ist es ein ganz normaler Name. Eigentlich ist es sogar ein sehr schöner Name. Aber es gab einmal einen Robert, der mir sehr großes Unrecht angetan hat. Einen Moment hat mich das überwältigt." Bob lächelte nun erleichtert. „Du hast genauso reagiert wie gestern Abend. Das hängt zusammen, nicht wahr? Seit dem Erlebnis mit diesem Robert, konntest du nicht mehr mit Tieren kommunizieren." Es war keine Frage, die er stellte, es war eine Feststellung. Er beugte sich vor und strich ihr liebevoll über den Kopf. „Oh je. Ich hatte fast gehofft, du würdest mich Robert nennen. Ich mag den Namen Bob überhaupt nicht. So ein typischer Redneck - Name. Aber ich habe noch einen Namen: William." Jetzt grinste er selbstironisch. „Meine Eltern hatten irgendwie einen England-Tick. Robert William. Wirklich...". Und nachdem Charlotte ihn nur stumm ansah. „Vielleicht könntest Du mich Will nennen?" Charlotte atmete noch einmal tief ein. Sie spürte wie der kurze Schreck, das kurze beängstigende kalte Gefühl im Unterleib wieder verschwand und eine wohlige Wärme zurückkehrte. „Robert ist ein wirklich schöner Name. Und das alles liegt weit zurück. Vielleicht kann ich dich wirklich Robert nennen. Ich werde es ausprobieren."

Charlotte hatte heute nur eine Verabredung mit einer Frau, die sie aber nicht dringend brauchte und so sagte Charlotte ihr ab. Dann fuhren sie gemeinsam zur Dolphin School. Bob hatte Sonntagsdienst. Die Schule lag leer und verlassen, aber die Delphine begrüßten sie freundlich. Bruno war da, das junge Delphinpaar Meg und Martin, die neulich mit Charlotte hatten spielen wollen, und noch drei andere Delphine, die Charlotte nicht kannte. Während Bob seine Pflichten erledigte, die Schleusen kontrollierte, nach den Tieren schaute und zwei kranke Delphine fütterte, kletterte Charlotte zu Bruno in das Becken und legte ihm die Hand auf. Aber tatsächlich, er schien wieder gesund zu sein. Charlotte hatte jetzt das Gefühl, er gab ihr jede Menge Energie, ganz so, als wollte er zurückschenken, was er von ihr bekommen hatte. Sie ließ sich selig im Becken treiben und Bruno glitt um sie herum und machte ein zwei richtig hohe Sprünge. Bob, der nun mit seinem Rundgang fertig war, kam zu ihnen ins Becken und nun kamen auch Meg und Martin angeschwommen und plötzlich schienen sich die drei Delphine darin übertreffen zu wollen, wer am schnellsten schwamm, am höchsten sprang oder am nächsten unter ihnen hindurchsauste. Irgendwann wurde es Charlotte etwas mulmig bei so viel geballter Kraft und Schnelligkeit um sie herum und sie schwamm zu Bob und schmiegte sich an ihn, ließ sich von ihm beschützend in die Arme nehmen. Ein tiefes Glücksgefühl erfüllte sie, während sie Bobs wärmenden Körper auf der einen Seite, die Kühle des Wassers auf der anderen Seite fühlte. Erstaunlicherweise fanden das die Delphine hochinteressant. Sie hielten plötzlich inne in ihrem wilden Treiben und kamen langsam herangeschwommen und Charlotte hätte schwören können, sie betrachteten sie nachdenklich. „Na, hoffentlich petzen sie nicht!" lachte Charlotte. Das fand nun Bob weniger lustig. Die Realität schien ihn plötzlich einzuholen. Er löste sich von Charlotte und schwamm Richtung Beckenrand. Doch da hatte er die Rechnung ohne Bruno gemacht, den störte Bobs Stimmungsumschwung ganz offensichtlich und er kreuzte mit hohen senkrechten Sprüngen seinen Weg, sodass immer wenn Bruno wieder ins Wasser fiel, Bob mit Wasserfontänen überschüttet wurde. Bob blieb nichts anderes übrig als abzudrehen. Einen Moment schien er regelrecht wütend, dann sah er plötzlich sehr hilflos, fast wie verloren aus. Er drehte sich ein, zweimal um seine eigene Achse, als wüsste er nun überhaupt nicht mehr, wohin. Charlotte, die sich auf den Sitz bei der Schwimminsel gesetzt hatte, rief ganz leise: „Robert." Einen Moment fühlte er sich nicht angesprochen. Dann drehte er sich ganz langsam zu ihr um. „Robert." Sagte sie noch einmal, leise, zögernd, wie ausprobierend. Sie spürte, dass der Name, der Klang nun eine ganz andere Bedeutung bekommen hatte, sich mit einem neuen Gefühl verband. Ein noch nicht definiertes Gefühl, so wie eine weiße Leinwand, ein unbeschriebenes Blatt Papier. Und während er nun auf sie zu schwamm und sie ihn die Arme nahm, flüsterte sie ihm noch einmal, ganz zärtlich ins Ohr: „Robert."

Die folgende Woche verging schnell. Charlotte sah Robert nur einmal ganz kurz an der Dolphin School. Pat stand neben ihm und die beiden besprachen offensichtlich irgendetwas Organisatorisches. Charlotte war verunsichert, sie wusste nicht so recht, wie sie sich verhalten sollte. Sie grüßte die Beiden aus einiger Entfernung. Robert winkte zurück, Pat rief ein fröhliches „Hello. Bruno is so much better, thanks a lot." Charlotte blieb einen Moment ratlos stehen, aber als Robert keinen Schritt auf sie zu machte, drehte sie ab und ging zu den Becken. Weder Bruno noch Charlie waren zu sehen und so beobachtete sie eine Weile drei der Delphine, dann flüchtete sie zu ihrem Auto und fuhr zum Stall. Auf dem Weg dorthin schüttelte sie eine Welle der Eifersucht und der Verzweiflung. Wie war sie nur so blöd, sich auf einen Mann einzulassen, der in festen Händen war. Und es war ja nicht das erste Mal, dass sie das machte. Charlotte kämpfte mit den Tränen, fühlte sich dumm, leer, ausgebrannt und ausgeschlossen. Zum Glück war Francia am Stall und freute sich sehr, sie zu sehen. Sie erlebte gerade einen zweiten Frühling mit Daniel und sprudelte nur so. Die Arbeit mit den Pferden ging ihr leicht von der Hand und sie lud Charlotte ein, Dusty zu satteln und mit ihr eine Runde ins Gelände zu gehen. Charlotte stimmte sofort zu. Sie genoss den Ritt, schob alle Gedanken an Robert und Pat zurück und konzentrierte sich auf die kraftvollen, fließenden Bewegungen des Pferdes. Francia plauderte fröhlich vor sich hin und steckte sie schließlich mit ihrer guten Laune an. Als sie dann den langen Grasweg zum Wald hinauf in gestrecktem Galopp nahmen, blies der Wind ihr die letzten trüben Gedanken aus dem Kopf. Heute war Lammas, das Kräuterweihfest der Kelten und sie würde sich dieses Fest der inneren Ernte nicht von Pat und Robert verderben lassen. Sie hatte so viel zu danken, so viel Wunderschönes hatte sie erlebt in letzter Zeit, so viel innere Heilung war geschehen. Nachdem sie wieder im Stall waren, nahm sie die beiden Pferde, während Francia schon zum nächsten jungen Pferd weitereilte. Charlotte sattelte ab, putzte beide Pferde noch einmal über, duschte ihnen die Beine mit kaltem Wasser ab und führte sie dann wieder auf die Koppel. Dann schaute sie noch kurz in der Reithalle zu, wie Francia ein ganz junges Pferd an die Longe gewöhnte und verabschiedete sich. Auf dem Rückweg hielt sie mehrmals an und sammelte blühende Blumen und Kräuter. Späte Margeriten, hier und da einen Blutweiderich, blühende Gräser und Schilf mit prachtvollen Ähren. Auf dem Markt in dem kleinen Dorf kaufte sie ein paar Astern und schließlich Schnitt sie noch zwei blühende Zweige eines ihr unbekannten Strauches. Dann fuhr sie zum Strand hinter der Dolphin School, achtete aber darauf, dass sie vom Parkplatz nicht zu sehen war. Sie nahm ihren Strauß und ging barfuß am Strand entlang. Es war kühl an den Füssen und sie genoss die frische Luft. Sie hoffte, die Delphine draußen in den Wellen zu sehen, aber sie konnte keine entdecken. Nachdem sie eine ganze Weile gegangen war, setzte sie sich mit gekreuzten Beinen in den Sand und konzentrierte sich auf eine kurze Meditation. Dann rief sie sich alle Dinge in Erinnerung, für die sie in ihrem Leben danken konnte. Ihre Heilung, ihre heilerischen Fähigkeiten, ihren anspruchsvollen Beruf, von dem sie sich so unkompliziert hatte beurlauben lassen können, ihre Freundinnen, die Pferde, die Delphine, Christianes Haus, indem sie im Moment leben durfte und wo sie sich so wohl fühlte, ihr gesunder Körper. Und ja, ganz besonders bedankte sie sich für das wunderschöne Erleben mit Robert. Plötzlich füllte Wärme und tiefe Dankbarkeit ihren Körper an. Freude und Zuversicht pulsierten in ihr. Pat beziehungsweise Roberts Beziehung zu Pat war nicht mehr wichtig. Das war seine Geschichte, das musste er lösen. Sie hatte etwas Wunderschönes, sehr Heilsames mit ihm erlebt und was daraus wurde, das würde sie einfach abwarten. Sie würde jede schöne Stunde mit ihm als Geschenk nehmen und dann, ja bald schon, musste sie sowieso zurück nach Europa. Was die Zukunft bringen würde, würde die Zukunft zeigen, das war nicht jetzt.

Sie stand auf, watete bis zu den Knien in den Pazifik und übergab jede der Blumen und Pflanzen in ihrem Strauß einzeln als Opfergabe den Wellen. Dabei bedankte sie sich noch einmal mit jeder der Blumen für die Gaben in ihrem Leben. Es war Ebbe und die Strömung trug die Blumen nach draußen ins offene Meer. Der Gedanke, dass ihre Opfergaben da draußen auf die Delphine treffen würden, gefiel ihr. Ruhig und zuversichtlich ging sie langsam zurück zu ihrem Auto.

Nachts träumte Charlotte von Sarah. Wiederum konnte sie am Anfang Sarah beobachten, wie sie durch die Alpen irrte, wie sie einen anderen Menschen traf, wie sie gemeinsam weiterwanderten. Und dann irgendwann schlüpfte sie wieder im Traum in Sarah hinein. Nun war sie es, die mit einem älteren Mann an ihrer Seite durch die Alpen wanderte, die Hunger hatte, Kälte spürte, Angst und berauschende Glücksgefühle wechselten sich ab. Und im Traum meditierte sie. Sie erreichte Bewusstseinszustände, die sie in ihrem eigenen Leben nie erfahren hatte. Der Traum endete in einem wilden Gemisch aus bodenloser Angst und Verzweiflung und einem plötzlich lichten warmen Glücksgefühl, das sie emporhob von der Erde und mit dem Universum verschmelzen ließ. Charlotte erwachte mit tränennassem Gesicht in völliger Verwirrung. Glück und Trauer, Angst und Geborgenheit huschten wie Schatten durch ihre Seele. Und sie wusste, sie konnte das nur auflösen, wenn sie schrieb. Wenn sie der Weisung folgte und Sarahs Geschichte weiter schrieb. Gleich nach dem Frühstück setzte sie sich an ihren Laptop.


Sarah floh in Richtung Schweizer Grenze. Sie wusste nicht, an wen sie sich wenden sollte, wem sie vertrauen konnte. Sie irrte umher, Nebel, Regen, dann wieder Sonne, erbarmungslos. Sie hatte für die Alpen nur eine schlechte Ausrüstung. Wer war Freund? Wer war Feind? Ihre Karten waren halb zerfetzt. Zum Teil fehlten Stücke, zum Teil waren die Karten geflickt und mit der Hand nachgezeichnet. Sie irrte im Nebel umher, als plötzlich aus dem nichts eine Figur auftauchte. Sie erschrak, wollte sich verstecken. Doch es war schon zu spät. Er hatte sie gesehen. Da bemerkte sie, dass auch er Angst hatte. Als er wiederum feststellte, dass sie eine Frau war, war er etwas beruhigt. Vorsichtig, zögernd gingen sie aufeinander zu. Dann sahen sie, dass sie beide abgerissene Kleider und schlechte Schuhe hatten. Beide waren sie mager und beide hatten sie Angst. Vor Erleichterung lachten sie fast gleichzeitig laut auf. Dann zuckten sie erschrocken über das laute Geräusch zusammen. Wie verabredet entfernten sie sich schnell vom Pfad und zogen sich in dichteres Gebüsch zurück. Dort musterten sie sich gegenseitig. Sarah sah einen alternden Mann, rüstig aber sichtlich geschwächt von Strapazen. Auch sah er nicht ganz gesund aus. Er hatte offene ehrliche Augen. Als seine Augen zu der Nummer auf ihrem Arm wanderten, zuckte Sarah erschrocken zusammen. Sie versuchte den zerrissenen Pullover darüber zu ziehen, aber in seinem Lächeln war so viel Verständnis, so viel Mitgefühl, dass sie in der Bewegung innehielt und stattdessen hilflos über die Stelle an ihrem Arm strich, wo sie für immer gebrandmarkt war. Diese hilflose Geste veranlasste ihn, auf sie zu zugehen, ihre Hand zu nehmen: „Ich bin Francesco" sagte er mit stark italienischem Akzent. „Wir sind auf der gleichen Seite, in der gleichen Lage". Sarah versuchte ihre Gedanken zu ordnen. Wenn er Italiener war und in der gleichen Lage, musste er zu den Widerstandskämpfern gehören. Aber warum irrte er dann hier alleine herum? Er sah ihre Zweifel, ihre misstrauischen Augen. Wieder lächelte er. Und sein Lächeln strahlte so viel Ruhe und Weisheit aus, wie Sarah es noch nie erlebt hatte. Sie wünschte sich, er möge nie aufhören zu lächeln. „Ich bin allein. Sie haben alle anderen meiner Gruppe erwischt. Ich versuche erneut Anschluss zu finden. Aber vorher muss ich wissen, ob sie mir auf der Spur sind. Ob sie mich einfach benutzen, um den Unterschlupf meiner Genossen zu finden. Vielleicht solltest du schnell weiter gehen, ich kann dir nicht garantieren, dass sie mir nicht folgen." Sarah schüttelte den Kopf, nein, sie wollte nicht mehr allein durch den Nebel irren. Sie wollte überhaupt nicht mehr alleine umherirren. Und schon gar nicht nachdem sie dieses Lächeln gefunden hatte. Sie wusste schon gar nicht mehr, wann sie das letzte Mal ein echtes Lächeln gesehen hatte. „Nein" stieß sie abrupt hervor, „Nein!" Francesco schaute sie lange prüfend an, dann nickte er langsam. „Ja" sagte er, „besser etwas gefährlicher zu zweit, als ganz allein." Dann bedeutete er ihr, so leise wie möglich zu sein und ging abseits des Pfades zwischen Alpenrosen und vereinzelten Erlen. Sarah hatte keine Ahnung, wie er sich orientierte, aber er schien zu wissen, wo er langging. Sie registrierte erst am dritten Tag, wie präsent die Gefahr war, als sie merkte, dass Francesco sie mehrere Tage im Kreis herum geführt hatte, auf immer anderen Routen, in einer Acht, im Halbkreis, im Dreieck. Und immer wenn sie die schon einmal beschrittenen Wege kreuzten, prüfte er, ob er andere Spuren sah, irgendwelche Hinweise darauf, dass ihnen jemand folgte. Erst am fünften Tag schien er sich sicher zu fühlen. Nun schlug er entschlossen eine Richtung ein. Die Tagesstrecken wurden nun deutlich länger, wann immer sie sich sicher fühlten marschierten sie. Francesco hatte ihr nicht gesagt, welches Ziel sie ansteuerten. Und sie fragte nicht. Ihr Nichtwissen konnte im Falle eines Falles das Überleben anderer bedeuten. Aber von ihren Karten und unter Berücksichtigung der Himmelsrichtung wusste sie, dass sie Richtung Italien gingen. Einmal erwähnte sie, dass sie in die Schweiz fliehen wolle. Doch Francesco schürzte nur die Lippen. Es ist das erste Mal, dass sie ihn verächtlich, ärgerlich sah. „Vergiss die Schweizer! Die liefern dich sofort wieder aus. Sie selber machen sich die Hände nicht schmutzig, aber sie haben keine Problem damit, dich gefesselt wie Schlachtvieh den Metzgern zu übergeben." Sarah glaubte es nicht. Die Ressentiments der Italiener gegenüber den Schweizern waren bekannt. Das würde Francesco sicherlich beeinflussen. Sie konnte einfach nicht glauben, dass die Schweizer dazu fähig waren. Nicht nachdem doch inzwischen überall auf der Welt bekannt war, mit welcher schonungslosen Bestialität die Deutschen wüteten. Aber sie folgte ihm. Und vertraute ihm. Die Tage hatten eine beruhigende Gleichmäßigkeit. Sie verliefen immer nach dem gleichen Muster. Sie standen morgens früh auf. Obwohl es August war, war es hier auf 1700 bis 2000 Meter Höhe morgens empfindlich kalt. Sie hatten beide eine Decke und sie waren schnell dazu übergegangen in den kälteren Nächten zusammen zu liegen, zusammen in beide Decken eingewickelt. So erwachte sie immer sofort, wenn Francesco aufstand. Francesco strahlte eine so ruhige Zuverlässigkeit aus, frei von jeder Anzüglichkeit oder sexueller

Ausstrahlung, dass Sarah völlig entspannt die Körperwärme, aber auch und vor allem die Nähe genießen konnte. Zum ersten Mal seit Jahren fühlte sie sich sicher und geborgen. Vor dem Frühstück meditierten sie. Am ersten Morgen war Sarah verwirrt, wusste nicht, was sie tun sollte. Francesco erklärte nichts, begründete nichts. Er forderte sie einfach ruhig auf, sich ihm gegenüber zu setzen und die Augen zu schließen. Dann führte er sie mit ruhiger Stimme in ihr Inneres, leitete sie an, alle Bewegungen und Empfindungen in ihrem Körper zu erspüren. Alle Gedanken ziehen zu lassen, sie nicht weiterzuverfolgen, ihre Aufmerksamkeit auf den Körper zu richten. Als es dann ruhiger in ihr wurde, lenkte er ihre Aufmerksamkeit auf ihren Atem. Atemzug für Atemzug. Er wies sie an, wieder zurück zum Atem zu finden, wenn die Gedanken abschweiften. Währenddessen behielt Francesco das Tal im Auge und wenn er sie zurückholte aus ihrer Meditation, forderte er sie auf, das Tal zu überwachen, während er sich versenkte. Die ersten Tage wusste Sarah nicht so recht, was sie davon halten sollte. Doch schnell merkte sie, wie gut ihr die Meditation tat. Wie ihre Ängste zwar nicht verschwanden, aber relativiert wurden. Sie spürte plötzlich, wie kostbar das Leben war, jede Minute davon. Sie fing an, die Sonne auf ihrer Haut zu genießen, die einfachen Mahlzeiten, wenn sie etwas zu essen hatten. Wenn sie nichts zu essen hatten, leitete Francesco sie an, genau das Hungergefühl zu beobachten, wie es sich anfühlte, wo sie es fühlte, ob es sich veränderte und wenn ja, wie. Und vor allem sich nicht ängstigen zu lassen durch ein einfaches Hungergefühl. Er schmunzelte und sagte: „Die Heiligen hungern 40 Tage. Das müssen wir nicht und wir werden es auch nicht. Vorher bekommen wir ganz sicher etwas zu essen." Und wenn es kalt war, leitete er sie an, genau zu spüren, wie und wo im Körper sie die Kälte oder auch die Nässe spürte, wie sich das Gefühl veränderte, wie es kam und wieder verschwand. Sarah war erstaunt, wie viele unterschiedliche Arten von kalt es gab. Und wie schnell sich die Empfindungen veränderten. Und wie viel weniger sie plötzlich darunter litt. Manchmal verschwand die

Kälte ganz und gar und eine beruhigende Wärme durchströmte ihren Körper.

Nach der morgendlichen Meditation frühstückten sie, was immer sie hatten oder finden konnten. Dann marschierten sie los. Meist marschierten sie den ganzen Tag mit kurzen Pausen, in welchen sie abwechselnd schliefen oder zumindest ruhten.

Auch abends meditierten sie. Abendessen gab es nur dann, wenn sie etwas gefunden hatten. Nachdem es am Abend zunehmend kalt wurde, rollten sie sich oft schon in ihre Decken ein, um zu meditieren. So lagen sie dann, dicht beieinander und Francesco führte sie flüsternd durch die Meditation. Wenn es schon dunkel war und sie sich geschützt fühlten, meditierten sie gleichzeitig. Sonst hielt einer von beiden wie am Morgen jeweils Wache. Oft glitten sie dann direkt von der Meditation in den Schlaf.

So gingen die Tage dahin. Und trotz der Anstrengung, den harten Bedingungen, dem Hunger, spürte Sarah in manchen Momenten ein tiefes Glück. Sie spürte tiefe Dankbarkeit für ihren kräftigen Körper, der sich schnell an die Herausforderungen der alpinen Pfade gewöhnte. Manchmal hatte sie plötzlich Augen für die überwältigende Schönheit der Bergwelt. Francesco und sie sprachen wenig, auch um so wenig Lärm wie möglich zu machen. So sahen sie Murmeltiere, Gämsen, Steinböcke. Wenn Ängste und Sorgen sie zu sehr quälten, sprach sie davon und Francesco lehrte sie auch jetzt während des Gehens, die Gedanken zu kontrollieren und in eine heilbringende Richtung zu lenken. Wenn sie sich dann entschuldigte oder schämte für ihren Kleinmut, ermahnte er sie: „ Das macht das Leid nur grösser. Je mehr du dich schuldig fühlst, dich schämst, desto mehr Nahrung bekommt dein Ego. Lass die Schuld, die Angst, die Scham fallen, wenn sie kommen. Nimm sie war, liebevoll, aufmerksam und dann lenke deine Achtsamkeit sanft aber bestimmt auf deine nächsten Schritte. Konzentriere dich auf jedes Aufsetzen der Füße, jedes Abrollen, jedes Heben. Das wird uns auch helfen, leiser und schneller voranzukommen." So konnte es vorkommen, dass sie stundenlang im Gehen meditierte. Natürlich überfielen sie immer wieder Zweifel und Ängste. Manchmal Wut. Aber Francescos überzeugende Festigkeit zogen sie mit, halfen ihr weiter, und bald wurde ihr Geist wieder ruhiger.

Als sie sich ihrem Ziel näherten und Francesco sie darauf vorbereitete, dass sie am nächsten Mittag in einem italienischen Partisanendorf hoch in den Bergen ankommen würden, spürte Sarah eine Mischung aus Angst, Widerstand und Zweifel. Sie wollte diese Tage nicht aufgeben, sie wollte auch ihre gemeinsame, ruhige Friedlichkeit nicht von anderen stören lassen.

Als sie in das Dorf kamen, spürte Sarah sofort, dass sie dort nicht willkommen war. Sie wusste nicht, ob es daran lag, dass sie Deutsche oder dass sie Jüdin war oder aber weil sie keine militärische Ausbildung hatte. Aber auch wenn sie die regelmäßigen Mahlzeiten schätzte, den Komfort einer Matratze im Trockenen und Warmen, spürte sie, wie ihr Geist wieder unruhig wurde, zornig, ängstlich, unausgeglichen. Es schien, dass auch Francesco nur geduldet war. Er galt als der Weichling und wurde spöttisch der „Heilige" genannt. Nach einer Woche wurde ihm deutlich gesagt, dass wenn er nicht kämpfen wolle, er sich auch das Essen nicht verdient habe. Francesco zog sofort die Konsequenz. Am nächsten Morgen brachen sie auf. Nun ziellos. Sarah schlug erneut vor, die Flucht in die Schweiz zu wagen. Francesco zögerte. Nun war er nicht mehr ganz so sicher, denn er wusste keine andere Lösung. Vielleicht, wenn sie Bauern in der Schweiz finden würden, die sie aufnähmen, bei denen sie arbeiten könnten, bis der Krieg vorbei wäre?


Charlotte fühlte, wie nach diesem Traum wieder die alte Unsicherheit in ihr hochstieg. Die Kombination von Angst, Verzweiflung und Glücksgefühlen aus dem Traum, waren für sie schwer miteinander zu vereinen. Und dieses warme lichte Glücksgefühl am Ende des

Traums, dieses Loslösen von der Erde und das Verschmelzen mit dem Universum, das konnte sie gar nicht recht einordnen. Sie ging, sobald sie Zeit hatte, zu den Delphinen. Vielleicht könnte ein gemeinsames Schwimmen mit Charlie das Schwere, Drückende, Sorgende und Zweifelnde wieder von ihr nehmen. Aber plötzlich schien sie die Fähigkeit, mit Charlie zu kommunizieren, verloren zu haben. Im Gegenteil, Charlie schien ihr auszuweichen und nur Pegasus, ein älterer Delphin kam ein, zweimal zögernd, vielleicht auch tröstend vorbei. Als Charlotte aus dem Wasser stieg, kam Robert an den Beckenrand, er hatte sie beobachtet und fragte nun besorgt: „Hey, was ist los? Ist irgendetwas Schlimmes passiert?" Charlotte spürte deutlich, wie er hier, wo jeden Moment Pat auftauchen konnte, auf Abstand blieb. Das frustrierte sie noch mehr und plötzlich brach sie in Tränen aus. Robert war nun sichtlich erschrocken. Verzweifelt versuchte er, die Situation zu retten. Hier konnte er sie nicht in den Arm nehmen, nicht ohne ein Drama zu riskieren. „Tut mir leid, Charlotte, dass ich hier so distanziert bin. Ich kann einfach noch nicht…" er schluckte. „Ich bin hier in einer halben Stunde fertig, darf ich zu dir kommen? Vielleicht kannst du mir dann erzählen?" Charlotte nickte. Stumm nahm sie ihre Sachen und floh.

Als Robert kurze Zeit nach ihr in dem kleinen gemütlichen Häuschen am Waldrand ankam, hatte sich bei Charlotte eine zunehmende Frustration festgesetzt. Sie war entsprechend distanziert und misstrauisch. Er entschuldigte sich nicht weiter, sondern war einfach offen, einfühlsam da und fragte sie, was passiert sei. Charlotte war zunehmend verwirrt, zwischen ihren Gefühlen des Vertrauens, der Vertrautheit, wenn sie mit Robert allein war und der wachsenden Irritation durch seine gleichzeitige Beziehung zu Pat. Sie atmete tief und versuchte den Film in ihrem Kopf zu stoppen. Sie hatte kein Recht eifersüchtig zu sein. Sie hatte um die Beziehung zu Pat gewusst und war trotzdem eine Beziehung zu Robert eingegangen. Sie begann zaghaft von ihren Träumen von Sarah zu erzählen. Und dass sie irgendwann begonnen hatte sie aufzuschreiben. Wie dann jedes Mal die Geschichte wie von selbst aus ihr hinausfloss. Wie sie irgendwann nicht mehr unterscheiden konnte zwischen den Träumen, die sie hatte, zwischen der Phantasie, die sie beim Schreiben entwickelte oder – der Erinnerung. Dass sie inzwischen an ihrem Sein, an ihrem Wahrnehmungsvermögen, an ihrem Realitätssinn zweifelte und fieberhaft nach Hinweisen, nach Zeichen, nach Menschen suchte, die ihr helfen könnten zu unterscheiden. War Sarah eine Frau, die ihr aus einer anderen Welt Informationen zukommen ließ, damit Charlotte sie niederschrieb? Oder war Sarah ihr eigenes früheres Ich eines zurückliegenden Lebens? Oder war ihre Phantasie einfach so kreativ, dass sie eigenes unverdautes Leid in anderen Bildern entstehen ließ, um es greifbarer, besser ertragbar zu gestalten.

Robert hatte ruhig zugehört und nahm sie nun in den Arm. „Um ehrlich zu sein, habe ich damit nicht so viel Erfahrung. Wenn du mich vor 10 Jahren, als ich noch in Deutschland lebte, so etwas gefragt hättest, hätte ich es als irrige Phantasie abgetan." Er schwieg einen Moment. „Heute und vor allem hier in San Francisco ist die Erinnerung an vergangene Leben beziehungsweise der Einbezug der Realität vergangener Leben so völlige Normalität, dass auch ich inzwischen oft das Gefühl habe, mich an eigene vergangene Leben zu erinnern." Er nahm einen Schluck Wein und blickte nachdenklich aus dem Fenster. „Und je mehr ich darüber nachdenke, desto realer wird es. Oft ertappe ich mich bei Gedanken wie: im nächsten Leben wird das und das sein. Oder: im letzten Leben habe ich das und das erlebt. Allerdings, sowie ich meinen Kopf einschalte und bewusst darüber nachdenke, glaube ich nicht mehr daran." Charlotte nickte, ja genau so ging es ihr auch. In dem Moment indem sie bewusst darüber nachdachte, hielt sie das Ganze für eine völlig überdrehte Phantasie. Auf intuitiver Ebene allerdings schien es ganz normal, sich verschiedener Leben bewusst zu sein. „Vielleicht" sagte Charlotte nun, „ist Sarah eine verwandte Seele, in einem anderen Raum und einer anderen Zeit? Eine ähnliche Energie mit einem ähnlichen, aber wesentlich dramatischeren Schicksal, in einer tragischen, grausamen

Zeit. Wenn es wirklich stimmt, dass Zeit nicht linear ist, dann existieren diese Energien vielleicht „gleichzeitig" und berühren sich deswegen, weil sie sich so ähnlich sind. Und das spüre ich dann in Form dieser Träume." „Oder es sind wirklich unterschiedliche Zeiten und diese Energie hat sich einmal als Sarah manifestiert und einmal als Charlotte, zu einer anderen Zeit und in einer anderen Welt."

„Ja, vielleicht ist damit plötzlich unwichtig, ob diese Frau aus einer anderen Welt zu gleicher Zeit, oder aber der gleichen Welt aus einer zurückliegenden Zeit oder aber einfach nur meiner Phantasie entsprungen ist. Im Grunde ist das alles dasselbe, es ist ein und dieselbe Energie die sich in diesem Universum manifestiert hat."

Sie schauten sich an und nun konnte Charlotte lächeln. Tiefe Dankbarkeit durchströmte sie. Sie wusste, da gab es noch Pat. Sie wusste, es war nicht korrekt, was Robert da machte. Aber sie wusste auch, dass sie sehr dankbar war, für das, was sie gemeinsam erlebten. Dass sie mit einem anderen Menschen, noch dazu mit einem Mann, ein so tiefes gegenseitiges Verstehen entwickeln konnte. Sie wusste auch, sie musste bald zurück nach Europa und Robert würde hier bleiben mit Pat. Aber sie wusste nun wieder, ihr Traum von Zweisamkeit war real. Und was Sarahs Geschichte anging: soweit waren sie jetzt gemeinsam gekommen mit ihren Erklärungen, doch dann war da noch das Buch der Calafia und Sarahs Traum von den Amazonen. Charlotte überlegte kurz, ob sie auch davon Robert erzählen sollte, aber sie verwarf es. Irgendwie war es zu viel. Für heute Abend war es gut, ihren Verstand kapitulieren zu lassen und zu akzeptieren, dass sie sich beiden Frauen verwandt fühlte, beiden sehr nahe stand, und dass sie offensichtlich von irgendjemand oder irgendetwas dazu auserwählt war, diese Frauenschicksale zu dokumentieren oder in dieser Welt eine Stimme zu geben. Sie beschloss, den Abend mit Robert zu genießen, es würde nicht mehr viele davon geben. Dieser Gedanke ließ sie wehmütig seufzen, worauf Robert fragte, woran sie dachte. Sie sprach es aus, dass sie bald zurückkehren würde nach Europa, dass der Gedanke nur noch so wenig Zeit mit ihm zu haben, sie wehmütig traurig stimmte. Robert schaute sie zuerst erstaunt, dann völlig schockiert an. Daran hatte er offensichtlich noch gar nicht gedacht. Er öffnete den Mund, als wollte er protestieren, schloss ihn dann wieder und versank in stumme Zurückgezogenheit. Charlotte versuchte ihn herauszulocken, aber es war vergeblich. So schlug sie schließlich vor, ins Bett zu gehen und erst einmal zu schlafen. Oder ob er lieber nach Hause gehen wolle? Nein, wollte er nicht. Im Bett kuschelten sie sich eng aneinander, hielten sich fest, als könnten sie damit die Zeit verlangsamen, könnten die bevorstehende Trennung etwas weniger real machen. Im Einschlafen fiel Charlotte ein, dass heute Herbstanfang war. Über all ihrer inneren Turbulenz hatte sie das Fest ganz vergessen. Sie lächelte. Dieser Abend war sehr symbolisch für den Herbstanfang gewesen. Einerseits gab es so viel zu danken, so viel Ernte. Und gleichzeitig gingen sie wieder auf die dunkle Jahreszeit zu und mussten mit ihren schweren und dunklen Gefühlen fertig werden. Irgendwie tröstete sie der Gedanke an das Fest ein wenig und sie konnte ruhig einschlafen.

Die letzten Wochen in Amerika waren angebrochen. Sie verbrachte so viel Zeit wie möglich mit Robert, mit den Delphinen, sie ging zum Reiten mit Francia und auch Jeanne und Barb versuchte sie immer wieder zu treffen. So vergingen die Tage wie im Flug und sie merkte kaum, wie kühl es geworden war. Ihr war ein wenig Angst vor der Rückkehr nach Basel. Was würde sie dort wohl erwarten? Christiane hatte versprochen, sie vom Flughafen abzuholen, worüber Charlotte dankbar war. Ihr Flug ging am 31. Oktober. Sie würde zurückkommen in die Dunkelheit des europäischen Winters.

Robert brachte sie zum Flughafen und bevor sie sich vor der Sicherheitskontrolle trennen mussten, nahm Charlotte ihn an der Hand und zog ihn in eine ruhige Ecke. „Es tut mir sehr weh wegzugehen." Er schluckte, war minutenlang stumm. „Ich brauche Zeit. So weh es mir tut, dass du gehst, es ist vielleicht gut. So kann ich mir klar werden, was werden soll. Ich...." Er schluckte und zögerte,

„....ich ziehe morgen bei Pat aus. Ich habe es ihr letzte Woche gesagt." Nun standen ihm Tränen in den Augen. „Die letzten Tage waren die Hölle." Charlotte war sprachlos. Sie wusste nicht, was sie sagen konnte und so legte sie ihm spontan die Hände auf das Herzchakra, von vorne und hinten und sandte alle Liebe und Mitgefühl, die sie in ihrer eigenen momentanen Traurigkeit und aufkeimenden Einsamkeit aufbringen konnte. So standen sie eine ganze Weile, bis es für Charlotte Zeit wurde zu gehen. Sie umarmte ihn fest, gab ihm einen letzten Kuss und ging dann zur Sicherheitskontrolle. Wie in Trance ging sie. Als sie sich ein letztes Mal umdrehte, war sie berührt, wie verletzlich Robert aussah. Er stand, wo sie ihn verlassen hatte und winkte ihr zaghaft zum Abschied. Auf dem Weg zum Gate brannte ihr Herz schmerzhaft und Tränen liefen ihr die Wangen herunter. Sie setzte sich auf einen Wartesessel am Gate und versuchte, ihre Gefühle zu beruhigen. Da realisierte sie, dass ihr Schmerz dieses Mal ein positiver Schmerz war. Er hatte nichts mit Verletzung, mit Eifersucht, mit Gekränktheit zu tun. Es war der brennende Schmerz des Verlustes, aber gleichzeitig war da Wärme in ihr. Sie hatte etwas wahnsinnig Schönes gefunden, und sie hatte es nicht wirklich verloren. Das konnte ihr niemand mehr nehmen. Mit diesem tröstlichen Gedanken stieg sie ins Flugzeug und kaum saß sie auf ihrem Platz schlief sie auch schon ein. Sie verschlief die Mahlzeit und wachte erst eine Stunde vor der Landung wieder auf, als das Frühstück serviert wurde.

Christiane erwartete sie wie verabredet am Flughafen. Sie umarmte sie zur Begrüßung herzlich und Charlotte war erstaunt, wie sehr sie sich plötzlich freute, wieder hier zu sein, Christiane zu sehen, in ihre Wohnung zu kommen. Es war später Vormittag, als sie in Charlottes Wohnung ankamen. Christiane hatte das Wichtigste für den Kühlschrank eingekauft, hatte die Wohnung geheizt und das Bett bezogen. Sie hatten gerade einen dampfenden Tee vor sich, da stand schon Edith vor der Tür und brachte einen frisch gebackenen Kuchen. Und kurze Zeit später kam Thomas vorbei und brachte Cleo mit. Cleo erkundete als Erstes mit hoch erhobenem Schwanz die Wohnung. Und als sie alles für gut befunden hatte, ließ sie sich zufrieden schnurrend auf Charlottes Schoss nieder. Es war Thomas anzusehen, dass ihm das nicht leicht viel und er verabschiedete sich sehr schnell und versprach, nächste Woche einmal wieder zu kommen.

Charlotte erzählte Christiane und Edith von dem Haus, wie wunderschön sie es dort gehabt hatte, von den Delphinen, von den Ausritten mit Francia, von Dusty, von Barb und Jeanne, von ihrer Heilarbeit. Nur Robert ließ sie aus. Das schmerzte im Moment zu sehr. Die Freundinnen gaben ihr das Gefühl von Geborgenheit und als sie nach einer Stunde gingen, hatte Charlotte das Gefühl einigermaßen sicheren Boden unter den Füssen zu haben. Sie ging in die Stadt, kaufte ein, wusch ein paar Sachen und kuschelte sich dann mit einer Decke und einem Buch auf ihr Sofa. Irgendwann wurde ihr bewusst, dass heute Samhain war. Christiane hatte nichts gesagt, dass hieß wohl, sie würde nicht mit den Frauen in den Wald gehen. Und auch Charlotte fühlte sich heute nicht danach. So viele der Frauen plötzlich wieder zu sehen, das war ihr für heute zu viel. Trotzdem - an Hexenneujahr nach Europa zurückzukehren, dass wollte und konnte sie auch nicht so einfach vorüber gehen lassen. So zog sie sich, als es dunkel wurde, wetterfest und warm an und fuhr mit ihrem Auto in den Wald. Als sie ausstieg, begann es zu regnen und bis sie im Wald ankam regnete es stark und gleichmäßig rauschend. Sie suchte sich eine hohe Eiche mit mächtiger Krone. Dort stand sie einigermaßen trocken und geschützt. Sie nahm den dunklen Wald, das gleichmäßig strömende Rauschen, ihre Müdigkeit war. Als sie sich mit dem Gesicht gegen die raue Rinde des Baumes lehnte, war es plötzlich, als fiele sie in eine andere Welt. Kurz sah sie Sarahs Gesicht schemenhaft vor sich, dann, zwischen den Bäumen die schemenhaften Schatten der Amazonen. Sie hörte Raunen und Rascheln und meinte Bewegungen um sich zu spüren. Sie spürte ihre eigenen drängenden Fragen nach ihrem Lebensziel und Sinn. Wo sollte es nun hingehen, wie ging es weiter? Sie kam sich plötzlich gestrandet vor, in der Mitte ihres Lebens, wieder allein. Ohne Ziel. Da war ihr, als seien ihre Ahninnen ganz nahe und so raunte sie ihre Fragen mit plötzlich heiserer Stimme in die Dunkelheit: „Was ist mein Lebensziel?" Die Antwort kam noch ehe die Frage ganz ausgesprochen war, kam mit dem Rauschen des Regens, war verborgen in dem feuchten Nebel der zwischen den Bäumen hing: „Heilen sollst du und Heilung finden. Gutes tun, sehen, dass es das Böse nicht gibt, auch das Gute gibt es nicht. Es gilt zu heilen." „Wie kann ich das erreichen?" Und wieder dieses Raunen verborgen im rauschenden Regen: „Du bist auf dem Weg, Schritt für Schritt, Geduld, Geduld. Du bist auf dem richtigen Weg, geh so weiter, Geduld. Geduld." Dann sah sie Lichter, fühlte Geister. Ihr war als sei sie gestorben, hätte weitergelebt, fühlte ihren Körper nur noch als Skelett. Wusste nicht ob sie schlief oder wachte, fühlte absolute Leere, stand wohlig warm im strömenden Regen trocken an den Baum gelehnt mitten im stockdunklen Wald. Dann irgendwann war es vorbei, sie dankte der Eiche, dankte den Ahninnen und ließ die mitgebrachten Kräuter als Dankesgabe da. Dann fand sie den Weg durch den stockdunklen Wald zu ihrem Auto, fuhr nach Hause, und fiel todmüde in ihr Bett. Noch im Einschlafen sah sie sich wieder im Wald stehen, dieses Mal hoch in den Bergen, sah Sarah, sah Francesco.

Sarah und Francesco irrten mehrere Wochen durch die Alpen auf der Suche nach einer Möglichkeit über die Schweizer Grenze zu kommen. Mehrmals waren sie kurz davor, immer wieder kamen ihnen die Nazis oder die Schweizer Grenzer dazwischen. Sarah glaubte Francesco nicht so recht, wenn er sagte, den Schweizern sei nicht zu trauen, sie würden sie direkt den Nazis aushändigen. Das konnte nicht sein, das war doch nur Francescos italienische Abneigung gegenüber Schweizern. Wenn die Schweizer sehen würden, dass sie Jüdin sei, wenn sie ihre eingebrannte Nummer sähen, würden sie doch sofort wissen, was los war. Aber Sarah blieb bei Francesco. Trotz aller

Strapazen war es eine gute Zeit für sie. Zum ersten Mal in ihrem Leben kam sie mit Spiritualität in Berührung, lernte sie Mystik und magische Erlebnisse kennen. Und während Francesco sie unterwies in Kräutermedizin, in Lebensweisheit, in Meditation, half sie ihm mehr und mehr mit den täglichen Arbeiten. Mit Unterkunft und Verpflegung. Bald war sie für Holz sammeln, Feuer machen, Nahrung beschaffen zuständig. Und oft massierte sie ihm abends noch die schmerzenden Muskeln. Sie versuchte zu verdrängen, dass sie die Arbeiten alleine machte, weil er abends einfach nicht mehr konnte. Weil er zunehmend schwächer wurde. Aber Francesco ließ sie nicht wegschauen. Er sprach sehr offen darüber. Zwang sie, immer wieder offen hinzuschauen, was geschah. Dass er es wahrscheinlich nicht schaffen würde. Dass sie alleine weiter gehen müsste. Systematisch ließ er sie Karten zeichnen, immer und immer wieder. Sobald sie irgendwo eine glatte Erdoberfläche, oder Sandfläche fanden, ließ er sie die Grenzen und die wilden, versteckten Übergänge aufzeichnen. Sie lernte alle Hütten auswendig, in denen sie sicher sein würde, alle Passwörter, alle Wege, die geschützt waren. Inzwischen wurde es kalt und regnerisch. Als sie eines Tages wieder einmal kurz vor der Grenze von Schweizer Soldaten aufgescheucht wurden, zogen sie sich weiter in die Berge zurück. Nach zwei Tagen langer Gewaltmärsche kippte Francesco abends bei der Meditation um. Sarah bettete ihn, gab ihm heißen Kräutertee, hielt ihn die Nacht über warm. Aber am nächsten Morgen stand er nicht mehr auf. Er strich ihr über das Haar, und sagte ihr, wie leid es ihm tue, dass er sie allein ließe. Er holte eine kleine Kapsel aus seinem Zahn und gab sie ihr: „Ich brauche sie nicht mehr. Bevor die Nazis dich kriegen, Sarah, beiße darauf. Lass nicht zu, dass sie dir dein Menschsein rauben. Es wird schnell gehen und nicht wehtun." Und er gab ihr genaue Anweisung, welche Meditation sie für diesen Übergang wählen sollte, damit sie gut hinüber gehen könne. Am Tag darauf starb er. Sarah bettete ihn in eine unzugängliche Höhle, deckte ihn mit seiner Decke zu, obwohl sie wusste, dass er das nicht gewollt hätte. Er hätte darauf bestanden, dass sie die Decke für sich behalten solle. Sie irrte alleine weiter. Noch nie, nicht einmal während der Gefangenschaft, hatte sie sich so abgrundtief einsam gefühlt. Noch nie hatte sie sich so verlassen gefühlt. Die ersten Tage war sie völlig unter Schock. Nur langsam schaffte sie es, in der Meditation wieder etwas zur Ruhe zu kommen. Dort, tief in der Ruhe, spürte sie Francescos Nähe, seine Präsenz. Das tröstete sie etwas, half ihr weiter zu gehen. Dann ein paar Tage später näherte sie sich einem von Francesco empfohlenen Grenzübergang. Noch 100 Meter Aufstieg, der Pfad lag klar vor ihr, schlängelte sich durch saftiges Gras. Nur noch den großen Felsen vor ihr umgehen und sie hätte es geschafft. In diesem Moment sah sie eine Bewegung hinter dem Felsen. Drei Schweizer Grenzsoldaten hatten sie auch gesehen. Sie zögerte, aber eigentlich hatte sie Francesco in diesem einen Punkt nie geglaubt. Das waren doch Schweizer, keine Nazis. Die Schweiz war neutral und gegen Folter und Krieg. Und sie wussten, was ihr als Jüdin passieren würde, wenn die Nazis sie erwischten. Sie gab sich einen Ruck und ging entschlossen auf die Grenzer zu. Das Knacken der Gewehrsicherungen ließ sie einen Moment erstarren, das konnte nicht sein. Sie zog ihren Ärmel hoch, deutete auf ihre am Arm eingebrannte Nummer, aber die Grenzer ließen das Gewehr nicht sinken. Und wenn schon, dann sollten die Schweizer sie erschießen, weiter konnte sie sowieso nicht mehr. Sie war zu schwach. Und sie wollte auch nicht mehr, allein und ohne Francesco. In dem Moment hörte sie hinter sich Stimmen. Ein Trupp Nazis, 500 Meter unter ihr. Sie wurde ganz ruhig. Es gab kein Zurück mehr. Sie ging ruhig und gefasst auf die Gewehrmündungen zu. Die Schweizer zögerten, jemanden umzubringen hatten sie auch nicht so richtig gelernt. Einer raunzte einen Befehl. Sarah war nun so nah, dass sie ihre Augen sah. Der Jüngste von ihnen war in ihrem Alter, verzweifelt ging er einen Schritt auf sie zu: „Kehr um!" Er zeigte ihr ein Paar Handschellen und deutete damit auf die Nazis. Sarah schüttelte den Kopf und ging langsam weiter. Das konnte einfach nicht sein. Entschlossen ging sie auf ihn zu, blickte ihm in die Augen.

Er schien total verzweifelt, drehte sich um, als wolle er weglaufen. Da schnauzte sein Vorgesetzter wieder einen Befehl, der Junge öffnete die Handschellen. Noch einmal versuchte er Sarah zu überzeugen: „Lauf weg." Sarah blieb nun stehen und drehte sich um, Panik überflutete sie. Rechts und links steile Felsklippen, hinter ihr die Nazis, sie selbst halbverhungert. Es wurde dunkel. Im letzten Licht flüchtete sich Sarah auf einen steilen Fels, der nur von einer Seite und schwierig zu erklettern war. Die Nazis versuchten hinterher zu kommen, aber Sarah bewarf sie von oben gezielt mit Steinen. Die Nazis fluchten und lachten über sie. Morgen bei Tageslicht würden sie sie holen. Sie campierten unten auf dem Pfad, damit sie nachts nicht entwischen würde. Sarah gab auf. Die Pistole, die ihr Francesco gegeben hatte, warf sie über den Abgrund. Sicher, es wäre ein leichtes gewesen, mindestens einen der Nazis unten am Feuer zu erschießen. Sie waren sich ihrer Sache so sicher, so leichtsinnig. Aber sie wusste, sie war nun am Ende ihrer Reise. Fast hätte sie es geschafft. Sie setzte sich in Meditationshaltung und schloss die Augen. Die Kapsel, die Francesco ihr gegeben hatte, legte sie auf die Zunge, wie er es ihr gesagt hatte. Sie schloss die Augen, begann mit der Meditation. Bevor es ruhig in ihr wurde, sah sie noch einmal den kleinen Pfad sich durch die grüne Wiese schlängeln. Der Pfad in die Schweiz. Ihr Pfad in die Freiheit. Sie hatte es nicht geschafft. Wieder nicht geschafft. Sie spürte, wie ihr Körper langsam steif wurde vor Kälte. Sie tauchte tief hinab, in die Leere, sie begann zu fliegen. Plötzlich war sie frei, frei von Leid und Angst und Schmerz. Ein letzter Gedanke zog noch vorbei und machte sie glücklich: sie hatte nicht getötet. In diesem Leben hatte sie niemanden getötet. Und als ihr Körper warm und licht und grenzenlos wurde, biss sie zu. In einer letzten Spirale aus Licht und Wärme entfernte sie sich von dem kalten Felsen unter ihr.

Stunden später war ein Schatten zu sehen auf dem Felsen, auf dem Sarahs zusammengesunkener Körper lag. Der junge Schweizer hatte den Wachposten der Nazis umrundet und kletterte den Felsen hinauf. Er wusste nicht, was er dort wollte. Warum er deswegen eine ganze Nacht den Weg zurückgegangen war, unerlaubterweise seinen Dienst verlassen hatte. Er wusste nur, er konnte nicht anders. Zögernd, vorsichtig, näherte er sich dem zusammengesunkenen Körper. War sie erfroren? Sie hatte doch eine Decke bei sich. So kalt war es noch nicht. Im Dunkeln konnte er nicht genug sehen und zu sprechen wagte er nicht, aus Angst die Deutschen könnten ihn hören. Als er vorsichtig die Hand ausstreckte und sie berührte, spürte er sofort, dass sie tot war. Tiefe Verzweiflung breitete sich in ihm aus. Völlig überwältigt schloss er die tote Frau in die Arme, versuchte sie zu wärmen. Ein Gefühl des absoluten Versagens stieg ihn ihm auf. Und Verachtung vor sich selbst und seinen Kollegen. „Neutralität…" schluchzte er auf, „so ein Scheiß… wir sind doch die Henkersgehilfen. Wir morden genauso wie diese perversen Schweine." Ein Gedanke stieg in ihm auf und ließ sich nicht verscheuchen. Und während er wachte, während er bei dieser toten, ihm völlig fremden Frau wachte, fasste er einen Entschluss. Er würde nicht zurückgehen. Er würde sich dem italienischen Widerstand anschließen. Als Tessiner sprach er fließend italienisch. Und seine Kenntnisse der Alpen und all ihrer Geheimnisse und Tücken, seine Kenntnisse der Schweizer Militäranlagen würden der Bewegung von Nutzen sein. Sie mussten ihn einfach aufnehmen. Vielleicht konnte er so dem Leben und Sterben dieser jungen Frau einen Sinn geben. Vielleicht würde er so einen Weg finden, dass er sich am Ende dieses verdammten Krieges noch selber im Spiegel in die Augen schauen konnte. Zärtlich legte er Sarah auf den Boden. Einen Moment war er versucht, sie in die Klamm hinunterzuwerfen, sie auf diese Weise zu begraben, zu verhindern, dass den Nazis ihre Leiche mit der eingebrannten Nummer in die Hände fiel. Aber damit hätte er ihnen einen Anhaltspunkt gegeben. Und wer weiß, vielleicht würden seine Kollegen dabei helfen, ihn einzufangen. Das Risiko konnte er nicht eingehen. So nahm er sein Feuerzeug und brannte die Nummer fort. Er nahm Sarahs Tasche an sich, die konnte sie ja in die Kluft geworfen haben, sie würde mit dem dort unten so lebendig sprudelnden Wasser fort gespült. Dann schlich er sich noch vor der ersten Morgendämmerung davon. Der Geruch von verbrannter Haut sollte ihn noch tagelang verfolgen.

Als Charlotte mit dem Schreiben fertig war, fühlte sie Trauer aber auch eine tiefe Erleichterung. Und plötzlich verstand sie, warum sie zum Teil einen inneren Groll gegen die Menschen hier in der Schweiz verspürte. Warum sie manchmal plötzlich wütend wurde, über ihre so selbstgerechte angebliche Neutralität. Gleichzeitig hatte sie das Gefühl, dass noch etwas unerledigt war. Am Wochenende packte sie ihren Rucksack und fuhr nach Locarno. Als der Zug in die Alpen hinein fuhr, erklomm sie ein mulmiges Gefühl. Sie erkannte die Berge. Sie waren ihr auf seltsame Weise vertraut. Sie wusste, sie hatte sie kennengelernt, war auf eine mysteriöse Weise mit diesen Bergen verbunden. Sie verursachten ihr Angst, und Unwille stieg in ihr auf, wieder mit der Mächtigkeit der Berge und ihrer Wahrheit konfrontiert zu sein. Sie war dankbar, als der Zug in Wolken hinein fuhr, die alles verhüllten. Sie suchte sich eine kleine Pension und verbrachte den Abend auf ihrem Bett meditierend. Am nächsten Tag fuhr sie hinauf zum Monte Lema, ging in der klaren, kalten Herbstluft die Traversata entlang und betrachtete ehrfürchtig die hohen schneebedeckten Gipfel in der Ferne. Sie versuchte, sich zu sammeln, ging bewusst Schritt für Schritt. Sie dachte mit Ehrfurcht und Schaudern daran, wie es wohl war, alleine durch diese Berge zu wandern, ständig darum kämpfend zu überleben. Sie bekam eine leise Ahnung von den Glücksgefühlen, die Sarah hier erlebt hatte, aber auch von ihrer Einsamkeit und der Verzweiflung. Schließlich hatte sie den Monte Tamarro vor sich und begann den Aufstieg. Ihr wurde warm, sie spürte ihre Muskeln arbeiten und dankbar wurde sie sich ihres gesunden, gut ernährten und kraftvollen Körpers bewusst. Als sie den Gipfel erreichte, ließ sie sich verschwitzt und schwer atmend unter dem Gipfelkreuz nieder. Sie wusste nicht, wo es gewesen war, wo Sarah gestorben war. Aber sie würde hier oben ein Abschiedsritual machen, für Sarah, für sich, würde für eine gute Wiedergeburt, für ein gutes nächstes Leben für Sarah bitten. Nach dem anstrengenden Aufstieg fühlte sie sich erschöpft, aber gesättigt. Ruhig begann sie ihr Ritual. Sie wusste nicht, wie sie ein solches Ritual gestalten sollte und beschloss, rein intuitiv zu handeln. Sie begann damit, die Wesen und göttlichen Kräfte in den vier Himmelsrichtungen zu begrüßen: Element Luft und die Gefiederten im Osten, Element Feuer und alle Feuerwesen im Süden, Element Wasser und alle Wesen der Flüsse, Seen und Meere im Westen und schließlich Element Erde und alles was in und auf der Erde lebte im Norden. Dann packte sie ihre Gaben aus, visualisierte Sarah, wandte sich wieder in Richtung Osten und ließ die mitgebrachten Federn in den Wind fliegen. Mit jeder Feder bat sie für Leichtigkeit und Unbeschwertheit für Sarah, wo immer sie jetzt weilte, für leichte, unbeschwerte Wiedergeburten und leichte, unbeschwerte Leben. Dann wandte sie sich nach Süden, zündete ein Räucherstäbchen an und bat die Feuergeister für Liebe in Sarahs nächstem Leben, für das Feuer der Leidenschaft, für die Wärme des Mitgefühls. Für die Geister und Göttinnen des Westens tränkte sie die Erde mit etwas mitgebrachtem Wein und mit Wasser aus der heiligen Quelle und bat um das Wasser des Lebens, um tiefe, ausgeglichene Gefühle und Gleichmut. Und schließlich wandte sie sich nach Norden und legte acht Steine aus vielen verschiedenen Regionen der Erde, im Laufe ihres Lebens gesammelt, in einem kleinen Steinkreis nieder. Mit jedem Steinchen bat sie um Gesundheit, um materielle Fülle, um genug Nahrung, um ein gemütliches Zuhause, um Sicherheit im Leben. Dann stellte sie sich ins Zentrum der vier Himmelsrichtungen und konzentrierte sich einen Moment auf ihren Atem. Sie schickte ein letztes Lebewohl zu Sarah, noch einmal gute Wünsche, eine gute Reise, eine gute Wiedergeburt. Dann nahm sie Abschied, packte ihre Sachen zusammen, warf einen letzten langen Blick auf die schneebedeckten fernen Gipfel und begann mit dem Abstieg. Sie fühlte sich jetzt ruhig, zufrieden, aber auch müde. Sie ging zügig, zum

Schluss wurde ihr der Weg lang. Sie war froh als sie endlich auf der Alpe Foppa ankam und erschöpft in die Seilbahn stieg. Montag schon war ihr erster Arbeitstag, dann hatte sie der Alltag in Basel endgültig wieder eingeholt.

Als sie am Sonntagmittag Zuhause ankam, erwartete sie eine Nachricht von Robert auf ihrem Anrufbeantworter. Sie hatten nicht miteinander telefoniert und keine Emails geschickt, seit sie aus Amerika zurück war. Es war eine stillschweigende Vereinbarung gewesen, dass sie beide Zeit brauchten. Seine Stimme klang einsam und seltsam dünn und kraftlos. Plötzlich konnte Charlotte es kaum abwarten, ihn zurückzurufen. Aber noch war es zu früh. Im Moment war er sicher noch im Tiefschlaf. So schickte sie eine kurze Email, sie sei jetzt zu Hause, würde ihn so gegen neun, halb zehn Uhr seiner Zeit anrufen. Als sie dann schließlich telefonierten, war Charlotte wieder einmal erstaunt über die vertraute Wärme zwischen ihnen. Sehnsucht packte sie beide. Robert erzählte, dass es ihm nicht gut ging, die Arbeit an der Dolphin School war sehr schwierig geworden, seit er sich von Pat getrennt hatte. Die Spannung zwischen ihnen machte eine gute Arbeit mit den Delphinen fast unmöglich. Es war klar, dass er kündigen musste, er hatte es nur noch nicht fertig gebracht. Nach langem Zögern sagte er, er würde über die Weihnachtstage nach Europa kommen. Charlotte lud ihn ein, bei ihr zu wohnen, was er freudig annahm. Sie sprachen noch lange und als sie schließlich auflegte, fühlte sie ein ruhiges Glück. Und sie dachte daran, dass sie dieses Jahr Wintersonnenwende mit ihm feiern würde.

## Dank

Ich danke den Frauen, die mich in den letzten Jahren begleitet haben und ohne die dieses Buch vielleicht nie erschienen wäre:

Meinen drei großen Lehrerinnen bara bara, Stacey Smith und Sylvia Kolk
Meinen treuen Begleiterinnen Ulrike, Bettina, Claudia, Almut und Dorothe
Meiner Mutter
Danielle für das Lektorat
Dank an meinen Partner für jetzt über ein Jahrzehnt glückbringendes Zusammenleben.

## Fortsetzung folgt

Der zweite Band „Vergessene Väter" dieser Trilogie „Fiktive Wahrheit" ist geschrieben und wird demnächst erscheinen. Ein dritter Band „Mondfrau und Bärin" ist im Entstehen.

## News and More

Unter www.crisalis.de
dort auch meine aktuelle Email-Adresse

## Buchbestellungen

Bitte möglichst unter www.epubli.de dieses Buch bestellen, da Amazon und Buchhandel.de kein Autorinnenhonorar zahlen.

ISBN 978-3-8442-2970-7

www.epubli.de